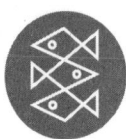

Ex-Commissaire Albin Leclerc sieht Vaterfreuden entgegen – sein Mops Tyson erwartet Nachwuchs. Da bittet ihn sein alter Bekannter Arnault Langlois um Hilfe: Seine Nichte und ihr Lebensgefährte sind verschwunden. Albin verspricht zu helfen, doch kurz darauf wird das Pärchen ermordet aufgefunden und wenig später ein weiteres. Die Capitaines Caterine Castel und Alain Theroux ermitteln auf Hochtouren. Dem Anschein nach planten die verschuldeten Ermordeten die Entführung der Frau eines reichen Rotlichtbosses. Wurden sie deswegen getötet? Die Spur führt Albin zu einem Sondereinsatz der französischen Armee in Afrika, zu Blutdiamanten und zu einem Mann, der sich durch nichts aufhalten lässt – erst recht nicht von Albin Leclerc.

Pierre Lagrange ist das Pseudonym eines bekannten deutschen Autors, der bereits zahlreiche Krimis und Thriller veröffentlicht hat. In der Gegend von Avignon führte seine Mutter ein kleines Hotel auf einem alten Landgut, das berühmt für seine provenzalische Küche war. Vor dieser malerischen Kulisse lässt der Autor seinen liebenswerten Commissaire Albin Leclerc gemeinsam mit seinem Mops Tyson ermitteln.

Weitere Informationen finden Sie auf www.fischerverlage.de

Pierre Lagrange

BEDROHLICHE PROVENCE

Ein Fall für Albin Leclerc

Erschienen bei FISCHER Taschenbuch
Frankfurt am Main, 2025

© 2024 S. Fischer Verlag GmbH,
Hedderichstr. 114, 60596 Frankfurt am Main
Die Nutzung unserer Werke für Text- und Data-Mining
im Sinne von § 44b UrhG behalten wir uns explizit vor.

Dieses Werk wurde vermittelt durch die Literarische Agentur
Thomas Schlück GmbH, 30161 Hannover.

Redaktion: Susanne Kiesow
Satz: Dörlemann Satz, Lemförde
Druck und Bindung: CPI books GmbH, Leck
ISBN 978-3-596-70854-3

Kontaktadresse nach EU-Produktsicherheitsverordnung:
produktsicherheit@fischerverlage.de

PROLOG

Jede Sekunde, dachte Guy Dumas, brachte ihn dem Tode näher. Sterben, Leben – beides verlief gleichzeitig, ohne dass man etwas daran ändern konnte. Schon beim ersten Atemzug nach der Geburt drückte das Schicksal auf die Stoppuhr. Bei einigen Menschen erfolgte der zweite Klick früher, bei manchen später. Niemand wusste, wann er an der Reihe war und wie und wo er sterben würde. Zumindest nicht in der Regel.

Die Momente, in denen einem die Parallelität des Lebens und Sterbens bewusst wurde, waren sehr rar. Aber wenn sie kamen und einem die Endlichkeit vor Augen geführt wurde, dann traf es einen meist unvorbereitet. Die Erkenntnis kroch wie Gift durch die Poren. Sie griff mit ihren Spinnenfingern um das Herz und presste es langsam zusammen. Sie schob sich wie eine schwarze Wolke vor die Sonne, legte sich wie eine dunkle, nasse Decke auf die Seele.

So wie in dieser schwülen Nacht, in der Dumas ein weiteres Mal kein Auge zutun konnte. Schwer zu sagen, wie spät es war. Vielleicht drei oder vier Uhr in der Frühe.

Er lehnte schweißnass an der Mauer aus Lehm, um die herum der Käfig gebaut worden war, starrte in den Himmel voller Sterne, die er in den fast sechzig Jahren seines Lebens oft angeschaut hatte. Die anderen drei Geiseln lagen auf den Matratzen und schliefen tief und fest. Ein sanfter Wind raschelte in den Palmen, wehte Staub über die rote Erde und brachte den Geruch von Feuer und den würzigen Kräutern Afrikas durch den eng geflochtenen Maschendraht.

Links und rechts war das Rebellenlager mit improvisierten Wällen aus Wellblech, Schrott und darüber gespanntem Stacheldraht befestigt. An den Ecken gab es jeweils einen Wachturm mit Leitern und Holzpaletten, die als Podeste fungierten. Im Inneren des Forts standen Jeeps mit aufgebockten Maschinengewehren sowie ein olivgrüner Militär-Lkw von Renault, mit dem kürzlich Kisten französischer Famas-Sturmgewehre und Raketenwerfer geliefert worden waren, wie Guy Dumas in seinem Dauerzustand zwischen Lethargie und Agonie verfolgt hatte.

An einem der Jeeps lehnte ein Soldat der sogenannten Befreiungsarmee von Côte d'Ivoire unter Führung von Moussa Kanga, der sich Lord Kanga nennen ließ und über seiner Uniform meistens so viele Goldketten trug wie ein amerikanischer Rapper. In Kangas tiefschwarze Haut waren an den Wangen Muster geritzt worden, als er ein Junge gewesen war – Stammeszeichen, die sich zu dekorativen Narben entwickelt hatten.

Der Soldat steckte sich eine Zigarette an, die orangefarben aufglomm. Er trug ein Gewehr an einem Trageriemen und hatte offensichtlich die Nachtschicht im Camp aufgebrummt bekommen.

In den vergangenen Tagen hatte Dumas rund zwanzig Soldaten gezählt. Das Lager war klein und diente vermutlich vor allem zur Aufbewahrung der Geiseln –

aktuell außer Dumas ein Ingenieur sowie zwei Banker, allesamt Franzosen. In den ersten Tagen hatten sie permanent davon gesprochen, dass sicherlich bald Lösegeld gezahlt werden würde und der Spuk vorbei wäre. Wenn ihr wüsstet, hatte Dumas gedacht. Je mehr Zeit verging, ohne dass etwas geschah, desto weniger war das Lösegeld Thema gewesen, sondern die Frage, wann es Wasser geben würde, denn die Sonne glühte brutal.

Aber, das musste man sagen: Es ging ihnen nicht schlecht. Die Soldaten der Befreiungsarmee kümmerten sich um sie. Es gab ausreichend Wasser und Nahrung, zwischendurch Traubenzucker, und den Ingenieur hatten sie mit Antibiotika vollgestopft, weil sich eine Kopfwunde entzündet hatte, die bei der Entführung entstanden war. Es könnte weitaus schlechter laufen, wusste Dumas. Bedeutend schlechter.

Dumas atmete tief ein und wieder aus. Er steckte den Zeigefinger unter den Metallreifen am Fußgelenk und kratzte sich die Haut. Wie die Tiere waren sie an diese Fußfesseln und mit Ketten an in der Wand eingelassenen Eisenringen festgemacht. Als ob einer von ihnen in der Lage wäre, das stabile Gitter aufzubrechen und fortzulaufen – vor allem: Wohin denn? Sie steckten mitten im Dschungel, wahrscheinlich im Grenzgebiet zu Mali, und sie hatten allesamt nicht den geringsten Schimmer, wie man sich da draußen durchschlagen sollte. Weglaufen wäre Selbstmord. Die einzige Überlebenschance, das hatte Dumas den anderen immer wieder eingebläut, war: Ruhe bewahren und abwarten, denn früher oder später würde mit Sicherheit irgendetwas geschehen.

Und als Dumas genauer in den nächtlichen Himmel

sah, die Augen zusammenkniff und ein leises Grollen hörte wie das von einem knurrenden Tiger, dachte er: Seht ihr, ich habe recht gehabt. Er kannte den Klang. Die Rotoren eines schallgedämpften Hubschraubermotors, wie sie von Spezialkräften eingesetzt wurden.

Der Soldat kannte den Klang ebenfalls. Er schnippte die Zigarette fort, stieß sich von dem Auto ab und entsicherte das Famas. Er rief etwas, starrte nach oben. Im nächsten Moment tauchten zwei weitere Soldaten auf, die ebenfalls in den Himmel sahen und gestikulierten.

Eine Sekunde später gab es eine Explosion. Sie schleuderte das Wellblechtor, mit dem das Camp verschlossen war, aus den Angeln. Gleichzeitig seilten sich in Schwarz gekleidete Schatten von Stricken ab. Wie Spinnen. Sie waren wie aus dem Nichts über dem Camp erschienen und schossen aus der Luft auf die Soldaten, die wie aufgeschreckte Ameisen am Boden herumliefen.

Weitere Kämpfer tauchten aus dem Rauch der Explosion am Tor auf, drangen in das Camp ein, bewegten sich in Richtung der Zelte, warfen etwas herein – und kurz darauf gab es weitere ohrenbetäubende Explosionen.

Die drei anderen Geiseln waren längst erwacht und starrten mit Dumas in Richtung des Feuergefechtes, hielten sich die Hände schützend über die Köpfe.

Ebenso schnell, wie das Schießen begonnen hatte, endete es wieder und ging in Rufen und Schreien unter. Menschen lagen auf dem Boden, tot, verletzt, oder sie wurden gefesselt. Ein massiger Mann in Unterhosen wurde aus einem Zelt gezerrt und außer Sichtweite geschleppt. Er schimpfte laut in einer fremden Sprache. Das war Moussa Kanga, der offenbar festgenommen wurde.

Dann erschienen drei in Schwarz gekleidete Soldaten ohne Abzeichen auf den Uniformen vor dem Gitter von Dumas. Sie trugen Nachtsichtgeräte. Einer knackte mit einer Drahtschere das Schloss auf. Das Licht einer Taschenlampe blendete Dumas. Es leuchtete abwechselnd in die Gesichter der Gefangenen. Einer der Soldaten hatte ein Tablet dabei, verglich offensichtlich die Personen und fragte in tadellosem Französisch nach ihren Namen. Der mit der Drahtschere kappte die Ketten der anderen drei Geiseln. Sie wurden von behandschuhten Händen aus dem Käfig gezerrt, wimmerten dabei dankbar. Alles ging sehr schnell.

»Guy Dumas?«, fragte eine Stimme.

»Ja.«

Dumas kniff gegen das grelle Licht die Augen zu und machte sich bereit, dass seine Kette durchtrennt und er ebenfalls aus dem Käfig geholt werden würde.

Aber nichts dergleichen geschah.

Stattdessen nahm einer der Spezialkräfte seine Pistole und richtete sie auf Dumas' Kopf.

Dumas' Herz sackte ihm in die Hose. Er konnte nicht denken. Er verstand nicht, er begriff nicht, er …

Er hyperventilierte.

Ein anderer Soldat legte seine Hand auf den Arm des Kameraden und schüttelte mit dem Kopf.

»Aber wir haben den Befehl …«, sagte der mit der Pistole.

»Ich weiß«, erwiderte der andere. »Aber nicht unter meinem Kommando. Wir sind keine Auftragskiller. Ein Querschläger hat Guy Dumas getroffen und tödlich verletzt. Alles klar?«

»Zu Befehl«, erwiderte der mit der Waffe, steckte die Pistole wieder ein und war im nächsten Moment verschwunden.

»Viel Glück, Guy Dumas«, sagte der andere Soldat, holte mit dem Gewehrkolben aus und rammte ihn ihm gegen die Stirn.

Es fühlte sich an, als würde sein Gehirn in gleißenden Farben explodieren. Dumas kippte zurück, schnappte nach Luft. Sein Herz schien auszusetzen. Er blinzelte, sah erneut ein gleißendes Licht, wie vom Blitz einer Kamera, mit der ein Bild von ihm geschossen wurde.

Dann sah er gar nichts mehr.

Nur Schwärze.

Er tauchte wenig später wieder aus der Dunkelheit auf, rappelte sich auf und schrie: »He!«

Aber die Einsatzkräfte waren verschwunden. Er hörte das Jammern von Verwundeten, das Schimpfen von Gefesselten, die am Boden lagen. Sein Gesicht fühlte sich warm und nass an. In seinem Schädel dröhnte es.

»He!«, rief er erneut.

Dumas zitterte am ganzen Körper. Er trat mit den Füßen gegen das Gitter.

»He! Ihr könnt mich nicht … Nehmt mich mit!«

Doch nichts geschah.

»Hilfe! Holt mich hier raus! Kommt zurück!«

Erneut trat er gegen das Gitter. Dieses Mal mit beiden Füßen.

Alles rotierte. Sein Herz hämmerte in der Brust. Das Blut pumpte aus der klaffenden Kopfwunde.

Er sprang auf, warf sich mit Wucht gegen den Zaun. Die Kette an seinem Fußgelenk straffte sich.

Er stürzte.

»Hilfe«, flüsterte er. »Lasst mich nicht hier …« Sein Atem strich über den roten Staub. »Lasst mich nicht hier!«, brüllte Dumas aus voller Lunge. Speichel stob von seinen Lippen. »Kommt zurück! Kommt zurück!«

Da tauchte einer der afrikanischen Soldaten vor ihm auf. Seine Augen glühten wie Lava. Die Haut war nass vom Schweiß. Er atmete schwer und schnell, blutete aus einer Wunde an der Augenbraue.

»Du«, keuchte der Soldat. »Du! Bastard! Mach deine Rechnung mit deinem Gott!«

Er nahm sein Schnellfeuergewehr in Anschlag.

Dumas hielt die Hände schützend vor das Gesicht. »Nein«, wimmerte er. »Bitte …«

»Fahr zur Hölle!«

»Nein! Ich kann … Ich gebe dir alles, was ich habe! Ich habe …«

Der Soldat zielte auf Dumas' Kopf.

»Nein!«, rief Dumas.

Sein gellender Schrei verlor sich in der Nacht.

1

Die Zukunft lag wie glitzernde Diamanten vor Sandrine und Thierry. Aber wie das mit Edelsteinen immer so ist: Nicht jeder ist echt.

Sie betrachteten das kleine Haus zwischen Carpentras und Mazan von oben bis unten, strahlten mit der untergehenden Sonne um die Wette und waren zufrieden mit sich.

Das Haus hatte schon deutlich bessere Tage gesehen. Der Putz bröckelte von der Fassade und gab den groben Bruchstein darunter frei. Die Fenster waren in einem schlechten Zustand, die Türen ebenfalls, von dem kleinen Garten gar nicht erst zu reden. Über dem Eingang hing das verblichene Schild mit der Aufschrift »La Vigne«. Die Buchstaben waren nur noch zu erahnen. Überall blätterte die Farbe ab. Es wäre eine Menge Arbeit, alles wiederherzurichten, und es würde viel Geld kosten, gar keine Frage. Aber die Sterne standen günstig, und insofern war es ein gutes Zeichen, dass die ersten bereits im lavendelfarbenen Himmel über dem baufälligen Dach des früheren Restaurants aufgegangen waren.

Thierry hatte die linke Hand in die Hosentasche seiner Jeans gestopft und die rechte auf Sandrines Schulter gelegt. Die Haare fielen ihm locker ins Gesicht. Das selbstzufriedene Lächeln wirkte darin wie eingemeißelt. Sandrines Haut fühlte sich warm an. Sie trug ein geblümtes Sommerkleid, Sneakers, die blonden Haare hatte sie im Nacken zusammengebunden.

»Was meinst du«, fragte sie, »sollten wir den Namen nicht einfach beibehalten? Ich finde, er klingt gut und passt gut. Vielleicht erinnern sich noch einige Menschen daran. Das wäre nicht schlecht.«

»La Vigne«, sagte Thierry und schmeckte den Namen auf der Zunge ab wie einen Schluck edlen Rotwein. Er nickte. »Glaube schon. Das wäre gut. Also: *La Vigne.*« Er beugte sich zu Sandrine, um ihren Kirschmund zu küssen. Sie roch nach Sommer und war wie Thierry immer noch braungebrannt, obwohl sie schon seit zwei Wochen zurück im Land waren und längst wieder arbeiteten. Beide waren im Krankenhaus beschäftigt, dem Centre Hospitalier d'Avignon, Thierry in der Apotheke und Sandrine auf der Kinderstation als Krankenschwester.

Aber diese Jobs waren endlich. Das »La Vigne« war die Zukunft, dachte Thierry. Sie lag hier, direkt vor seinen Füßen.

Sandrine und er träumten schon lange davon, eine eigene Weinbar zu eröffnen, in der es auch kleine Snacks geben sollte. Im Vorbeifahren war ihnen eines Tages das alte Haus aufgefallen, und wie es der Zufall wollte, war es früher als Restaurant genutzt worden, stand aber seit fast zwanzig Jahren leer. Dem Vernehmen nach war der Besitzer gestorben, und die Erben hatten keinerlei Interesse daran, es weiterzuführen, nicht einmal daran, sich um eine Neuverpachtung zu kümmern. Stattdessen hatte es Streit gegeben – und deswegen stand das Haus immer noch leer. Da mittlerweile ein weiterer Erbe verstorben war, hatten sich die Verhältnisse geändert, und das Gebäude sollte verkauft werden – zwar zu einem Spottpreis, aber immer noch eine Menge Geld für Sandrine und Thierry. Außerdem müssten einige Euros in die Hand genommen werden, um alles wieder auf Vordermann zu bringen. Große finanzielle Mittel hatten Sandrine und Thierry niemals zur Verfügung gestanden, obwohl sie im Krankenhaus nicht schlecht verdienten. Sie würden einen hohen Kredit aufnehmen müssen.

Doch die Zeiten hatten sich gewandelt. Bald schon, sehr bald, würde das anders aussehen. Sie hatten mittlerweile lang genug abgewartet, alle wichtigen Kontakte geknüpft und aktiviert. Nun waren der Zahltag und ein neues Leben ohne Sorgen und mit vielen Möglichkeiten nicht mehr weit entfernt.

»La Vigne«, seufzte Sandrine versonnen und lächelte. »Das wird schön, oder?«

Thierry nickte. »Die Lage ist perfekt. Die Terrasse ebenfalls. Alles ist perfekt.«

»Wir sind perfekt.« Sandrine lächelte, stellte sich auf die Zehenspitzen und küsste Thierry, der es sich gern gefallen ließ.

In Kürze, nachdem ein paar wichtige Dinge erledigt waren, würden sie einen Termin beim Notar vereinbaren und das Haus kaufen. Dann stand ihnen die Zukunft offen. Sie würden ihre Jobs an den Nagel hängen. Alles wäre geritzt, und Thierry hatte Sandrine versprochen, dass sich auch der Rest bessern würde, ganz bestimmt. Er hatte ihr erklärt, dass seine Probleme nur auf die Unzufriedenheit mit seinem Job zurückzuführen wären –

wenn er endlich eine erfüllende Aufgabe hatte und er sein Leben in der eigenen Hand hielt, dann wäre das alles vorbei. Er bräuchte keinen Kick mehr, kein Risiko, nichts dergleichen. Sandrine glaubte ihm. Natürlich tat sie das.

So oder so hatten die letzten Wochen sie beide sehr viel enger zusammengeschweißt. Sie waren eine Einheit, untrennbar miteinander verbunden. Deswegen hatten sie auch schon über das Heiraten nachgedacht – aber eines nach dem anderen. Erst mal die wichtigen Dinge regeln und die Voraussetzungen schaffen, dann das Haus kaufen, den Job quittieren, den Umbau in die Wege leiten.

Schritt für Schritt.

Thierry lächelte und küsste Sandrine zurück. »Das sind wir«, sagte er.

»Komm, fahren wir in die Stadt und essen etwas«, erwiderte sie.

Thierry hatte keine Einwände, ganz im Gegenteil. Also gingen sie zurück zu ihrem weißen Citroën, der auf der Schotterfläche vor dem Eingang zur Terrasse parkte. Die Sonne war inzwischen untergegangen, was den Himmel für einen Moment lang in Farben explodieren ließ. Thierry setzte zurück, scherte auf die Route Nationale ein und bog nach links in Richtung Mazan ab. Sie fuhren eine Weile auf der schmalen D942, bis Thierry ein einzelnes Licht im Rückspiegel auffiel, das sich rasch näherte. Es blendete auf, dann zuckten zwei Blaulichter los.

»Mist«, murmelte er. »Ein Motorradpolizist.«

»Sollst du anhalten?«, fragte Sandrine und sah sich nach hinten um.

»Scheint so. Aber ich bin nicht zu schnell gefahren. Keine Ahnung, was der will«, erwiderte Thierry, blinkte und verlangsamte das Tempo, was das Motorrad im Rückspiegel ebenfalls tat.

Schließlich fuhr Thierry rechts ran. Der Polizist schloss auf und stoppte unmittelbar neben ihm. Thierry ließ das Fenster herab.

»Was ist denn?«, fragte er.

Der Polizist deutete nach vorn. »Bitte fahren Sie rechts in den Feldweg. Hier blockieren Sie die Straße.« Durch den Helm und das herabgelassene Visier klang seine Stimme dumpf.

»Aber warum? Ich war doch nicht …«

»Allgemeine Verkehrskontrolle. Außerdem ist Ihr Rücklicht defekt. Bitte fahren Sie dort vorn in den Feldweg und halten Ihre Papiere bereit.«

»Das Rücklicht?«

»Monsieur, bitte fahren Sie in den Feldweg.«

Sandrine hatte bereits die Klappe vom Handschuhfach geöffnet und suchte nach den Fahrzeugpapieren. Thierry trat die Kupplung und setzte einige Meter voran, bog dann in einen schmalen, geschotterten Wirtschaftsweg, der links von einem Wäldchen, rechts von einem Weinfeld begrenzt wurde. Ihm war nicht bewusst, dass das Rücklicht defekt war. Ehrlich gesagt wirkte es auch gar nicht so, wenn er in den Rückspiegel sah. Vielmehr schienen die Rückleuchten gegen die Frontverkleidung des Polizeimotorrads, das ihnen folgte und hinter dem Wagen stoppte, um ihn zu blockieren, rot zu reflektieren.

»So ein Mist«, murmelte Thierry erneut. »Das fehlt mir gerade noch.« Er schnallte sich ab und hob den Hintern an, um seine Geldbörse aus der Gesäßtasche zu ziehen, in der der Führerschein steckte.

»Hoffentlich«, flüsterte Sandrine, »wird das nicht teuer. Noch haben wir das Geld nicht, und …«

»Die Papiere, bitte«, sagte der uniformierte Polizist.

Er stand nun direkt neben dem Fenster und trug nach wie vor seinen Helm.

Thierry ließ sich den Fahrzeugschein von Sandrine geben und packte seinen Führerschein obenauf. Der Polizist nahm beides entgegen, warf einen kurzen Blick drauf und schien sich ansonsten nicht sonderlich dafür zu interessieren. Er hantierte dann an seinem Einsatzgürtel. Im nächsten Moment blickte Thierry in den Lauf einer Waffe.

Ihm wurde schlagartig übel.

»Ich glaube«, sagte der Polizist, »wir haben etwas miteinander zu klären.«

2

Albin trank einen weiteren Schluck Pastis. Er blickte nach oben, sah durch das Dach der Platanen in den immer noch sattblauen Himmel an diesem frühen Abend. Der Geschmack von Anis breitete sich in seinem Mund aus. Er ließ ihn etwas nachwirken. Dann stellte er das leere Glas auf dem Metalltisch ab, klemmte sich die Gitanes in den Mundwinkel und klickte die beiden Metallkugeln aneinander. Er ging zur Boulebahn, stellte sich hinter den Strich im sandigen Boden und nahm Maß. Verdammt, nicht einfach, dachte er. Die kleine Holzkugel, das Schweinchen, war umringt von anderen Kugeln – wie eine klitzekleine Sonne von übergroßen Planeten aus Edelstahl.

Und wie es aussah, würde das Team der Freiwilligen Feuerwehr aus Mazan heute den Sieg nach Punkten davontragen. Daran konnte auch Albin nicht mehr viel ändern, höchstens das Schlimmste verhindern und dafür sorgen, dass die zusammengewürfelte Truppe aus Carpentras rund um Jérôme Lehmann nicht vollends das Gesicht verlor. Lehmann stand am Rande, hatte die Hände tief in den Hosentaschen vergraben und wirkte bockig. Unter dem T-Shirt mit dem Aufdruck seiner Hausverwaltungsfirma »Lehmann – Gérance d'Immeubles« spannten sich die Muskeln. Es war vom Schweiß dunkel verfärbt. Sein neben ihm stehender Schwager Robert Robaix, dem die Entrümpelungsfirma Robaix Brocante gehörte, sah ebenfalls nicht glücklich aus. Die übrigen Teammitglieder standen hinter Albin und ließen sich von Matteo, dem Wirt des Café du Midi, neues Wasser und Pastis bringen. Die kleine Boulebahn grenzte unmittelbar an sein Geschäft, einer Mischung aus Bistro, Bar Tabac und Café, was den Laden an frühen Abenden wie diesem zu einer echten Goldgrube machte.

Auf der anderen Seite der Spielbahn tuschelten die Burschen aus Mazan miteinander. Sie gruppierten sich um Bastian Crouchaut, dessen Glatze wie frisch poliert glänzte. Er war siegesgewiss, gab sich lässig und würdigte Albin und die anderen keines Blickes.

Albin wusste, wie sehr das Lehmann auf die Nerven ging. Die beiden Teams verband eine Art Hassliebe miteinander.

Als Albin vor einiger Zeit zum ersten Mal nach vielen Jahren wieder zu den Boulekugeln gegriffen hatte, hatte er mit einem glänzenden Schuss Mazan regelrecht vernichtet. Bei einem Gegenbesuch in Mazan anlässlich der Dorf-Fête hatten sie die Freiwillige Feuerwehr sogar auf heimischem Boden geschlagen. Albin war nicht dabei gewesen, wenngleich Lehmann mit Engelszungen auf ihn eingeredet hatte. Sie hatten es auch ohne Albin geschafft, und: Nein, Albin wollte lieber nur gelegentlich boulen, und zwar dann, wenn er Lust dazu verspürte. Außerdem widerstrebte ihm der Gedanke daran, festes Mitglied in einer Gruppe zu sein. Das brachte nur Verbindlichkeiten mit sich, und Albin war zeit seines Lebens kein Teamplayer gewesen. Am besten war er, wenn er allein agierte. Und das würde sich nicht mehr ändern. Allerdings gab es Ausnahmen von der Regel. Zum Beispiel heute, denn Lehmann hatte Albin mit einem unwiderstehlichen Angebot von Installateurs- und Malerarbeiten der beiden Teammitglieder Moulin und Duvant zum Vorzugspreis auf Lebenszeit herumgekriegt und an seine Ehre als Bürger von Carpentras appelliert.

Denn es war so: In der letzten Zeit hatte sich im Team aus Mazan etwas getan. Einerseits spielten sie inzwischen allesamt mit denselben mattschwarzen Kugeln aus einer Karbonstahllegierung, die sündhaft teuer und mit einer speziellen Dämpfung versehen waren, und trugen T-Shirts der Firma »Obut«. Das hinterließ den Eindruck, als würden sie von dem Hersteller gesponsert, obwohl dem nicht so war. Außerdem liehen sie sich regelmäßig zwei junge Spieler von der Feuerwehr aus Le Thor aus und gaben vor, dass es sich um Ersatzspieler handele, weil jemand krank geworden sei. Die beiden Burschen waren sensationell gut und das mit den Krankheiten nur Ausreden. Alles andere – die Hightechkugeln, die T-Shirts – war lediglich psychologische Kriegsführung von Crouchaut, die Lehmann stets als lächerlich bezeichnete. Dennoch wirkte das neue System: Mazan hatte Carpentras einige Male regelrecht von der Bahn gefegt.

Lehmann musste kontern. Ihm blieb nichts anderes übrig, als selbst zu Einschüchterungstaktiken und psychologischer Kriegsführung zu greifen – und zwar mit seiner Geheimwaffe Albin Leclerc. Er ließ ihn gegen Mazan als letzten Spieler antreten, um damit die Erinnerung an die Deklassierung von damals zu wecken, als Albin Mazan mit einem einzigen brillanten Wurf pulverisiert hatte. Außerdem überragte Albin die meisten anderen Spieler an Körpergröße und war mit seinem inzwischen fast weißen Haar nicht nur optisch eine einschüchternde Erscheinung. Er war halt, wie Lehmann immer wieder sagte und Albin dabei die Schultern massierte, eben Albin Leclerc, den ja jeder kenne, das dürfe man nicht vergessen: der Ex-Commissaire, der die Bürger von Carpentras beschützte und den Bösen gab, was sie verdienten – und das gelte hier und heute insbesondere für die Bösewichte mit den schwarzen Angeberkugeln. Mit Albin Leclerc lege sich besser niemand an, das wisse ja jeder, und die aus Mazan würden zu Salzsäulen erstarren, sobald Albin das Spielfeld betrete, keine Frage, sie würden nur noch mit zitternden Fingern werfen können, und ihre Kugeln würden allein aus Respekt gegenüber Albin ihr Ziel verfehlen.

Na ja, dachte Albin, das hatte alles nicht viel geholfen. Sie lagen dennoch hinten und hatten keine Chance auf den Sieg. Er kniff das linke Auge gegen den Zigarettenrauch zu und visierte mit dem rechten. Er hatte verschiedene Möglichkeiten. Er könnte versuchen, die Kugeln des eigenen Teams näher ans Ziel zu treiben. Die Alternative war, seinen Wurf optimal zu platzieren und damit eine Kugel der gegnerischen Mannschaft wegzukicken, um dadurch dem eigenen Team einen Vorteil zu verschaffen. Dazu würde man als Ziel diejenige Gegnerkugel wählen, die der Konkurrenz die meisten Punkte versprach. Allerdings war es gleichgültig, was Albin tun würde, denn wie auch immer er sich entscheiden würde: Mazan hatte gewonnen. Also, dachte Albin, würde er einfach das tun, was er in seinem allerersten Spiel gegen

Mazan auch schon getan hatte und was zumindest ein kleiner Stich ins schwarze Herz der Freiwilligen Feuerwehr darstellte.

Er griff die Kugel etwas fester, holte dann mit einer eleganten Bewegung aus, ging in die Knie, bewegte den Arm mit Schwung voran und streckte sich dabei. Er spürte, wie die Kugel mit leichtem Drall die Fingerspitzen verließ und blickte ihr hinterher. Das taten auch die Spieler aus Mazan sowie die von Albins eigenem Team – und in dem Moment mussten sie ahnen, was Albins Plan war und dass es ihm nicht um einen Punktevorteil ging. Sie mussten es vollends begreifen, als die Kugel mit einem dumpfen Knirschen aufschlug und nur einen Sekundenbruchteil später gegen die von Bastian Crouchaut höchstpersönlich kickte, die wie der dunkle Todesstern von Darth Vader eher im mittleren Bereich des Schweinchens lag. Albins Kugel tauschte den Platz mit ihr, während die angeschossene mit Schwung von der Spielfläche rollte und unter einem der Bistrotische liegen blieb. Was die Punkte anging: ein dummer Wurf. Es ging einzig um die Symbolwirkung.

Niemand sagte etwas. Aber Albin war zufrieden mit seinem Wurf, lächelte und zwinkerte Crouchaut zu, der fassungslos zwischen seiner Kugel und Albin hin und her blickte. Albin zwinkerte auch Lehmann und Robaix zu, die seine Intention begriffen und wie er ein Lächeln auf den Lippen hatten. Sie hatten es kapiert: Wenn du nicht gewinnen kannst, dann gehe wenigstens mit Stolz vom Platz und versetze dem Gegner einen Tritt in den Hintern.

»Was sollte denn das?«, hörte Albin Crouchaut schimpfen. Er ging zu Matteo, der Albin anerkennend gegen den Oberarm klopfte, weil er mit seinen kurzen Armen die Schulter unmöglich erreichen konnte.

»Was soll denn das heißen?«, motzte Crouchaut weiter. »Genauso gut kannst du mir auch vor die Füße spucken, Leclerc! Willst du mir vor die Füße spucken?«

Albin paffte und nahm sich einen weiteren Pastis. Er blickte sich kurz um und sah, dass Crouchauts Gesicht hochrot angelaufen war. Er hatte einen cholerischen Anfall und erinnerte dabei an Louis de Funés in seinen besten Zeiten. Zwei seiner Teammitglieder hielten ihn fest und redeten auf ihn ein – wie um ihn davon abzuhalten, auf Albin loszugehen.

»Meine Güte. Der hatte immer schon eine kurze Lunte«, murmelte Matteo.

»Das macht es ja so reizvoll«, erwiderte Albin. Er hob das Glas und prostete in Richtung Crouchaut.

Das brachte dann das Fass zum Überlaufen. Jetzt mussten die beiden Feuerwehrmänner Crouchaut wirklich festhalten.

»He! Leclerc! Willst du dich mit mir anlegen, oder was?«

»Du«, bellte Lehmann schließlich von der anderen Seite, »lässt meine Spieler jetzt mal in Ruhe, Crouchaut! Was willst du denn? Ihr habt gewonnen! Glückwunsch! Was soll dieser Affentanz?!«

»Affentanz?!«

»Genau!«

»Du nennst mich einen Affen?!«

»Niemand tut das! Aber nun lass meine Spieler in Frieden, Mensch!«

»Er hat mich provoziert!«

»Niemand provoziert dich!«

»Und ob! He, Leclerc! Ich rede mit dir! Du willst mir vor die Füße spucken? Dann komm doch her!«

Albin wendete sich wieder zu Matteo, trank einen Schluck Pastis und zog an der Gitanes. Er grinste immer noch. »Ich weiß«, sagte er leise zu Matteo, »ich bin ein mieser Hund.«

Albins Mops Tyson, der unter einem der Bistrotische lag und das Geschehen bislang gelangweilt verfolgt hatte, stand nun auf, streckte sich und trottete zu Albin – ohne dabei das Team aus Mazan aus den Augen zu lassen. Er hockte sich neben Albin, hob die Schnauze in Richtung von Crouchaut und wirkte dabei so arrogant und herablassend, wie ein Mops nur arrogant und herablassend wirken kann.

»Redest du mit dem Chef?«, schien er zu sagen. *»Du laberst den Chef an? Kann es sein, dass du den Chef meinst? Mit wem glaubst du, kannst du in diesem Ton reden? Komm doch, ich zerfetze dir die Hose!«*

Matteo stellte das Tablett mit dem Wasser und der Pastisflasche auf einem Tisch ab und streckte sich etwas, was ihn nicht wesentlich größer wirken ließ. Er trug eine seiner uralten Jeans und ein verwaschenes Poloshirt sowie ein Handtuch, dass er sich wie eine Schürze in den Hosenbund gestopft hatte. Matteo war früher Boxer gewesen, sogar kein schlechter, wie einige Zeitungsausschnitte verrieten, die gerahmt an den Wänden des Cafés hingen. Über allem schwebte ein Porträt von Marine Le Pen mit Autogramm.

Matteo knurrte: »Den werfe ich gleich raus«, und

schickte sich an, zu Crouchaut zu gehen, aber Albin schüttelte mit dem Kopf.

»Du kannst ihn nicht rauswerfen, weil er schon draußen ist.«

»Trotzdem.«

Albin blickte sich um und sah, dass nun die Teams aus Mazan und Carpentras dicht zusammenstanden und allesamt aufeinander einredeten, wobei die kräftigsten Spieler jeweils damit befasst waren, Crouchaut und Lehmann davon abzuhalten, sich gegenseitig an den Kragen zu gehen.

»Weißt du«, erklärte Albin, »die beiden konnten sich noch nie ausstehen. Ich habe mit dem Krach eigentlich gar nichts zu tun. Ich bin allenfalls ein Katalysator.«

Matteo brummte, warf einen Blick auf Albin. »Na ja«, murmelte er, »du hast ihm gerade öffentlich in den Hintern getreten, was ich nicht verurteile, im Gegenteil. Du hast ihm gezeigt, dass wir könnten, wenn wir wollten. Und damit kann er halt nicht umgehen.«

»Genau darum geht es«, erwiderte Albin. »Mittelfristige Taktik. Beim nächsten Turnier werden sie so verbissen spielen, dass sie eigentlich nur verlieren können. Das verschafft uns einen Vorteil.«

Als er hochblickte, fiel ihm ein älterer Mann am Rand der Spielfläche auf, der Albin mit einem Lächeln und erhobener Hand grüßte.

»Na so was«, sagte Albin und lächelte zurück. »Wenn das mal nicht Arnault Langlois ist.«

Albin nahm sein Pastisglas, überließ die Streitenden sich selbst und bat Matteo, darauf zu achten, dass Tyson niemanden zerfleischen würde. Dann ging er rüber zu

Langlois und begrüßte ihn mit einem langen, kräftigen Handschlag.

»Albin Leclerc, wie er leibt und lebt«, sagte Langlois, der etwa im selben Alter war wie Albin und ebenfalls längst in Rente, aber älter wirkte und so, als laste etwas Schweres auf seinen Schultern. Er trug ein buntes Hemd über der hellen Hose und einen Pork-Pie-Strohhut – den Typ Hut, den Gene Hackman in »French Connection« aufhatte.

Langlois und Albin kannten sich seit einer halben Ewigkeit, hatten sich aber ebenfalls seit einer gefühlten Ewigkeit aus den Augen verloren. Langlois gehörte früher das Eisenwarengeschäft Langlois, in dem Albin alles Mögliche zur Renovierung seines Hauses und zum Bau des Carports gekauft hatte. Davon abgesehen hatte er Langlois einige Male aufgesucht, wenn es um Einbrüche und dabei verwendete Werkzeuge ging sowie um fachkundigen Rat und die Frage, ob dieses oder jenes bei ihm womöglich kürzlich gekauft worden war, um es bei Straftaten zu verwenden. Langlois hatte das Geschäft schließlich an eine größere Kette verkauft, die es inzwischen geschlossen hatte. Schon damals hatte er stets einen solchen Hut und bunte Hemden unter seinen grauen Kitteln getragen.

»Wie er leibt und lebt«, bestätigte Albin. »Und dir geht es ebenfalls nicht schlecht, wie ich sehe.«

Langlois machte eine wegwerfende Geste. »Könnte besser sein. Mit der Gesundheit und insgesamt.«

»Hm«, brummte Albin, trank einen Schluck Pastis und holte mit den Lippen eine Gitanes aus der knittrigen Verpackung, die er anschließend wieder in der Jeanstasche verschwinden ließ.

»Also.« Langlois hustete, hob den Hut und fuhr sich mit der Hand über den Schädel. »Ich kannte deine Telefonnummer nicht, und im Telefonbuch habe ich dich nicht gefunden ...«

»Als Polizist steht man besser nicht darin.«

Langlois nickte und setzte das Hütchen wieder auf. »Da dachte ich, ich schaue mal bei Matteo vorbei und frage ihn. Na ja, und da finde ich dich hier beim Spielen, wollte aber nicht stören. Du hast ganz schön Unruhe da drüben gestiftet.«

Albin grinste. »Keine Sorge. Die kriegen sich schon wieder ein.«

»Tja, ich wollte dich fragen, ob du mir vielleicht bei einer Sache weiterhelfen kannst. Du bist der einzige Polizist, den ich kenne. Und wie man hört und liest, bist du nicht wirklich im Ruhestand oder kennst vielleicht noch ein paar Leute ...«

»Ich bin polizeilicher Berater«, erklärte Albin. »Um ehrlich zu sein: Mir wird sonst langweilig, und sie haben mir diesen Titel verliehen, damit es keinen juristischen Ärger gibt, wenn ich als Privatier in offiziellen Ermittlungen mitwirke. Manchmal kann ich den Exkollegen etwas auf die Sprünge helfen. Der alte Mann gehört noch nicht zum alten Eisen.«

Langlois rang sich ein Lächeln ab. »Ich wollte mit dir sprechen. Wegen meiner Nichte«, erwiderte Langlois. »Sie ist seit einigen Tagen verschwunden. Man kann sie telefonisch nicht erreichen. Zur Arbeit kam sie auch nicht mehr. Sie ist wie vom Erdboden verschluckt.«

»Ist sie als vermisst gemeldet worden?«

Langlois nickte. »Ja, mein Bruder hat sie als vermisst

gemeldet. Wir alle machen uns große Sorgen. Ihr Lebensgefährte wird ebenfalls vermisst und ist unerreichbar.«

»Möglicherweise sind die beiden im Urlaub und haben es keinem gesagt?«

»Nein. Sie waren eben erst wieder aus dem Urlaub zurückgekehrt. Sie arbeiten beide im Krankenhaus, er in der Apotheke und sie als Krankenschwester. Sie sind beide sozial engagiert und helfen manchmal bei Ärzte ohne Grenzen. Sie waren gerade ein paar Wochen lang in Afrika an der Côte d'Ivoire. Da werden sie kaum schon wieder in den Urlaub gefahren sein und erst recht nicht, ohne es jemandem zu sagen.«

Albin nippte an seinem Pastis. »Die Kollegen werden sicherlich etwas über die beiden in Erfahrung bringen. Es kommt oft zu Vermisstenmeldungen, und dann tauchen die Personen plötzlich wieder auf, und alles klärt sich. Ein Telefon war kaputt. Man war Freunde besuchen und hat niemandem Bescheid gesagt oder war krank. Es gibt viele Ursachen. Wie lange sind die beiden vermisst?«

»Seit drei Tagen.«

»Das wird sich schon klären, Arnault.«

»Wenn ich ehrlich bin, habe ich das Gefühl, dass die Polizei nicht allzu viel tut, Albin. Deswegen dachte ich, ich frage dich mal, ob du da nicht etwas machen kannst oder vielleicht mal hören, was da los ist. Mir sagen die nämlich nichts außer: abwarten.«

Albin konnte es sich gut vorstellen. Er hatte immer wieder mit Vermisstenfällen zu tun gehabt – und meist konnte man den Angehörigen tatsächlich nicht mehr sagen. Einem Erwachsenen konnte man seinen Aufenthaltsort nicht vorschreiben, und es gab keine rechtliche Verpflichtung, diesen seinen Angehörigen oder Freunden mitzuteilen. Die Polizei konnte im Grunde erst tätig werden, sobald eine Gefahr für Leib oder Leben vorlag. Und selbst wenn es eine Gefahrenlage gab und die vermisste Person aufgetrieben wurde, musste man sie erst fragen, ob man Angehörigen und Bekannten den Aufenthaltsort mitteilen durfte. Die gute Nachricht war jedoch: Innerhalb von einer Woche erledigte sich die Hälfte der Vermisstenfälle von selbst, innerhalb eines Monats sogar zu achtzig Prozent.

Aber natürlich gab es auch andere Fälle. Albin hatte es selbst erlebt. Gerade vor einigen Tagen war ein Polizist aus Marseille als vermisst gemeldet worden, wie er in der Zeitung gelesen hatte. Der Mann war später in der Vorstadt tot aufgefunden worden – ohne Uniform und Waffe, und sein Motorrad war fort. Die Ermittler gingen davon aus, dass eine kriminelle Bande dafür verantwortlich sein musste und es sich womöglich um eine perverse Mutprobe im Rahmen eines Gang-Aufnahmerituals handeln könnte. Mit anderen Worten: Nicht jeder Vermisstenfall stellte sich als harmlos heraus.

Deswegen, und weil Albin Langlois gut kannte und wusste, wie sich Ungewissheit anfühlte, sagte er: »Ich kann ja mal nachhorchen und melde mich dann bei dir, Arnault. Wie heißen die beiden?«

»Sandrine Langlois und Thierry Roubert«, erwiderte Langlois.

3

Das Plateau de Vaucluse war ein kleinerer Höhenzug als der Luberon, aber nicht minder reizvoll. Er verlief ungefähr in Ost-West-Richtung zwischen Fontaine de Vaucluse, wo die Sorgue entsprang, und dem Mont Ventoux. Zahlreiche malerische Dörfer wie Venasque oder Gordes klebten wie Schwalbennester an den grauen Felsen. In einem Tal lag die Abtei von Senanque, hier und da fand man kleine Kapellen, verfallene Ruinen und weitere Bergdörfer in einer ursprünglichen Landschaft. Die D4 führte über den Col de Murs, und dort gab es viele Wirtschaftswege und Zonen zum Picknicken, die oft von Familien aufgesucht wurden. Außerdem sah man überall Radtouristen und Wanderer.

David Morey ließ deswegen die Wochenenden gerne aus. Ihm gefiel es sehr viel besser, allein mit der Landschaft und dem Himmel zu sein, wenn er in der Natur malte, was er oft tat. Seine kleinformatigen Gemälde stellte er in der eigenen Galerie aus, aber auch in denen der umliegenden Ortschaften, wo sie von Touristen gekauft wurden, die sich ein solches Mitbringsel aus dem Urlaub leisten konnten, denn preiswert waren Moreys Bilder nicht gerade. Natürlich hätte er einfach auf Masse produzieren können, ohne das Atelier zu verlassen. Die Ansichten von Wäldern mit Himmel und einer Ruine oder einem Dorf hatte er im Kopf und hätte Hunderte davon malen können, ohne jemals einen Schritt vor die Tür zu setzen. Aber genau das gehörte ja für Kunden zu einem impressionistisch anmutenden Bild dazu: die Illusion, dass der Maler wie Vincent van Gogh durch die Gegend spaziert ist und von einer Ansicht derart überwältigt war, dass er sie wie im Rausch sofort auf die Leinwand bannen musste. Außerdem erwarben seine Kunden die Erinnerung an ihr eigenes Empfinden beim Urlaub in der wunderschönen, duftenden, von der Sonne durchfluteten Provence. Und für Morey gehörte das ebenfalls dazu. Die Arbeit im stillen Kämmerlein war nicht sein Stil.

Morey hatte den Kangoo am Col de Murs geparkt, seinen Klapphocker und den Rucksack mit den Farben, den Leinwänden und der an der Seitentasche befestigten, ausklappbaren Staffelei herausgenommen und ging um eine rostige Schranke herum, die einen Waldwirtschaftsweg absperrte. Abgeschlossen war sie nicht. Er spazierte zwischen den Pinien und Felsen hindurch, inhalierte die würzige Luft und nahm sich vor, in etwa zweihundert Metern nach links zu gehen. Dort gab es einen Einschnitt im Bewuchs mit einem Vorsprung, von dem man eine hervorragende Aussicht auf einige Dörfer hatte und sogar bis zum Luberon sehen konnte. Dort würde er seinen Stuhl aufbauen, die Staffelei platzieren und zunächst ein Salamibrot mit einem Becher Rotwein zu sich nehmen, bevor er loslegte.

Er hatte sich vorgenommen, heute Nachmittag wenigstens vier Bilder zu produzieren. Er nutzte Acrylfarben, die genauso wie Öl leuchten würden, aber für seine Zwecke erheblich praktischer waren und blitzschnell trockneten. Er würde ein Nickerchen machen, während Wind und Sonne den Prozess beschleunigten. Für jedes Bild – falls es sich verkaufte, und daran zweifelte Morey nicht – würde er rund tausend Euro kassieren. Kein schlechter Tagesverdienst.

Er ging um eine langgezogene Kurve und sah kurz vor der Schneise im Wald einen weißen Citroën, der dort offensichtlich parkte. Morey wunderte sich für einen Moment, weil der Wirtschaftsweg doch abgesperrt war, aber dann erinnerte er sich, dass sich an der Schranke kein Schloss befunden hatte. Vielleicht hatte der Fahrer des Autos auch einen Schlüssel und es handelte sich um den Privatwagen des Försters, der nur mal rasch nach dem Rechten sehen wollte. Wenngleich der Citroën nicht mitten auf dem Weg stand, sondern zur Hälfte zwischen den Büschen abgestellt war, weswegen man nur das Heck erkennen konnte.

Morey ging weiter, näherte sich dem Fahrzeug, und je näher er kam, desto mehr war er der Auffassung, dass das nicht der Wagen eines Försters oder Landschaftswächters sein konnte. Möglicherweise gehörte es doch Ausflüglern – vielleicht hatte sich hier ein Pärchen für ein Schäferstündchen zurückgezogen? Wer weiß, dachte Morey, und überlegte, ob er nicht doch einen anderen Standort wählen solle, um niemanden zu stören. Andererseits – warum sollte er sich deswegen davon abhalten lassen? Er verlangsamte sein Tempo, kam näher an das Auto heran – und erkannte durch die Heckscheibe zwei Personen, die auf dem Fahrer- und Beifahrersitz saßen.

Morey sah noch einmal genauer hin. Ja, da waren zwei Personen. Aber die waren definitiv nicht miteinander beschäftigt. Die Köpfe hingen etwas zur Seite, so dass es aussah, als würden die Insassen schlafen.

Morey bekam ein schlechtes Gefühl. Da war irgendetwas nicht in Ordnung, beim besten Willen nicht. Niemand fuhr doch sein Auto so tief in das Buschwerk auf einem entlegenen Weg des Col de Murs, wenn er nicht einen Grund dafür hatte. Und diese Bewegungslosigkeit ...

Morey setzte den Rucksack ab und klopfte an die Heckscheibe. Aber nichts geschah. Er zwängte sich durch die Äste, bis er an der Fahrerseite angelangt war. Er klopfte auch dort gegen die Scheibe. Am Steuer saß ein Mann, auf der anderen Seite eine Frau, und beide wirkten wirklich so, als seien sie im Tiefschlaf.

Morey schluckte schwer. Und jetzt nahm er auch diesen Geruch wahr. Als ob ein Tier in den Büschen verendet war.

Er presste sein Gesicht an die Scheibe, schattete es mit der Hand ab. Und jetzt sah er das braunrot verfärbte Hemd des Mannes und das der Frau. Auch ihre Haare wirkten so, als seien sie mit einer bräunlichen Farbe verklebt worden.

Dieses Pärchen ...

Die schliefen nicht, dachte Morey.

Die waren ...

Sie ...

Morey schrie auf, drängte sich hektisch durch das Buschwerk zurück auf den Weg, kümmerte sich nicht um die Äste, die ihm die Haut aufrissen. Er stolperte über eine Wurzel, schlug der Länge nach auf den sandigen Kies und kroch zu seinem Rucksack, um das Handy herauszuholen und den Notruf zu wählen.

4

Cat schob sich ein Kaugummi in den Mund und verscheuchte eine Fliege, die es sich auf ihrem schwarzen Tanktop bequem machen wollte. Die Sonne brannte ihr auf den Schultern. Es war Mittag. Sie stand im Zenit und ließ die Landschaft glühen. Seit Tagen schon erreichten die Temperaturen fast vierzig Grad.

Das Areal am Col de Murs war weiträumig mit Absperrband gesichert worden. Die Polizeiwagen sowie die Fahrzeuge der Spurensicherung und der Rechtsmedizin aus Nîmes hielten an der Straße, um den mit hellem Schottersand bestreuten Parkplatz sowie den Feldweg hinter der Schranke nicht mit Reifenspuren zu kontaminieren. Zwei Gendarmen standen ebenfalls an der Straße, um bei Bedarf den Verkehr zu regeln, weil die vielen haltenden Fahrzeuge die Spurbreite der Route Départementale verengten. Die Uniformierten waren die Ersten am Fundort gewesen, nachdem ein örtlicher Künstler aus Gordes namens David Morey die Polizei gerufen hatte. Er hatte das Fahrzeug entdeckt, als er nach Motiven suchte. Der Mann war bereits vernommen und nach Aufnahme seiner Personalien wieder entlassen worden. Womöglich hockte er gerade in einer Bar und gönnte sich ein paar Schnäpse – denn was er gesehen hatte, war ohne Frage schockierend.

Cat blickte zu dem Wagen, der nach wie vor zum größten Teil in dichtem Buschwerk steckte – als habe man notdürftig versucht, ihn zu verbergen. Ein Abschleppunternehmen würde bald anrücken und den Wagen auf einen Transporter befördern, damit die Spurensicherung ihn im Detail betrachten konnte, was hier vor Ort unmöglich war. Ebenso würden die beiden Leichen ins rechtsmedizinische Institut an der Uni in Nîmes zur Obduktion gebracht werden. Aktuell war nur eine Erstbeschau möglich sowie das Sichern von Spuren im Umfeld, womit die Crew um Bruno Grinamy seit einiger Zeit beschäftigt war. Bei der Hitze waren die Forensiker in ihren faserfreien Overalls nicht zu beneiden. Sie hatten eben ihre wesentliche Arbeit abgeschlossen, das Auto für die Rechtsmedizinerin Berthe mit ihren Assistenten freigegeben und saßen nun erschöpft auf den Felsen und leerten eine Wasserflasche nach der nächsten.

Cat machte eine Blase mit dem Kaugummi, sah sich nochmals um und ging dann rüber zum Auto, wo ihr Kollege Capitaine Alain Theroux bereits stand und sich gerade etwas erklären ließ. Cat nahm ein Fläschchen Pfefferminzöl aus der Jeanstasche und streifte ihren Mundschutz vom Handgelenk ab. Sie gab zwei Tropfen in das Vlies und setzte die chirurgische Maske auf. Theroux trug ebenfalls eine und sah in seiner modisch zerrissenen Jeans aus, als sei er zuvor durch die Büsche gerobbt, die den Citroën umgaben.

Er trat einen Schritt zur Seite, um Berthe und ihrem Team etwas Platz zu machen. Die Rechtsmedizinerin trug ebenfalls einen chirurgischen Mundschutz – allerdings nicht wie Cat und Theroux wegen des entsetzlichen Gestanks. Sie hatte eben gemeint, dass die Leichen schon länger im Auto sitzen würden und man nicht wissen könne, was man nach der Fahrzeugöffnung an Sporen einatmen würde. Berthes Mitarbeiter machten einige Videoaufnahmen, bevor die Leichen aus dem Fahrzeug gezogen und zu einer weiteren Beschau auf den Weg gelegt werden würden, wo bereits zwei aufgeschlagene Bodybags lagen. Inzwischen hatte Berthe den Mundschutz übers Kinn nach unten gezogen und damit gewissermaßen Entwarnung gegeben. Für gewöhnlich trug sie bei Obduktionen keinen und nutzte auch keine Mentholpaste oder dergleichen. Nach ihren Worten gewöhnte man sich an den schlimmsten Leichengeruch. Der olfaktorische Sinn sei außerdem bei einer Obduktion wichtig und man würde sich die Haut samt Geruchsnerven ruinieren, wenn man sie dauernd mit einer scharfen Paste einrieb.

»Meine Fresse«, murmelte Theroux. »Die sehen nicht gut aus. Berthe meint, die Toten seien seit wenigstens drei Tagen hier im Fahrzeug und regelrecht gebacken worden.«

»Nach Selbstmord mit Tabletten oder Abgasen sieht es bei dem vielen Blut jedenfalls nicht aus«, erwiderte Cat.

Theroux fuhr sich mit der Hand über die schweißnasse Stirn und wischte sie anschließend an der Jeans trocken. Er zuckte mit den Achseln. »Weiß ich noch nicht. Auf den ersten Blick haben wir keine Waffe gesehen. Die Türen waren zu, aber nicht verschlossen, die Fenster nicht herabgelassen. Sie wollen die Leichen gleich aus dem Auto holen, dann kann man sicherlich mehr sagen. Sie probieren dann auch, ob sie den Wagen rausziehen können und prüfen, ob der Gang noch eingelegt ist oder die Handbremse angezogen.«

Nun kam auch Berthe herüber. Sie trug ihre knallrote Brille und wirkte nachdenklich. Cat beobachtete, wie ihre Assistenten mit Hilfe von zwei Mitarbeitern der Spurensicherung begannen, zunächst die männliche Leiche vom Fahrersitz zu ziehen. Die weibliche vom Beifahrersitz würde folgen. Es schien nicht einfach zu sein, den Körper zu bewegen. Geschätzte achtzig Kilogramm Gewicht waren eine Menge, und es gab einen Unterschied, einen lebendigen oder einen leblosen Menschen zu tragen.

Cat, Alain und Berthe schwiegen, während der Mann aus dem Fahrzeug bewegt und schließlich auf dem Rücken auf einem der Bodybags abgelegt wurde. Berthe nahm ihn unmittelbar in Augenschein, während die Männer nun die Leiche der Frau holten und neben der anderen auf der Folie platzierten. Auch ihren Körper nahm Berthe in Augenschein.

Alain hatte sich für einen Moment weggedreht und stöhnte leise. Dann sah auch er wieder hin. Cat verfolgte Berthes zunächst nur oberflächlichen Untersuchungen. Die Haut der Toten war verfärbt. Der Verwesungsprozess setzte bei der Hitze sehr viel schneller ein. Cat schätzte beide auf Mitte dreißig. Die Haare von beiden waren mit getrocknetem Blut verklebt, was den Schluss nahelegte, dass sie erschossen worden waren. Möglicherweise ein Doppelselbstmord. Erst hatte er sie getötet, dann sich selbst. Oder andersherum.

»In den Köpfen befinden sich jeweils Einschusswunden«, murmelte Berthe. »Die Eintrittswunden sind im Nacken, die deutlich größeren Austrittswunden bei ihm im frontalen Stirnbereich und bei ihr in der Wange. Im Auto habe ich allerdings weder Blutspritzer noch Hirn- oder Knochenmasse auf dem Armaturenbrett oder an der Windschutzscheibe gesehen.«

Nun drehte sich Theroux wieder um und sah zu den Leichen, dann zu Cat. Sie wusste, dass er dasselbe dachte wie sie. Dass sich von einem Moment zum nächsten die Sachlage völlig verändert hatte.

Niemand konnte sich selbst in den Nacken schießen. Das würde ein Dritter tun müssen. Damit ging es ab sofort um Mord. Eher um zwei Hinrichtungen. Sie mussten außerdem woanders stattgefunden haben, nicht im Auto, weil ansonsten Spuren zu sehen gewesen wären. Wenn einem von hinten in den Kopf geschossen wurde, war ein enormes Blutbad die Folge. Es wäre nicht zu übersehen gewesen. Anschließend hatte jemand den Wagen mit den Leichen hierher gebracht, die Toten auf den Sitzen platziert und war wieder verschwunden. Vielleicht war der Täter gefahren. Eventuell gab es aber noch einen Kompagnon, der mit einem anderen Auto gewartet und außerdem beim Tragen der Leichen geholfen hatte. Möglicherweise war der weiße Citroën auch schon hier gewesen und die Hinrichtung hatte in Reichweite stattgefunden.

»Warum«, fragte Theroux, »platziert jemand die Leichen auf diese Art und Weise im Auto?«

Seine Frage bestätigte Cat, dass er exakt dieselben Gedankengänge hatte wie sie. Sie zuckte mit den Schultern.

Sie und Theroux hockten sich zu Berthe und betrachteten die Leichen. Theroux hatte bereits Latexhandschuhe an und tastete die Körper vorsichtig ab – er suchte nach Geldbörsen mit Ausweisen oder anderen Dokumenten, schien aber nichts zu finden.

Berthe sagte: »Ich schätze das Alter der Frau auf Mitte dreißig, seines auf Anfang vierzig. Ringe tragen die beiden nicht.«

»Ich verstehe das mit dem Auto nicht«, murmelte Theroux und stand auf. »Man würde doch den Wagen richtig verstecken wollen, nicht nur ein bisschen. Und die Leichen würde man doch verstecken – und nicht wieder hineinsetzen.«

»Vielleicht wollte der Täter sie bewusst auf diese Art und Weise platzieren. Oder er hatte nicht genug Zeit für eine bessere Maßnahme«, erwiderte Cat und stand ebenfalls auf.

Bruno Grinamy, der Noch-Leiter der Spurensicherung, kam vom Auto herüber. Schweißperlen glitzerten auf seinem kahlen Schädel. Eigentlich hätte er längst im Ruhestand sein sollen. Aber man hatte ihn aus Personalmangel gebeten, seine Altersteilzeit etwas zu strecken, was er auch getan hatte. Grinamy war klein und drahtig. Neben ihm ging Kevin Toullardin, der wiederum hager und lang war. Die Sonne spiegelte sich in seiner Nerd-Brille. Von manchen wurde er »Der Star« genannt – aber nicht deswegen, weil er Grinamy vermutlich sehr bald beerben würde. Vielmehr war Toullardin mal in einer True-Crime-Sendung über die Morde an rothaarigen Frauen im Vaucluse interviewt worden und hatte seither den Spitznamen weg. Beide trugen weiße Overalls. Grinamy hielt eine Damenhandtasche in der einen und einen kleinen Rucksack in der anderen Hand. Toullardin war im Gehen damit befasst, einen DIN-A4-großen Ausdruck in einen Beweismittelbeutel zu schieben, der allerdings nicht ganz hineinzupassen schien.

»Wir haben das hier gerade im Auto gefunden. Vielleicht finden wir hier Papiere oder Handys«, sagte Grinamy und öffnete die Handtasche.

Berthe, Theroux und Cat verfolgten es mit Argusaugen. Grinamy brachte eine Geldbörse zum Vorschein, klappte sie auf und fand offensichtlich einen Ausweis.

Er zog das Plastikkärtchen aus dem dafür vorgesehenen Schlitz und sagte: »Tja, die Frau ist offenbar … «

»Sandrine Langlois?«

Die Stimme kam wie aus dem Off. Cat drehte sich herum. Die anderen taten es ihr gleich.

Da stand ein hochgewachsener Mann mit fast weißem Haar vom Format eines Kleiderschranks. Er trug ein Polohemd, eine Chino und hielt einen hechelnden Mops an der Leine. Albin Leclerc würdigte Cat, Theroux, Berthe, Grinamy und Toullardin keines Blickes, sondern legte lediglich den Kopf etwas schief, betrachtete die Leichen und paffte an einer Zigarette.

»Sandrine Langlois«, bestätigte Grinamy und nahm sich nun den Rucksack vor.

»Dann wird er Thierry Roubert sein, ihr Lebensgefährte. Die beiden sind seit drei, inzwischen seit vier Tagen als vermisst gemeldet.«

»Albin«, sagte Theroux. »Das darf doch wirklich nicht wahr sein. Was, zum Teufel, machst du hier?«

»Arbeiten«, antwortete Leclerc. »Genau wie ihr.«

Cat atmete so tief ein, dass ihr der Pfefferminzgeruch

scharf in die Nase stach. Sie zog die Maske herunter und trug sie nun wie Berthe unter dem Kinn. Woher, um Himmels willen, hatte Albin das alles wieder erfahren? Und woher kannte er die Namen?

»Du«, fauchte Theroux, »hast hier überhaupt nichts verloren!«

Leclerc sagte nichts, setzte sich in Bewegung und drückte Theroux im Vorbeigehen die Leine von Tyson in die Hand.

»Albin«, rief Theroux ihm nach, während sich Tyson wie ein Schneekönig darüber freute, so nah bei Theroux zu sein, »ich rede mit dir!«

Leclerc ließ sich davon nicht beeindrucken, ging zum Auto, um es sich aus der Nähe anzusehen, und paffte eine weiße Wolke nach der nächsten in die Luft. Cat fing einen Blick von Berthe auf, die daraufhin schwach mit den Schultern zuckte. Cat atmete nochmals tief ein und zwang sich, ruhig zu bleiben.

Albin war wie eine Katze, obwohl er einen Hund besaß. Er tauchte in der Regel wie aus dem Nichts auf und tat so, als sei es das Selbstverständlichste der Welt und als verstünde er nicht, warum alle anderen sich darüber wunderten. Und sich ärgerten, denn natürlich hatte er hier nicht das Geringste verloren. Irgendwer musste ihm die Information gesteckt haben, dass man hier oben zwei Leichen gefunden hatte. Vielleicht ein paar Kollegen von der Streife, die sich bei Matteo einen Kaffee gekauft hatten. Genau aus dem Grund lungerte Albin dort stets herum: um zufällige Informationen zu erhalten, die ihm ansonsten niemand gab. Schon gar nicht Cat und Theroux – zumindest nicht freiwillig. Also: Manchmal durchaus, wenn sie tatsächlich seine Hilfe brauchten oder falls er sich schon so tief in die Ermittlungen eingemischt hatte, dass es dann auch egal war.

Aber woher, zum Teufel, kannte er die Namen der Toten?

»Thierry Roubert – in der Tat«, hörte Cat Grinamys Stimme, der etwas aus dem Rucksack gezogen hatte, während sein Kollege immer noch mit dem Beweismittelbeutel befasst war. Grinamy hielt eine Geldbörse und einen Ausweis in der Hand.

Leclerc kam zurück, und bevor Cat ihn fragen konnte, was das alles sollte, woher er seine Informationen hatte und warum er die Namen der Toten kannte, erklärte er bereits die Hintergründe.

»Arnault Langlois, ein alter Bekannter, bat mich gestern Abend um Rat. Seine Nichte Sandrine war als vermisst gemeldet. Ihr Lebensgefährte Thierry Roubert ebenfalls. Ich hatte mich eben telefonisch bei den Kollegen über die auf die Namen zugelassenen Fahrzeuge informiert. Der weiße Citroën dort drüben gehört ihm. Bei der Gelegenheit hörte ich etwas über den Leichenfund am Col de Murs, was mich beunruhigte. Daher bin ich direkt hierhergekommen. Sie, Castel oder Theroux, anzurufen wäre zwecklos gewesen, da Sie mich sowieso weggedrückt hätten. Die Leichen sehen zwar nicht sehr gut aus. Aber die Schlussfolgerung lag für mich nahe, dass es sich um Sandrine Langlois und Thierry Roubert handeln musste. Sieht nach Kopfschüssen von hinten aus.«

»Ja«, sagte Berthe. »Aber es hat den Anschein, dass das nicht im Fahrzeug geschah.«

Albin nickte. Dann berichtete er, was er von Arnault Langlois über die Toten wusste. Beide waren im Klinikum angestellt, er in der Apotheke, sie als Krankenschwester. Er nannte weitere Stichworte: das ungefähre Alter, Ärzte ohne Grenzen, gerade erst von der Côte d'Ivoire zurückgekommen, seit inzwischen vier Tagen als vermisst gemeldet, nicht bei der Arbeit erschienen – und dieser Zeitraum passte zu Berthes erster Einschätzung darüber, dass die beiden Leichen mindestens drei Tage tot sein mussten.

Kevin Toullardin räusperte sich. Er hatte es endlich geschafft, den DIN-A4-Zettel in den Beweismittelbeutel zu stecken, und hielt ihn hoch.

»Da wäre noch etwas …«, sagte er. »Das hier haben wir im Fahrzeug gefunden.«

Cat betrachtete, was Toullardin ihnen da präsentierte. Es handelte sich um den Ausdruck eines Fotos, das wie eine Paparazzo-Aufnahme wirkte – als sei es mit einem Teleobjektiv aufgenommen worden, ohne dass die drauf abgebildete Frau davon wusste. Sie schien gerade aus einem Auto ausgestiegen zu sein und verstaute im Gehen womöglich die Schlüssel in der Handtasche. Ihre blonden Haare waren lang. Sie trug ein teuer aussehendes Sommerkleid sowie eine übergroße Sonnenbrille.

»Was, um Himmels willen«, murmelte Theroux, »hat das nun wieder zu bedeuten?«

5

Arnault Langlois lebte in einem Haus, das Albins
sehr ähnlich war. Nicht zu groß, ausreichend für zwei
bis drei Personen, kleiner Garten, gebaut aus verputz-
tem Bruchstein mit hölzernen Fensterläden. Es war früher Abend und die Temperatur gemäß der Anzeige auf
dem Terrassenthermometer auf einigermaßen erträgliche
achtundzwanzig Grad gesunken.

Langlois goss sich noch ein Glas Rosé ein, während
Albin auf ein zweites verzichtet hatte. Beide starrten eine
Weile stumm vor sich hin – Langlois, da er von Albins
schlechten Nachrichten immer noch zutiefst geschockt
war, und Albin, um Langlois Raum zum Trauern zu lassen, statt ihn mit tröstenden Worten zu füllen, die eh
überflüssig waren. So direkt nach einer schrecklichen
Nachricht kam Trost bei niemandem an.

Albin hatte oft genug solche Informationen an Familien überbringen müssen und dabei die gesamte Band-
breite an menschlichen Reaktionen erlebt. Ungefiltert.
Roh. Brutal. Langlois hatte die Information wie einen
Tritt in den Magen aufgenommen, nachdem Albin eben
geklingelt und ihm gesagt hatte, was passiert war. Dann
hatte er das Gesicht in den Händen vergraben, den Kopf
dabei geschüttelt und immer wieder gemurmelt, wie
schrecklich und was für eine Verschwendung das sei. Er

hatte seinen Bruder anrufen und ihm mitteilen wollen, dass Sandrine tot war. Aber Albin hatte gemeint, dass die Kollegen es den Eltern von Sandrine sicherlich schon mitgeteilt hätten oder gerade dabei waren, weswegen er mit einem Telefonat vielleicht noch etwas abwarten sollte.

Arnault hielt ein gerahmtes Bild in der Hand. Sandrine hatte es ihm aus Afrika geschickt. Es zeigte sie und Thierry mit einem Elefanten. Er besaß noch weitere Fotos, die in seinem Regal standen. Darauf waren die beiden mit einigen anderen Mitarbeitern von Ärzte ohne Grenzen in einem Camp oder Sandrine allein in Schwesternkluft an ihrem Arbeitsplatz abgebildet.

Arnault hatte nach Albins Wissen keine eigenen Kinder. Vermutlich war er deswegen so vernarrt in seine Nichte, und für Sandrine schien Arnault so etwas wie der Lieblingsonkel gewesen zu sein, zu dem sie ein sehr gutes Verhältnis pflegte.

»Ich verstehe es nicht«, murmelte Arnault. »Ich verstehe es nicht, und ich weigere mich, es zu akzeptieren. Warum sollte denn jemand Sandrine ermorden? Und Thierry? Das kann doch nur ein Raubmord gewesen sein.«

»Offenbar nicht«, erwiderte Albin und steckte sich eine Zigarette an. »Soweit wir wissen, wurde nichts gestohlen.« Albin paffte, betrachtete einige Bienen, die um eine ihren Abendduft verströmende Bougainvillea herumschwirrten. Er fragte: »Kannst du dir irgendjemanden vorstellen, der ihr oder Thierry etwas antun wollte?«

»Nein«, sagte Arnault wie aus der Pistole geschossen und rang dann nach Worten. »Ich meine … Sie war

Krankenschwester. Und er hat in der Apotheke gearbeitet. Das sind Menschen, die anderen helfen. Denen tut man doch nichts! Ihre Einsätze für Ärzte ohne Grenzen in Afrika kommen noch hinzu. Sie waren beide hilfsbereit, aufopfernd. Die hatten doch keine Feinde!«

Albin nickte und rauchte.

»Sie hatten Träume, Albin«, sagte Langlois. »Eine solche Verschwendung.«

»Was für Träume?«, fragte Albin.

Langlois leerte sein Glas in einem Zug und goss sich ein neues ein. Bald wäre die Flasche geleert.

»Sie wollten heiraten. Also: Ich habe es zwischen den Zeilen herausgelesen. Nachdem Sandrine aus Afrika wiederkam und mich besuchte, erzählte sie mir davon, dass sie und Thierry bald ihre Jobs aufgeben und eine Weinbar eröffnen wollten.«

»Oh?«

Langlois trank etwas Rosé. »Tja, die beiden hatten eigentlich gar kein Geld, soweit ich weiß, aber Sandrine meinte, das werde sich bald ändern. Sie hätten schon mit der Bank gesprochen und ein großartiges Objekt in Aussicht. Das alte ›La Vigne‹, kennst du das?«

Albin nickte. Er kannte es. »*Das* wollten die zwei kaufen und herrichten?«

»Das war der Plan, ja. Ich war mir zunächst nicht sicher, ob es nur ein Hirngespinst war, aber es wurde immer konkreter.«

»Ist ziemlich heruntergekommen. Da wird man eine Menge Geld hineinstecken müssen«, erwiderte Albin.

»In der Tat. Ich hatte immer darauf gewartet, dass Sandrine mich wegen eines Kredits oder einer Teilhaberschaft fragt, weil sie nach meiner Meinung unmöglich so viel aufbringen konnte. Aber wer weiß, vielleicht kam da etwas von Thierrys Seite ins Spiel, und sie waren ja bei der Bank, wie Sandrine erzählte.« Arnault lächelte versonnen. »Und um auf die Sache mit dem Heiraten zurückzukommen: Sie hat sich nach Juwelieren erkundigt und mich gefragt, was nach meiner Meinung wohl ein Diamant kostet. Da kann es ja nur um einen Ring gegangen sein.«

Albin nickte. Er nahm sein Handy, rief ein Foto auf und zeigte es Langlois. Es war das Foto, das die Spurensicherung in Thierrys Auto gefunden hatte. Die blonde Frau mit der Sonnenbrille.

»Irgendeine Ahnung, wer das sein könnte?«, fragte Albin.

»Nie gesehen«, sagte Arnault Langlois. »Warum?«

»Nur so«, erwiderte Albin und steckte das Handy wieder ein. »Nicht so wichtig.«

6

Cat stand draußen im Halbschatten, während die Kollegen von der Spurensicherung Kartons aus der Wohnung trugen. Das Vier-Zimmer-Apartment befand sich in einem Mehrfamilienhaus in den Neubau-Wohnquartieren von Carpentras und war auf den Namen von Thierry Roubert gemietet worden, aber das Paar hatte hier seit einiger Zeit gemeinsam gewohnt.

Cat war mit dem Handy befasst, las diverse Nachrichten und blickte zwischendurch auf. Ein paar Meter weiter standen Herbault und Griffon, die ihre Polizeiarmbinden trugen und Nachbarn aus dem Haus befragten. Eric Noirot und Melina Miolan sowie Zahir waren ebenfalls zu Befragungen unterwegs.

Bislang war noch nicht viel dabei herausgekommen. Nur so viel, dass Thierry und Sandrine freundliche, hilfsbereite Menschen waren, und dass sich absolut niemand vorstellen konnte, dass ihnen jemand etwas antun sollte. Dasselbe Ergebnis hatten auch die ersten Gespräche mit den Angehörigen erbracht sowie mit einigen Kollegen und Freunden.

Und so war es oft, wusste Cat. Die meisten Menschen waren einerseits geschockt darüber, dass jemand, den sie gut kannten, getötet worden war. Gleichzeitig waren sie betroffen, weil es irgendetwas Dunkles im Leben der anderen gegeben haben musste, von dem sie bislang keine Ahnung gehabt hatten.

So stellte es sich auch hier dar, dachte Cat und steckte das Handy zurück in die Hintertasche ihrer Jeans. Thierry und Sandrine wollten ein ehemaliges Restaurant erwerben, es wieder auf Vordermann bringen, dann ihre Jobs kündigen und ein neues, selbstbestimmtes Leben beginnen. In der Wohnung waren entsprechende Dokumente gefunden worden. Es gab außerdem einen Termin beim Notar – aber erstaunlicherweise weder Korrespondenzen mit Banken über Kredite noch gefüllte Konten. Was verwunderlich war, denn wenn man kurz vor einem Immobilienkauf stand, würde man doch einige Dinge geregelt haben wollen.

»Cat?«

Castel drehte sich herum. Theroux stand im Hauseingang und bedeutete ihr, dass sie hereinkommen sollte. Was sie auch tat. Sie folgte ihm in den Flur des Mehrparteienhauses die Treppe hinauf zur Wohnung, die immer noch voller Menschen war – Forensiker rund um Bruno Grinamy und Kevin Toullardin, die Bettwäsche in Säcke stopften, Fingerabdrücke nahmen, Kartons einpackten, im Badezimmer Haare aus Bürsten zupften, Aktenordner durchblätterten …

Die Einrichtung war hübsch, zweckmäßig, wie aus einem Ikea-Katalog. Auf einem Sideboard standen einige Fotos, die wirkten, als seien sie in Afrika aufgenommen worden. An den Wänden hingen größere Aufnahmen, die Landschaften mit roter Erde zeigten, Sonnenuntergänge hinter Affenbrotbäumen. Theroux führte Cat durchs Wohnzimmer, wo er auf eine Sporttasche deutete, die auf dem Sofa stand. Die Couch selbst war etwas zur Seite gerückt worden. Hinter der Rückenlehne konnte man eine Öffnung in der Zimmerwand aus Rigips sehen. Ein Viereck war herausgeschnitten worden. Das Loch hatte das Format eines größeren Schuhkartons. Es konnte mit einem Pappdeckel so verschlossen werden, dass es einem nicht sofort auffallen würde – zudem es ohnehin durch die Couch verdeckt wurde.

»Was ist das?«, fragte Cat.

»Die Sporttasche haben wir in dem Hohlraum in der Wand gefunden. Und das hier.«

Theroux tippte auf einige zusammengefaltete Papiere, die neben der Tasche platziert lagen, außerdem eine Chipkarte, einen kleinen Schlüssel sowie ein Handy.

Cat betrachtete die Fundstücke. Es dauerte nicht lange, bis sie die Zusammenhänge verstand. Sie beugte sich vor, zupfte mit den Fingern, die in Latexhandschuhen stecken, die Papiere auseinander. Zwei davon waren Reste von aufgerissenen Bargeldbanderolen. Das andere waren Beipackzettel von Medikamenten. Vermutlich waren sie aus Verpackungen herausgerutscht.

»Ist das …«, murmelte sie.

Theroux vervollständigte ihren Satz. »Oxycodon. Und ein paar weitere starke Schmerzmittel. Wenn du mich fragst, dann sieht mir das ganz danach aus, als ob sich unser Krankenhausapotheker Thierry Roubert zusammen mit seiner Lebensgefährtin munter im Klinikum an den Medikamenten vergriffen hat, um damit Handel zu treiben.«

»Mhm«, machte Cat und sog an der Unterlippe. »Damit«, murmelte sie, »steht ab sofort alles auf einem anderen Blatt Papier. Thierry und Sandrine handelten mit Medikamenten. Mit dem Erlös wollten sie sich den Traum von einer eigenen Weinbar erfüllen und vermutlich alles bar bezahlen. Bei ihren Geschäften ging irgendetwas schief, weswegen sie erschossen wurden.«

Griffige Theorie, dachte Cat und blickte zu Theroux, der nickte. »Entweder sie haben es aus eigenem Antrieb heraus getan«, erwiderte er, »oder jemand hat sie auf die Idee gebracht und hatte sie in der Hand. Die beiden wirken mir nicht wie professionelle Dealer. Vielleicht wollten sie sich Geld von jemandem leihen oder standen auf andere Art und Weise bei jemandem in der Kreide.«

»Möglich«, antwortete Cat und überlegte, dass Theroux recht hatte: Sandrine und Thierry wirkten keinesfalls wie professionelle Drogendealer. Um einen solchen Betrieb am Laufen zu halten, benötigte man ein größeres Netzwerk und zudem jede Menge kriminelle Energie, die sich schon vorher einmal manifestiert haben würde. Aber die beiden waren unbeschriebene Blätter. Wer sollte ihnen etwas antun wollen?

7

Tja wer, dachte Cat und ging mit dem Abendessen auf die Terrasse. Draußen saß Jean in der untergehenden Sonne und schwitzte. Cat klebte das Tanktop ebenfalls am Körper. Sie hatte zwei fertige Salate gekauft, weil sie zu erschöpft zum Kochen war, und sie eben in der Küche angerichtet. Sie gehörte zu den Räumen des früheren Ferienhauses, das Cat gemietet hatte. Es war preiswert gebaut, möbliert und reichte für ihre Ansprüche mehr als aus. Nur, dass sich diese inzwischen verändert hatten.

Cat stellte Jean und sich einen Salat hin, ließ sich dann auf den Campingstuhl neben dem Klapptisch fallen und trank ein Glas Eiswasser in einem Zug leer. Die kleine Terrasse war wie die gesamte Wohnung gefliest. Einen Garten gab es hier nicht – lediglich eine Grünfläche, die an die angrenzenden Mehrfamilienhäuser anschloss. Von dort hörte man die Nachbarskinder kreischen. Sie spielten in einem aufblasbaren Pool. Es klang, als befinde sich nebenan ein Freibad. Cat mochte solche Einrichtungen nicht. Der Trubel, das Chlor …

Gestern, an ihrem freien Tag, war sie mit Jean nach Methamis gefahren, wo sie in der Nesque baden gegangen waren. Sie waren nicht allzu tief in die Schlucht eingestiegen und hatten ihre kleine schwarze Möpsin Mila mitgenommen. Sie hatte vor kurzem geworfen – das

Ergebnis von zwei Wochen Pension, die Albin Leclercs Mops Tyson bei Castel genossen hatte, während die frisch verheirateten Leclercs auf Martinique zur Hochzeitsreise weilten. Die Welpen waren jedoch schon auf die halbe Polizeistation von Carpentras verteilt.

Cat und Jean hatten sich auf einem Felsplateau ein Plätzchen unter Pinien gesucht. Es gehe nichts über Baumschatten, hatte Jean gemeint und damit recht gehabt. Das kristallklare Wasser war angenehm kühl gewesen, die Luft hatte nach wilden Kräutern gerochen, und während sie entweder im Fluss standen oder sich auf den Isomatten aalten, hatten sie über ihre Zukunftspläne diskutiert.

Jean war Kunsthistoriker und im Musée Granet in Aix-en-Provence angestellt, wo er auch eine Wohnung hatte. Castel wiederum war Capitaine de Police und lebte und arbeitete in Carpentras. Die Entfernung zwischen den beiden Städten betrug rund hundert Kilometer. Sie und Jean fuhren also stets sehr viel hin und her, um sich zu sehen. Das war nicht nur schlecht für ihren jeweiligen ökologischen Fußabdruck. Es verschlang auch viel Zeit und war oft stressig.

Deswegen überlegten sie, sich eine gemeinsame Wohnung auf halbem Wege zu suchen, zum Beispiel in Cavaillon. Aber das Richtige hatten sie noch nicht gefunden, weswegen sie weitersuchten und darüber hinaus überlegten, ob sie möglicherweise ihre Jobs wechseln sollten. Cat könnte sich erkundigen, ob es für sie eventuell eine Stelle bei der Polizei in Aix geben würde. Für Jean bestand wiederum die Möglichkeit, zum Beispiel im Papstpalast in Avignon zu arbeiten oder freiberuflich als

Kunsthistoriker und Kurator für unterschiedliche Kultureinrichtungen tätig zu sein. Dann wäre er komplett ortsunabhängig, könnte im Homeoffice und gelegentlich auch weiterhin für das Granet arbeiten und sein Spektrum sogar erweitern. Das Jobwechseln war im Moment nur Theorie, rückte aber mehr und mehr in den Fokus.

Allerdings gefiel Cat der Gedanke ganz und gar nicht, ihre Stelle in Carpentras an den Nagel zu hängen. Sie fühlte sich inzwischen ziemlich wohl hier, hatte viele Freiheiten und sich ordentlich vorangearbeitet, nachdem sie aus Marseille mehr oder weniger in die Kleinstadt strafversetzt worden war. In Aix wäre das alles anders und die Polizeibehörde dort außerdem viel größer. Das zeigten schon die Einwohnerzahlen von rund dreißigtausend Menschen in Carpentras gegenüber etwa hundertfünfzigtausend in Aix-en-Provence, und die Zuständigkeit der Polizei betraf dort nicht nur die Kernstädte, sondern auch das Umland.

Jean wiederum fühlte sich nicht wohl mit dem Gedanken daran, in Zeiten wie diesen einen gut bezahlten, festen Job aufzugeben. Er war auf Sicherheit bedacht – zumal er aus einer früheren Ehe noch Schulden hatte. Die waren zwar inzwischen annähernd getilgt, worum sich Cat gekümmert hatte. Dennoch fühlte sich Jean nicht vollends frei genug, um auch frei arbeiten zu können, wie er gelegentlich sagte. Na ja, es brauchte vielleicht alles noch etwas Zeit. Man musste nichts überstürzen, und außerdem gelang ein Standortwechsel sowieso nicht von heute auf morgen, und bei Jean gäbe es mehrmonatige Kündigungsfristen zu berücksichtigen.

Am Mittag hätten sie eigentlich einen weiteren Termin

zu einer Hausbesichtigung gehabt – das Museum hatte Ruhetag, und Cat hätte ihre Pause geopfert. Aber den Termin hatte Cat spontan streichen müssen, weil sie in ihrer Mittagspause auf dem Col de Murs in der brennenden Sonne stehen und zwei Leichen betrachten musste.

Sandrine Langlois und Thierry Roubert, dachte Cat und aß etwas Salat. Ein Paar, das nicht viel jünger war als sie und Jean, aber scheinbar sehr ähnliche Träume hatte – eine gemeinsame Wohnung, ein gemeinsames Leben, gemeinsame Ziele …

Wie schnell konnte all das zerstört werden? Es brauchte nur eine Sekunde. Und eine weitere irgendwann davor – die Sekunde, in der eine falsche Entscheidung getroffen worden war, ein falsches Wort gefallen, in der eine Weiche eingerastet war, die den Zug des Lebens auf ein neues Gleis brachte, das im Fall von Thierry und Sandrine plötzlich im Nichts geendet hatte.

Eine solche Sekunde musste es gegeben haben, keine Frage. Sonst wäre nicht geschehen, was geschehen war, und die beiden würden noch leben.

Und häufig war es so, dachte Cat: An der Oberfläche wirkte das Leben der meisten Menschen vollkommen normal, doch wenn man hinter die Fassade blickte, dann taten sich fast immer Abgründe auf – manche tiefer und dunkler als andere.

Gelegentlich fragte sich Cat, ob es so etwas wie das Normale überhaupt gibt, ob es nur eine Illusion ist und sie ihren Begriff von Normalität nicht einfach an das anpassen musste, was ihr tagein tagaus im Beruf begegnete. Vielleicht war das Unnormale das Normale – und die Abgründe, die Geheimnisse, all der Irrsinn gehörten bis zu einem gewissen Grad einfach dazu. Wie hieß noch dieser Satz in dem Film »Forrest Gump« mit Tom Hanks? Das Leben ist wie eine Schachtel Pralinen – man weiß nie, was man bekommt.

Und genauso war es mit Wohnungsöffnungen in Kriminalfällen. Man wusste nie, was auf einen wartete. Nur eines war sicher: *dass* etwas wartete. In diesem Fall Medikamente, Bargeld …

»Alles in Ordnung?«, fragte Jean.

Er musste Cat schon eine ganze Weile betrachtet haben, während sie selbst ins Leere gestarrt hatte.

»Ja«, nickte sie und rang sich ein Lächeln ab. »Alles gut. Nur die Hitze macht mich fertig. Und dieses Gekreische von nebenan.«

»Vielleicht brauchen wir es ja bald nicht mehr zu hören.«

»Das wäre phantastisch«, erwiderte Cat und lächelte Jean an.

Und sehr bald wären auch Jeans finanzielle Malaisen geregelt. Er hatte einen Berg Schulden wegen seiner Ex, was immer wieder zu Problemen und Verstimmungen zwischen ihm und Cat geführt hatte. Inzwischen hatte sich Jean aber dazu durchgerungen, Unterstützung von Cat anzunehmen. Dabei ging es um eine Erbschaft, die allerdings keine war, was Jean niemals erfahren durfte. Cat hatte einen Job für Gabriel Martinet vom Inlandsgeheimdienst DGSI erledigt und damit – hoffentlich – alle Fäden zu ihrer Vergangenheit gekappt. Dafür hatte sie von Martinet einen Batzen Geld sozusagen als Entschädigung erhalten. Diese Zahlung war als überraschende Erbschaft kaschiert worden, und Cat hatte Jean angeboten, ihm einen großen Teil des Geldes als zinslosen Kredit zur Verfügung zu stellen, damit er seinerseits endlich alle Fäden zu seiner Vergangenheit kappen konnte.

Jean war ein stolzer Mann, weswegen er lange abgelehnt hatte, dass Cat ihm unter die Arme griff. Aber mit der Dauer ihrer Beziehung hatte sich das nun verändert, weil das gegenseitige Vertrauen gewachsen war, auch das auf eine gemeinsame Zukunft. Und genau dieses Vertrauen würde zerplatzen wie eine Seifenblase, wenn Jean jemals erfuhr, woher das Geld tatsächlich stammte und dass Cat ihn deswegen angelogen hatte.

Na ja. Eine Notlüge. Sie hätte Jean niemals über die Hintergründe ins Vertrauen ziehen können. Sie wollte ihn vor solchen Dingen schützen und ließ deswegen zumeist die Arbeit nicht ins Haus – als ob man ein paar schmutzige Schuhe vor der Wohnungstür auszog, um den Dreck nicht hereinzutragen.

»Du bist nachdenklich«, sagte Jean.

»Jap«, machte Cat und schob den noch halbvollen Salatteller zur Seite. Sie hatte keinen Appetit mehr.

»Worüber denkst du nach?«

Cat winkte ab.

»Ist es wegen dem Leichenfund? Dem ermordeten Pärchen? Ich habe es im Radio gehört.«

Cat lehnte sich zurück, hob die Füße an, stellte ihre Hacken auf der Stuhlkante ab. Sie umfing die Beine mit den Armen, legte dann das Kinn auf die Knie und sagte: »Ja.«

»Eine schlimme Sache. Willst du darüber sprechen?«

Cat verneinte, erwiderte dann aber doch: »Die beiden waren in unserem Alter. Sie lebten zusammen und hatten Träume und Ziele. Es ist alles so zerbrechlich, Jean.«

»War es denn ein Raubmord?«

Cat seufzte und zuckte mit den Schultern. »Wissen wir noch nicht. Wir arbeiten mit Hochdruck dran. Aber es ist nichts so, wie es scheint, weißt du? Manche Menschen treffen einmal im Leben eine schlechte Entscheidung, obwohl ihr Ziel vielleicht noch so ehrbar und nachvollziehbar sein mag. Sie biegen falsch ab – und früher oder später rächt es sich dann.«

»Aber das war doch schon immer so. Und es wird niemals anders sein. In der Historie gibt es tausend vergleichbare Fälle. In der Bibel. In der Antike, in der klassischen Literatur. Tausende Kunstwerke erzählen uns genau diese Geschichte: Menschen machen Fehler, und für diese Fehler müssen sie irgendwann bezahlen, damit der Moral und der Gerechtigkeit Genüge getan wird.«

»Hm«, machte Cat.

»Und weißt du, was ich großartig finde?«

»Hm?« Cat blickte Jean an.

»Dass du dafür sorgst. Für Gerechtigkeit.« Cat wurde schlagartig warm ums Herz. »Ich meine«, fuhr Jean fort, »du weißt, dass ich mir oft Sorgen mache wegen deines Jobs, wegen der Gefahr, und du weißt auch, dass ich weiß, dass ich bei weitem nicht alles weiß.« Jean grinste kurz wegen des Wortspiels. »Du hast deine Geheimnisse, wenn man so will, weil du das für richtig hältst, und ich akzeptiere es. Trotzdem sorge ich mich manchmal, was das alles mit dir macht, ob du das wirklich alles so wegsteckst. Aber auf der anderen Seite … «

Nun schob auch Jean seinen Salat beiseite, lehnte sich nach vorne über den Tisch und streckte seine Hände aus, damit Cat sie nehmen konnte. Was sie auch tat. Sie stellte ihre Füße wieder auf den Boden und verschränkte die Finger mit denen von Jean.

»… auf der anderen Seite«, fuhr er dann fort, »stehe ich total darauf, dass meine Freundin sich diese Kriminellen schnappt, sie aufspürt, am Kragen packt und vor Gericht schleppt, damit sie zur Verantwortung gezogen werden können. Dann denke ich: Mein Gott, da draußen sind Mörder unterwegs. Jemand muss sie stoppen. Und du machst das, Cat. Manchmal macht mir das echt Angst. Aber ganz oft macht es mich auch sehr stolz. Du tust das Richtige, weißt du?«

Cat schluckte. Ihr schlug das Herz bis zum Hals. So etwas hatte ihr noch nie jemand gesagt. Auch Jean nicht, nicht mit diesen Worten. Cat öffnete den Mund, um zu antworten. Um ein Haar hätte sie gefragt: Willst du mich heiraten?

Jean lächelte. »Ich gehe jetzt duschen«, sagte er und zwinkerte. »Kommst du mit?«

Cat räusperte sich und grinste. »Aber gerne doch«, antwortete sie und stand auf.

8

Was gab es Besseres, dachte Vincent Trouchet, als an einem frühen Morgen wie diesem noch vor dem Frühstück und vor der Arbeit eine Runde zu joggen? Eine Menge, keine Frage. Dennoch hatte das morgendliche Ritual etwas für sich. Sein Leben bestand ohnehin aus vielen Ritualen, zu denen auch seine Laufpartnerin zählte: Marianne, mit der er seit über zwanzig Jahren verheiratet war.

Gut, es war nicht sehr charmant, seine Frau als Ritual anzusehen. Aber er war sich sicher, dass sie es andersherum ebenfalls tat. Dennoch führten er und Marianne bislang ein glückliches Leben. Sie kannten einander in- und auswendig, besaßen ein hübsches Haus und waren gesund. Sie hatten keine Kinder und taten schon lange nicht mehr das, was zum Kinderkriegen erforderlich war. Vincent hatte bereits vor einigen Jahren das Interesse daran verloren, und insofern hatte sich die Sexlosigkeit ebenso als Ritual eingeschlichen wie die Tatsache, dass sich Vincent an anderer Stelle das holte, was er brauchte – auch das war längst zu einem Ritual geworden. Oder besser: zu einer regelrechten Sucht, die inzwischen etwas außer Kontrolle geraten war, was Probleme mit sich brachte. Allerdings nicht die Art von Problemen, die man erwarten würde, da Marianne keinen Schimmer von dem hatte, was Vincent trieb. Faktisch hatte es noch nicht einmal wirklich mit Sex zu tun. Also nicht mit der Art, die es zum Kinderbekommen brauchte.

Vincent hatte vielmehr Interesse an anderen Varianten, die Marianne sehr schnell sehr abstoßend gefunden hatte, nachdem er ihr vor vielen Jahren einmal vorgeschlagen hatte, ob man nicht mal dieses oder jenes ausprobieren könnte. Ihre harsche Reaktion hatte dazu geführt, dass sich die Türen bei Vincent sehr schnell wieder verschlossen und er weiter seine Lebenslüge lebte. Jedenfalls bis zu dem Zeitpunkt, an dem er jemanden gefunden hatte, der allem sehr offen gegenüberstand und – na ja, seitdem war es eben außer Kontrolle geraten.

Aber: Was gab es zu beklagen? Bald wäre alles in trockenen Tüchern, und es würde keinen Grund mehr geben, sich zu sorgen. Was wollte man an einem Morgen wie diesem an Schwierigkeiten denken? Vielmehr musste er über etwas anderes nachdenken. Denn Marianne redete schon die ganze Zeit. Das hieß: Es war beim Laufen eher eine Art redendes Keuchen.

»… und wenn am Wochenende … die Dubois kommen … zum Grillen … ich bestelle Salate … Fingerfood … und du kümmerst dich … um das Fleisch, ja? … Etienne übrigens … Sie will sich operieren lassen … Die Nase … kannst du das … fassen?«

Und so ging es schon die ganze Zeit. Na ja. Die Laufrunde war fast beendet. Dann würden sie nach Hause fahren, er würde duschen, das Frühstück einnehmen, und auf dem Weg in sein Büro bei der Versicherung würde er noch ein oder zwei Telefonate führen und sich bestätigen lassen, dass alles auf dem Weg war. Natürlich wusste

Trouchet, dass die Sache in Ordnung gehen würde. Der Plan war lange genug gereift, und nun war es in Kürze so weit, dass die Ernte eingefahren werden könnte, wenn man es so ausdrücken wollte. Man könnte aber auch sagen: Showtime! Und anschließend – falls alles gutging, woran Trouchet ebenfalls nicht zweifelte – würde sich eine Menge ändern, gar keine Frage.

Sie joggten um die nächste Kurve des Feldweges, der sich zwischen den Weinfeldern entlangschlängelte. Der Volvo war bereits in Sichtweite. Er parkte wie gewohnt im Schatten, und um sieben Uhr morgens war die Intensität der Sonne ohnehin noch erträglich …

»O nein«, keuchte Marianne.

Und im nächsten Moment wusste Trouchet, was sie damit meinte. Denn unmittelbar neben dem Volvo standen ein Polizist und ein Motorrad. Der Uniformierte ging um den Wagen herum, als wolle er sich das Kennzeichen notieren. So ein Mist, dachte Trouchet, und sagte es dann auch. »Mist.«

Wenige Sekunden später hatten sie das Auto erreicht. Der Motorradpolizist trug noch seinen Helm und eine Sonnenbrille und nickte ihnen zu, als sie außer Atem und schwitzend vor ihm zum Stehen kamen.

»Sie dürfen hier nicht parken«, sagte der Polizist.

»Aber bitte, Monsieur«, erwiderte Trouchet. »Wir halten hier fast jeden Morgen, und es gab noch nie Probleme deswegen.«

»Es gibt ein erstes Mal für alles. Die Papiere bitte.«

»Bekommen wir nun einen Strafzettel?«, fragte Marianne, während Trouchet seufzte, den Autoschlüssel aus seiner Hüfttasche zog und den Volvo öffnete, um den

Fahrzeugschein aus dem Handschuhfach zu nehmen. Aus den Augenwinkeln nahm er wahr, wie sich Marianne dichter zu dem Polizisten stellte und tief Luft holte, um ihre Figur in den engen Leggins und dem T-Shirt noch besser zur Geltung zu bringen. Marianne konnte sich nach wie vor sehen lassen. Aber den Polizisten schien das nicht zu beeindrucken.

»Wirklich, Monsieur«, flötete sie, »wir joggen hier fast jeden Morgen. Es gab noch nie ein Problem deswegen. Wir parken immer hier.«

»Wie gesagt«, wiederholte der Polizist, »es gibt für alles ein erstes Mal, und irgendwann holt es uns eben ein.«

Trouchet ließ die Beifahrertür offen stehen. Er ging zu dem Polizisten und gab ihm die Papiere sowie seinen Führerschein. Der Mann nahm die Dokumente entgegen, ohne sie anzusehen, und sagte: »Bitte öffnen Sie den Kofferraum.«

Trouchet stockte. »Warum das denn?«

Der Polizist trat einen Schritt zurück, deutete auf den Wagen und wiederholte: »Öffnen Sie den Kofferraum, Trouchet!«

Dann zog er seine Waffe.

Trouchets Herz machte einen Satz. Er hörte Marianne, die ein erschrockenes Stöhnen von sich gab.

»Den Kofferraum öffnen«, sagte der Polizist erneut.

9

Die Fenster im Besprechungsraum standen weit offen. Melina Miolan, die in einer Jeans und einem zu engen T-Shirt steckte und die dicken Locken mit ihrem Haargummi kaum bändigen konnte, schloss sie gerade. Zahir machte sich an der Klimaanlage zu schaffen und setzte sich dann neben Miolan.

Der Raum war mit fast fünfzehn Kollegen gefüllt, die zur Ermittlungsgruppe »Col« zählten. Auch die Spurensicherung war da, Herbault und Griffon, Eric Noirot und natürlich Theroux, der neben Cat saß und seinen Kaffeebecher nachdenklich von links nach rechts schob. Auch Claude Montfavet war eben hereingekommen. Der stiernackige Chef de Police putzte gerade seine randlose Brille mit einem Taschentuch, das er sich von Staatsanwalt Luc Bonnieux neben ihm geliehen hatte. Bonnieux hatte die Hände auf dem Tisch wie zum Gebet gefaltet. Die strahlend blaue Krawatte mit der goldenen Nadel hob sich kontrastreich von seinem scharf gebügelten weißen Kurzarmhemd ab. Er schwieg, blickte aufmerksam in die Runde und schien nur darauf zu warten, dass Cat die Besprechung eröffnete.

Was sie nun tat. Sie stand auf und ging zum Whiteboard an der Stirnseite, neben dem ein großes TV-Display eine Aufnahme vom Fundort der Leichen zeigte.

Am Whiteboard klemmten diverse Fotos und Kopien von Dokumenten, die bei Thierry Roubert und Sandrine Langlois sichergestellt worden waren.

Cat gab den Kollegen eine Zusammenfassung der bisherigen Erkenntnisse, vor allem auch für Montfavet und Bonnieux. »Wir gehen zunächst davon aus«, sagte sie, »dass es um einen Doppelmord geht, der im Zusammenhang mit dem Handel von gestohlenen Medikamenten aus der Krankenhausapotheke steht, zu der Thierry Roubert und Sandrine Langlois Zugang hatten. Aktuell wird im Klinikum eine Bestandsaufnahme im Beisein einiger Kollegen aus Avignon vorgenommen, damit wir uns sicher sein können, dass die Medikamente von dort stammen und wir außerdem erfahren, über welche Mengen und über welchen Zeitraum wir sprechen. Wir wissen, dass Sandrine und Thierry davon ausgegangen sind, in Kürze eine größere Summe Geld zu erhalten, von der sie das ehemalige Restaurant kaufen und wiederherrichten wollten. Bislang konnten wir kein Geld finden. Aber wir wissen inzwischen, dass Sandrine ein Bankschließfach angemietet hat, für das eine Chipkarte verwendet wird, die wir bei der Hausdurchsuchung sicherstellen konnten. Die Anträge für eine Öffnung des Schließfaches sind bereits auf dem Weg. Es dürfte sich nur um eine Frage der Zeit handeln. Aktuell fokussieren wir uns also darauf: Ein größerer Deal stand in Aussicht, und dabei ging etwas schief. Die potenziellen Geschäftspartner haben die beiden aus dem Verkehr gezogen – vielleicht, weil man sich uneinig über die Bezahlung war. Vielleicht auch deswegen, weil Sandrine und Thierry Anfänger in dem Geschäft waren und man ihnen die Ware gestohlen hat. Ob das so ist, werden wir sehen – aber das ist im Augenblick unser Fokus. Die vorläufigen Ergebnisse aus der Rechtsmedizin sagen uns, dass die beiden vor inzwischen vier Tagen erschossen worden sind, und zwar von hinten mit einer Waffe vom Kaliber 9 Millimeter aus nächster Nähe. Wir haben einen Beschusstest in Auftrag gegeben, der uns in Kürze mehr über die Tatwaffe erzählen wird. Am Fundort der Toten haben wir keine Spuren gefunden, die darauf hindeuten würden, dass dort die Morde stattgefunden haben. Also muss es anderswo einen Treffpunkt gegeben haben. Dort wurden die beiden regelrecht hingerichtet, anschließend in ihr Auto gesetzt und zum Col de Murs gefahren. Unklar ist, warum die beiden auf dem Fahrer- und dem Beifahrersitz platziert worden sind. Wir nehmen an: zur Verdeckung. Ein möglicher Zeuge sollte denken, dass dort ein Pärchen ganz normal im Auto sitzt, und sich nicht weiter darum kümmern. Das ist im Moment jedenfalls die griffigste Erklärung. Ich würde außerdem davon ausgehen, dass wir es mit mindestens zwei Tätern zu tun haben. Einerseits ist es zu zweit einfacher, die Leichen zu bewegen und zu transportieren. Zudem würde man zu einem verabredeten Drogendeal mit zwei Personen nicht allein erscheinen. Drittens muss der Täter irgendwie vom Col de Murs wieder verschwunden sein. Daher also die Annahme: Thierry und Sandrine treffen sich mit zwei Geschäftspartnern zur Übergabe von gestohlenen Medikamenten, um damit den Ankauf der Weinbar zu finanzieren. Dabei geht etwas schief. Man tötet sie und nimmt ihnen die Drogen ab. Die Leichen werden in Thierrys Auto gepackt und von einem der Täter zum Col de Murs gefahren. Der zweite Täter fährt hinterher, hat zuvor beim Einladen der Leichen geholfen, hilft nun wiederum beim Platzieren der Körper. Dann setzt sich Täter Nummer eins in das Fahrzeug von Täter Nummer zwei, und die beiden verschwinden. Ich glaube nicht, dass die Täter eine weite Strecke gefahren sind – mit zwei Leichen im Auto werden sie nicht viel riskieren. Außerdem müssen sie die Örtlichkeiten am Col de Murs gekannt haben, den Feldweg. Daher würde ich den möglichen Tatort im Umkreis von zunächst fünfzehn Kilometern um den Fundort festlegen. Irgendjemandem könnten dort oben in der Nacht Lichter aufgefallen sein – von Fahrzeugen oder Taschenlampen. Wir sollten uns hier im entsprechenden Radius umhören. So viel dazu. Haben wir weitere Erkenntnisse?«

Cat blickte in die Runde. Herbault und Griffon hoben fast gleichzeitig die Hand. Cat nickte ihnen zu.

Herbault blätterte in seinem Notizblock. Er sagte: »Wir haben uns ein paar Kontenbewegungen angesehen und das Laptop von Thierry Roubert. Er hat eine Menge Geld für Onlinewetten ausgegeben. Onlinepoker. Es hat den Anschein, als sei er spielsüchtig gewesen. Wir können noch nicht einschätzen, wie groß das Problem gewesen ist und seit wann er genau gezockt hat. Aber dazu passt eine Vereinbarung über einen Kredit von vor einem Jahr. Kein Bankkredit. Einer von einem privaten Vermittler.«

Und damit, dachte Cat, war vielleicht schon der wahre Grund dafür gefunden, warum Roubert sich an den Medikamenten in der Krankenhausapotheke vergriffen hat. Es ging nicht nur darum, einen Lebenstraum zu finanzieren. Es ging auch darum, einen Lebensfluch zu bezahlen: Spielsucht.

»Dazu kommt sein Prepaidhandy«, ergänzte Griffon. »Wir wissen noch nicht sehr viel darüber. Aber wir wissen, dass er in den vergangenen Wochen immer wieder mit einer bestimmten Nummer telefoniert hat. Er muss das auch von Afrika aus getan haben. Das kann man anhand der Vorwahlen erkennen. Bei der Nummer muss es sich um eine von einem weiteren Prepaidhandy handeln.«

Cat nickte. »Okay, dem sollten wir intensiver nachgehen: Von wem genau hat er den Kredit damals erhalten? Hat er ihn zurückgezahlt? Gab es weitere solcher privater Kredite, die er nicht bei der Bank aufgenommen hat?«

»Wir sind dran«, bestätigte Herbault.

Cat blickte zu Zahir, Miolan und Noirot. Wie üblich saßen sie nebeneinander. Miolan und Noirot galten als Spezialisten für Technik und Überwachung. Zahir war der Abteilungsnerd.

Cat fragte: »Wissen wir etwas Neues über den Ausdruck des Fotos, das die Unbekannte zeigt?«

»Leider nicht«, erwiderte Miolan und strich sich eine lose Korkenzieherlocke aus der Stirn. »Wir haben die Fingerabdrücke von Sandrine Langlois und Thierry Roubert darauf gefunden. Keine Fremdabdrücke. Wir gehen davon aus, dass es mit einem Teleobjektiv aufgenommen worden ist, was man an der Tiefenschärfe ablesen kann. Es ist kein herkömmlicher Ausdruck von einem privaten Tintenstrahldrucker, sondern wirkt eher wie einer, der von einem Automaten aus einer Drogerie stammt. Die nutzen zwar eine ähnliche Technik, aber nicht ganz dieselbe. Wir könnten das alles analysieren lassen, aber das wäre im Moment zu aufwendig: Wir wissen ja nicht, was es mit dem Bild auf sich hat, ob es überhaupt eine Rolle spielt. Deswegen haben wir auch noch keinen Gesichtsscan gemacht oder Datenbanken durchsucht. Das können wir jederzeit nachholen, aber erst mal ist es nur ein Foto – wenngleich ich es für verwunderlich halte, dass es im Auto gefunden worden ist. Damit meine ich: Wenn der oder die Mörder dem Bild Bedeutung zugemessen hätten, dann hätten sie es verschwinden lassen, oder? Und wenn es für Sandrine und Thierry wichtig gewesen wäre, dann hätten sie es doch nicht einfach so im Auto herumliegen lassen. Zudem würde man dann doch ein digitales Bild verwenden und auf dem Handy speichern. Wozu sollte man es sich ausdrucken lassen – zumal in einer Drogerie? Ich werde nicht schlau daraus. Aber wenn wir mehr herausfinden sollen …« Miolan zuckte mit den Schultern.

Staatsanwalt Luc Bonnieux räusperte sich. »Mesdames et Messieurs – herzlichen Dank für Ihren bisherigen Einsatz, den ich sehr zu schätzen weiß.«

Cat sah, wie sich Theroux abwendete und auf sein Handy blickte, das augenblicklich zu summen begann. Wer weiß, vielleicht hatte er eine App gestartet, die einen Klingelton in dem auf stumm geschalteten Telefon startete, oder einen Selbstanruf, damit er einen Grund hatte, Bonnieuxs üblicher Litanei zu entfliehen. Der Staatsanwalt war immer sehr auf das Ansehen der Polizei in seinem Bezirk bedacht und schmierte den Kolleginnen und Kollegen gerne Honig um den Mund, um sie für sich einzunehmen. Denn Bonnieux war jemand, der seit geraumer Zeit unbedingt auf der Karriereleiter vorankommen wollte, was bisher nicht funktioniert hatte.

Dennoch gab er nicht auf und war der Auffassung, dass Verhaftungen und Statistiken die Trittstufen auf seiner Leiter bilden würden. Er glaubte an Erfolg durch Leistung und das strenge Einhalten von Vorschriften und Hierarchien. Da er aber immer noch in Carpentras saß, sollte Bonnieux nach Cats Meinung seine Strategie dringend überdenken. Netzwerken, Beziehungen und Politik würden ab einer gewissen Gehalts- und Einflussstufe wesentlich effizienter sein – und das müsste Bonnieux doch eigentlich wissen?

Theroux zeigte jedenfalls überdeutlich und mit einem bedauernden Gesichtsausdruck auf sein Telefon, nach dem Motto: Das ist so dumm, dass ausgerechnet in diesem Moment der Anruf eingeht, aber ich muss ihn unbedingt annehmen, ohne die Veranstaltung zu stören, weswegen ich mal besser schnell nach draußen gehe.

Bonnieux redete weiter und machte eine Ich-habe-verstanden-Geste in Richtung Theroux, der schließlich aufstand und zur Tür ging, wobei er mit einem sehr bedeutungsvollen Gesichtsausdruck auf sein Handy starrte.

»Mir erscheint die von Capitaine Castel formulierte Annahme griffig«, sagte Bonnieux. »Und wenn wir die neuen Erkenntnisse hinzuziehen, dann haben wir einen Spielsüchtigen, der bereits Kredite zur Finanzierung seiner Sucht aufgenommen hat – nicht solche von der Bank, damit es auf seinen Kontoauszügen nicht auffällt. Irgendwann reichte das Geld nicht mehr, und er griff in den Apothekenschrank, zumal er gleichzeitig mit seiner Lebensgefährtin ein früheres Restaurant kaufen und wieder in Schuss bringen wollte. Ein Netzwerk zum Handel mit den Betäubungsmitteln hat er vielleicht schon von seinem Afrikaaufenthalt aus aufgebaut oder gepflegt, wofür die Telefonate mit einem sicheren Handy sprechen könnten. Was das Foto von dieser Frau angeht – ich denke, wir sollten tatsächlich einen Gesichtsscan veranlassen. Was auch immer die Recherche erbringen wird, die Frau könnte mit dem Fall zu tun haben – und falls nicht, dann sollten wir es wenigstens ausschließen. Immerhin taucht ihr Foto auf dem Schauplatz eines Doppelmords auf. Und sie sollte außerdem von dem heimlich aufgenommenen Foto wissen und dazu eine Stellungnahme abgeben können.«

Cat nahm aus den Augenwinkeln wahr, wie Theroux die Tür zum Besprechungsraum öffnete, ohne dabei von seinem Handy aufzublicken. Die Tür ging nach innen auf, weswegen sich Theroux plötzlich vor einem Mann wiederfand, der den kompletten Rahmen auszufüllen schien. Er stand etwas seitlich, als ob er das Ohr dicht an die Tür gehalten hatte, um mitzuhören, was drinnen gesprochen wurde. Theroux lief beinahe in ihn hinein, stockte – und gab dann ein tiefes Seufzen von sich.

Bonnieux wollte weiterreden, nahm aber wahr, dass irgendetwas vor sich ging – und erkannte den großen, fast weißhaarigen Mann. Cat erkannte ihn natürlich auch. Jeder tat das. Und alle Augen richteten sich auf ihn.

Albin Leclerc lächelte. Er hob die Hand zum Gruß in die Runde, senkte sie dann, um Theroux verlegen auf die Schulter zu klopfen.

»Ach, hier seid ihr alle. Offensichtlich eine Besprechung. Da will ich mal nicht stören«, sagte er und wendete sich zum Gehen.

Cat hätte am liebsten laut losgelacht. Denn natürlich

war das nur eine Ausrede. Garantiert hatte er die gesamte Zeit über gelauscht. Heute Morgen hatte er Cat zweimal in aller Herrgottsfrühe angerufen, aber sie hatte die Anrufe ignoriert. Bei Theroux hatte er auch durchgeklingelt, und der hatte Albin ebenfalls abblitzen lassen. Und jetzt, also, es war ... War das zu fassen?

Bonnieux wirkte nicht minder konsterniert. Er öffnete den Mund wie ein Karpfen auf dem Trockenen – während Theroux Leclerc auf den Flur schob und die Tür hinter sich schloss. Kurz darauf hörte man ihn lautstark schimpfen, ohne dass dabei einzelne Worte zu verstehen waren.

»Ich, ähm«, murmelte Bonnieux und nahm seine Brille ab, um sich die Nasenwurzel zu massieren. »Ich ...« Er sah Cat hilfesuchend an. »Wo war ich gerade stehengeblieben?«

10

Vincent Trouchet stolperte aus der Bank, während der Mann in Polizeiuniform ihn am Oberarm festhielt und regelrecht abführte. Der Uniformierte trug eine Mütze, eine Sonnenbrille und einen Bart, den Trouchet für falsch hielt. Er hatte draußen gewartet, und nun gingen sie beide über die Avenue Jean Jaurès zum Parkplatz unter den Platanen, wo Trouchets Volvo parkte. Er stand etwas abseits in einem schlecht einsehbaren Bereich, der an einige Tennisplätze angrenzte. Dort herrschte mitten in der Woche um diese Uhrzeit kein Betrieb.

Der Volvo war eine Limousine. Die Sonne brannte trotz des Baumschattens auf das Fahrzeug, und Trouchet hoffte, dass Marianne im Kofferraum Luft bekam und bei Bewusstsein war. Eben waren sie noch beim morgendlichen Joggen gewesen – und jetzt …

Jetzt hatte sich eine ganze Menge verändert. Eigentlich alles.

»Die Kassette, bitte«, sagte der Mann, und natürlich händigte Trouchet sie ihm sofort aus. Er hatte sie eben aus dem Bankschließfach geholt. Genau deswegen waren sie hergekommen, und Trouchet hoffte, dass sich nun die Angelegenheit von selbst erledigen würde und sich alles als nicht so schlimm herausstellte. Er war sehr gut darin, sich zu belügen – und bemerkte genau das nur einen Moment später, nachdem sie den Volvo erreicht hatten. Denn es blieb schlimm.

Der Mann öffnete die Heckklappe mit der Fernbedienung an Trouchets Schlüsselbund, den er ihm abgenommen hatte. Im nächsten Moment explodierte Trouchets Schädel, als der Mann ihm den Knauf seiner Pistole zweimal gegen die Stirn schlug.

Trouchet kippte regelrecht in den Kofferraum und fiel auf den mit Klebeband gefesselten Körper seiner Frau. Er bekam nicht mehr viel mit. Nur so viel, dass an ihm gezerrt wurde, dass ihm etwas auf den Mund geklebt wurde, weswegen er nur noch schlecht Luft bekam. Dann wurde die Kofferraumklappe zugeworfen, und alles war dunkel.

Der Wagen fuhr los, ruckte an. Im Kofferraum purzelten Trouchet und seine Frau hin und her. Es war unerträglich heiß. Sein Gesicht fühlte sich nass an. Sein Schädel dröhnte. Er spürte Mariannes Körper so dicht an seinem wie seit Jahren nicht – und er fürchtete, dass es das letzte Mal sein würde, dass sie einander so nah waren.

Aber … Aber vielleicht auch nicht. Vielleicht würde er doch noch alles erklären können. Vielleicht würde sich alles zum Guten wenden.

11

»Und dann haben sie mich einfach rausgeworfen«, erklärte Albin und sah Veronique im Blumengeschäft beim
Sortieren von Rosen zu. Er klang beleidigt. Kein Wunder, denn er *war* beleidigt.

»Die Summe der Leiden in der Welt«, hatte Albin
heute Morgen auf dem Abrisskalender in der Küche gelesen, »bleibt immer konstant.«

Es handelte sich um irgendeine Zen-Weisheit, die vom
Anbeginn der Zeit stammte oder von etwas später. Albin
hatte es vergessen. Jedenfalls war sie ziemlich alt. Und je
länger er darüber nachdachte, desto mehr musste er ein-
gestehen: Die alten Chinesen waren gar nicht so dumm
gewesen.

Albin hätte an diesem Morgen normalerweise in seinem »Büro« unter einem knallblauen Himmel im Café
du Midi auf dem Stuhl gesessen, auf dem er immer saß,
und an dem Tisch, den er seit Jahren wählte, weil es der
beste dort draußen war. Man hatte stets die Straße im
Blick, konnte gut nach links und rechts sehen und nach
gegenüber und bekam sofort mit, wenn irgendetwas geschah beziehungsweise sich ein Streifenwagen näherte.
Die Polizisten stoppten hier oft, um sich einen Kaffee
zum Mitnehmen zu holen oder ein Eis. Meist hielten
sie dann einen kurzen Schwatz mit Albin, der sich auf

diese Art und Weise mit den neuesten Informationen versorgte. Veroniques Blumengeschäft lag schräg gegenüber auf der anderen Straßenseite. Heute hatte er den direkten Weg dorthin gewählt und sich den Kaffee bei Matteo gespart, um sich bei Veronique über seine undankbaren Kollegen zu beschweren. Außerdem hatte sie ihm eine WhatsApp geschickt, dass er doch mal kurz hereinschauen solle, was ihn neugierig gemacht hatte.

»Na ja«, erwiderte Veronique beim Sortieren der Blumen, die auf dem großen Holztisch ausgebreitet waren, der ihr als Verkaufstresen und Arbeitsfläche diente, »wahrscheinlich haben sie dich zu Recht hinausgeworfen. Was hattest du denn auch dort zu suchen, Albin?«

»Ich hatte Castel und Theroux angerufen. Aber sie gingen nicht ans Telefon. Deswegen wollte ich nachsehen, ob alles in Ordnung ist.«

»Sie werden deswegen nicht ans Telefon gegangen sein, weil sie beschäftigt waren, weil sie keine Lust hatten, weil es viel zu früh war oder alles zusammen.«

Albin brummte unzufrieden und betrachtete einige Lilien. »Ich bin nicht einmal in die Besprechung hereingeplatzt, sondern stand lediglich vor der Tür. Und Theroux hat mir damit gedroht, mir Hausverbot zu erteilen.« Albin hob den Zeigefinger. »Alain Theroux. Mein langjähriger Protegé. Hausverbot.«

Veronique nahm einige gelbe Rosen und stellte sie in eine Vase. »Das hätte er doch sowieso nicht getan.«

»Hausverbot. Seine Worte. Capitaine Alain Theroux. Und das mir.«

»Jetzt hab dich nicht so, Albin. Alain wird lediglich sauer gewesen sein, und du hattest dort sowieso nichts verloren. Du musst die jungen Leute auch mal machen lassen.«

Albin stopfte die Hände in die Hosentaschen und blickte nach unten. Dort saß Tyson, blinzelte zu ihm hinauf und starrte dann wieder vor sich hin.

»Apropos junge Leute«, sagte Veronique und nahm sich einen Bund roter Rosen vor, um sie in eine andere Vase zu stellen. »Darüber wollte ich mit dir sprechen, mein Lieber.«

»Über den unverschämten Alain?«

»Nein. Über etwas anderes.«

»Und warum kann man mit mir nicht zu Hause darüber reden?«

»Weil es mir heute morgen erst wieder einfiel und ich mich darüber freue, wenn du auch mal bei mir im Geschäft vorbeischaust, wo du ohnehin nichts Besseres zu tun hast.«

Albin blähte die Backen. »Alle Hände voll habe ich zu tun, weswegen ich ja auch im Hôtel de Police vorbei…«

»Manon hat einen Freund.«

Albin verstummte. Erneut betrachtete er die Lilien, blickte dann zu Tyson und schließlich wieder zu Veronique.

»Manon?«

»Deine Tochter.«

»Einen Freund? Wie jetzt? Was für einen Freund? Jeder Mensch hat Freunde. Warum soll sie keinen Freund haben? Was ist daran so besonders?«

Veronique wischte sich die Hände an der Jeans trocken und musterte Albin. »Jetzt stell dich nicht dümmer an, als du bist. Sie hat einen Freund.«

»Einen ... echten Freund?«

»Ja. Einen echten Freund. Und sie bringt ihn bald zum Essen mit. Ich habe ihn eingeladen.«

Albin blickte erneut zu den Lilien, dann wieder zurück zu Veronique und gestikulierte, weil er nach den treffenden Worten rang. »Also. Du meinst, sie hat einen Freund im Sinne von nicht nur Freundschaft, sondern darüber hinaus? Also einen, ähm, Freund?«

Veronique rollte mit den Augen und nickte. »Richtig, Monsieur le Commissaire, Sie Spürnase. Genau das versuche ich, dir zu erklären.«

»Davon weiß ich überhaupt nichts«, sagte Albin.

»Natürlich nicht. Du bist der Vater. Du erfährst derlei Dinge als Letzter, was du in den letzten Jahrzehnten gelernt haben solltest.«

»Sie trifft sich mit einem Mann? Sie ist doch gerade erst geschieden.«

Veronique lächelte Albin mitleidig an und schwieg.

»Ich meine ja nur«, erwiderte Albin und zuckte mit den Achseln.

Jetzt war er noch beleidigter. Erst warf man ihn bei der Polizei hinaus. Dann erfuhr er, dass seine Tochter kein Wort mit ihm darüber sprach, dass sie offenbar jemanden kennengelernt hatte. Warum nicht? Vertraute sie ihm nicht? War er ihr egal? Es fühlte sich fast so an wie im Herbst, als Albin von Castel erfuhr, dass Mila gerade geworfen hatte. Niemand hatte ihm zuvor erzählt, dass ihre Möpsin von Tyson trächtig war. Erst, als das Kind bereits in den Brunnen gefallen und die Babymöpse zur Welt gekommen waren, hatte er davon erfahren. Und nun, ebenso aus heiterem Himmel wie die Information über Tysons Rasselbande, wurde ihm mitgeteilt, dass seine Tochter auf einmal einen Freund hatte.

»Sie kennt ihn schon ein paar Wochen«, erklärte Veronique. »Und nun sei nicht beleidigt, Albin. Du wirst den jungen Mann sehr bald kennenlernen.«

»Sie hat mir kein Wort von einem Abendessen gesagt.«

»Sie hat ja auch mit *mir* darüber gesprochen. Das heißt: Ich habe es ihr vorgeschlagen und gesagt, das sei vielleicht die beste Möglichkeit, um ihn dir vorzustellen.«

»Also weißt du das alles schon länger?«

»Ein bisschen«, antwortete Veronique und nahm sich einen Bund lachsfarbene Rosen vor. »Frauen spüren so etwas. Und mit einem Vater redet man nicht sofort darüber. Das ist eben so. Man spricht lieber von Frau zu Frau.«

Albin stopfte die Hände noch etwas tiefer in die Hosentaschen und starrte aus dem Schaufenster nach draußen. Gerade holten sich zwei Streifenpolizisten einen Kaffee zum Mitnehmen bei Matteo.

»Und«, fragte er, »wer ist dieser … Freund?«

»Das wirst du in Kürze erfahren.«

»Auch das willst du mir verschweigen? Nicht einmal die erkennungsdienstlich wichtigen Daten wie Alter, Beruf, Aussehen …«

Albin hörte Veronique lachen und sah, wie gegenüber die Streifenpolizisten ihre Kaffeebecher kurz abstellten, um zum Funkgerät zu greifen.

»Wenn du darüber etwas wissen willst«, sagte Veronique, »dann frag mal Manon selbst. Es wird schon ein netter Mann sein, denn ansonsten würde sie sich nicht mit ihm abgeben, oder?«

»Also weiß man nun, wie er heißt und was er tut – oder weiß man das nicht?«

»Ich weiß es durchaus, aber ich verrate es nicht, weil ich ihr versprochen habe, noch nichts zu sagen. Das will sie selbst tun.«

Die Flics schnappten sich ihre Becher und liefen los. Hektisch stiegen sie ins Auto und fuhren mit Blaulicht und quietschenden Reifen los.

»Hat sie aber noch nicht«, erwiderte Albin. »Ich meine: Wer soll das sein? Ist er anständig? Oder … oder ist es ein Hippie? Ein Musiker? Was weiß ich?«

»Albin, siehst du, genau deswegen spricht sie erst mit dir darüber, wenn es so weit ist. Weil du dich so albern anstellst, wie du dich immer anstellst.«

»Ich? Albern?«

»Sehr wohl, mein Herr.«

Ein weiterer Wagen sauste mit Blaulicht die Straße entlang. Dann ein Rettungswagen. Und noch ein Streifenwagen.

»Pff«, machte Albin. »Ich brauche jetzt eine Zigarette und einen Spaziergang«, sagte er dann, schnipste mit dem Finger, worauf Tyson aufsprang, um ihm zu folgen.

»Genau«, hörte er Veronique sagen. »Geh du mal frische Luft schnappen, um die erschütternde Nachricht zu verdauen.«

Albin brummte, sah den Polizeiautos hinterher, warf Veronique eine Kusshand zu und ging nach draußen. Allerdings nicht, um einen Spaziergang zu machen. Eher eine kleine Spritztour.

Mal nachhorchen, was da los war, dachte er.

12

Die Route führte Albin in die Gegend von Velleron zum Chemin de la Garonne, Ecke Chemin de Castane, wo es im Prinzip nichts anderes gab als Wald, Wiesen und Weinfelder.

Und ein parkendes Auto in einem Feldweg, das von der Polizei, der Spurensicherung und der Rechtsmedizin umlagert war.

Albin hatte seinen silberfarbenen SUV am Straßenrand abgestellt und Tyson aus dem Kofferraum gehoben. Gemessen an den Dimensionen eines Mopses, würde ein Sprung vom Heck für einen Menschen einem Sprung aus etwa vier Metern Höhe gleichkommen, was Albin Tyson aus Sicherheitsgründen auf gar keinen Fall zumuten wollte.

Er nahm Tyson an die Leine, schlenderte über die Kreuzung und ging zu dem Weg, der von der Polizei belagert war. Allerdings versperrten ihm zwei Gendarmen den Weg und sagten ihm, dass er weitergehen solle, weil er hier nichts verloren habe.

Albin war gerade im Begriff, sein Kärtchen zu ziehen, das ihn als offiziellen polizeilichen Berater auswies, und sich ein paar Worte zurechtzulegen. Aber da wurde er bereits bemerkt, und zwar von Castel, die neben Theroux am Fahrzeug stand. Der sah Albin ebenfalls und schlug sich mit der flachen Hand vor die Stirn. Castel tat nichts dergleichen, sondern setzte sich in Bewegung, um zu Albin und den Gendarmen zu gehen.

»Das ist Albin Leclerc«, sagte sie, »er kann durch.« Sie hockte sich kurz hin, um Tyson zu begrüßen, der vor Freude hechelte und fiepte. »Ich habe keine Ahnung«, kommentierte sie beim Aufstehen, »wie Sie hiervon schon wieder erfahren haben, Albin …«

»Das Blaulicht in der Stadt war nicht zu übersehen. Und ein kurzer Anruf in der Zentrale bestätigte meinen Verdacht, dass etwas los ist.«

»… und ich habe ebenfalls keine Ahnung, was die unmögliche Nummer heute Morgen sollte …«

»Ich habe versucht, Sie und Theroux zu erreichen. Niemand ging ans Telefon. Mehr nicht. Kein Grund für Theroux, von solchen Dingen wie Hausverbot zu sprechen.«

»Wie Sie meinen.«

»Was genau ist hier passiert?«, fragte Albin.

Castel atmete tief durch und setzte an, etwas zu erklären, entschied sich dann aber anders und sagte: »Ach, wissen Sie was? Kommen Sie einfach mit und sehen es sich selbst an.«

Albin nickte. Dann folgte er ihr, betrachtete im Gehen die Umgebung, prägte sich alles ein und stoppte schließlich neben Castel, als sie hinter der Volvo-Limousine stehen blieb.

Der Kofferraum stand offen.

Darin lagen zwei Menschen, die fraglos tot waren. Ein Mann und eine Frau. Die Gesichter waren wegen des getrockneten Blutes nicht zu erkennen, die Münder mit Klebeband verschlossen. Um die beiden zu fesseln, war ebenfalls Klebeband verwendet worden. Sie trugen Sportbekleidung.

Theroux blickte zu Albin, schüttelte mit dem Kopf und machte eine wegwerfende Geste. »Ich gebe es auf mit dir, Albin, wirklich.«

Albin sagte nichts, betrachtete Berthe, die nur kurz zu ihm gesehen hatte und sich dann wieder mit den Leichen befasste. Im vorderen Bereich des Fahrzeuges waren Grinamy, sein Assistent und drei weitere Forensiker beschäftigt. Die Autotüren standen offen, und sie suchten im Inneren nach Spuren.

Albin lauschte Castels Stimme, die ihm erklärte, was bislang bekannt war.

»Der Besitzer des Weinfeldes auf der linken Straßenseite fährt heute Morgen raus, um den Boden wegen der andauernden Trockenheit zu begutachten. Er sieht den Wagen hier stehen und macht sich zunächst keine Gedanken deswegen. Als er zurückkehrt, steht der Wagen immer noch an Ort und Stelle. Er sieht ihn sich genauer an und hat ein schlechtes Gefühl, denn die Türen sind nicht verschlossen. Aber er sieht niemanden. Weil er beunruhigt ist, ruft er die Polizei an. Eine Streife war gerade in der Gegend. Sie kommt vorbei, überprüft das Fahrzeug, überprüft das Kennzeichen. Dann öffnet einer der Gendarmen den Kofferraum, der ebenfalls nicht verschlossen war. Darin wurden die beiden Leichen entdeckt. Im Volvo haben wir die Fahrzeugpapiere gefunden und persönliche Dokumente. Bei den Toten handelt es sich demnach sehr wahrscheinlich um Vincent und Marianne Trouchet, siebenundvierzig und vierundvierzig Jahre alt, aus Châteaurenard. Er arbeitete bei einer Versicherung in Avignon und war Abteilungsleiter, sie war bei einer Bank beschäftigt. Einen Streifenwagen haben wir bereits zum Haus der Trouchets geschickt. Es war niemand anzutreffen, von daher können wir sehr wahrscheinlich davon ausgehen, dass es sich bei den Leichen um die Trouchets handelt. Der im Fahrzeug aufgefundene Schlüsselbund enthält außerdem einen Schlüssel, der zur Haustür passt. Beide sind nicht zur Arbeit erschienen und waren telefonisch nicht erreichbar. Es ist zudem bekannt, dass sie viel Sport treiben und morgens regelmäßig vor der Arbeit zum Joggen gehen. Es passt alles zusammen, was die Identifikation angeht.«

Berthe streckte sich und wendete sich vom Kofferraum ab zu Castel, Theroux und Albin. Sie bestätigte das Offensichtliche.

»Soweit ich es nach der ersten Beschau beurteilen kann, sind die beiden mit Schüssen in den Kopf getötet worden. Ich würde annehmen, dass es im Kofferraum geschehen ist, wofür das viele Blut, die Lage der Körper und die deutlichen Schmauchspuren vom Mündungsfeuer sprechen. Der Täter hat den Kofferraum geöffnet und gezielt in die Gesichter geschossen, dann den Kofferraum wieder zugeworfen und sich vom Tatort entfernt.«

»Was bedeuten würde«, murmelte Theroux, »dass wir es hier mit einem sehr ähnlichen Modus zu tun haben wie bei den Toten vom Col de Murs: zwei mit Kopfschüssen hingerichtete Personen, platziert im eigenen Fahrzeug. Und auch hier hat es den Anschein, dass der Täter das Auto der Opfer hergefahren hat und dann in ein zweites Fahrzeug einstieg, das auf ihn wartete. Mit dem Unterschied, dass die beiden Opfer dieses Mal nicht an anderer Stelle, sondern genau hier erschossen worden sind, nachdem man sie gefesselt, in den Kofferraum gepackt und hergebracht hatte. Hätte der Weinbauer sich nicht zufällig heute umgesehen, wäre der Wagen vermutlich erst in einigen Tagen gefunden und das Ehepaar Trouchet als vermisst gemeldet worden.«

»Keine Einwände«, murmelte Castel, zog ein Kaugummi aus einer Verpackung und schob sich den Streifen zwischen die Zähne.

Albin nahm eine Zigarette aus der Schachtel in der Hosentasche, erwischte aber zwei Gitanes gleichzeitig. Gedankenverloren schob er beide zurück und steckte sich keine an.

»Es muss sich nicht zwingend um zwei Täter gehandelt haben«, sagte Albin. »Der Mörder könnte zu Fuß gegangen sein. Oder es gab ein Zweitfahrzeug in der Nähe.«

»Und wie soll er die Personen bewegt haben?«, fragte Theroux.

»Mit Kraft«, erklärte Albin. »Aber es ist nur ein Gedanke. Und ein weiterer Gedanke: Wieder handelt es sich um ein Paar.«

»Sie meinen, das könnte ebenfalls ein Modus sein?«, fragte Castel.

Jetzt zog sich Albin doch eine Zigarette aus der Packung, klemmte sie zwischen die Lippen und steckte sie an. Er zuckte mit den Schultern. »Wie gesagt: Ist nur ein Gedanke. Es muss nichts zu bedeuten haben. Falls doch, könnte es jemand sein, der es auf Paare abgesehen hat.«

»Ein Serienkiller?«, fragte Theroux.

Albin zuckte wieder mit den Schultern. Er hielt die Idee für abwegig. Die ganze Art und Weise sprach eher dagegen. Ein Serienkiller, der es zum Beispiel auf knutschende Paare abgesehen hätte, würde auf eine andere Art und Weise vorgehen. Man würde die Leichen eher in den Autos sitzend vorfinden, wo sie auch erschossen worden wären – zum Beispiel durch ein geöffnetes Seitenfenster.

»Glaube ich nicht«, antwortete Albin. »Aber es ist auffällig. Ebenso die Tatsache, dass es sich in beiden Fällen um regelrechte Hinrichtungen handelte. Berthe – könnte es sich um dasselbe Kaliber handeln?«

Berthe nahm ihre knallrote Brille ab und tauschte sie gegen eine Sonnenbrille aus, deren Gestell froschgrün war. »Auf den ersten Blick ist das schwer zu sagen«, erwiderte sie. »Aber es ist gut möglich. In jedem Fall handelte es sich im ersten Fall um eine Neunmillimeter-Handfeuerwaffe. Es spricht viel dafür, dass auch in diesem Fall eine kurzläufige Waffe mit größerem Kaliber verwendet worden ist.«

Albin paffte, dachte nach und sagte: »In jedem Fall gehören die beiden Fälle zusammen. Ich denke, es war derselbe Täter. Ich habe ein wenig bei eurer Besprechung gelauscht und außerdem mit Arnault Langlois über seine Nichte und ihren Freund gesprochen. Aber wenn Thierry Roubert mit Drogen aus der Krankenhausapotheke gehandelt hat, und dabei ging etwas schief – wie passen dann die Trouchets ins Bild?«

»Es ist viel zu früh«, erwiderte Castel, »darüber zu mutmaßen, wir …«

»... ihr müsst überprüfen, ob die Trouchets ebenfalls Geldsorgen hatten. Vielleicht waren sie sogar die Abnehmer von Rouberts Drogen. Es muss Parallelen geben. Ihr müsst außerdem überprüfen ...«

»... was es hiermit auf sich hat«, sagte Bruno Grinamy von der Spurensicherung. Albin blickte auf. Grinamy hielt einen Beweismittelbeutel in der Hand.

Zum Teufel, dachte Albin.

In der Klarsichthülle befand sich der Ausdruck eines Fotos, das eine Frau zeigte, die gerade aus einem Auto stieg. Es war exakt dasselbe Bild, das man im Fahrzeug von Thierry Roubert gefunden hatte.

»Ich fasse es nicht«, murmelte Theroux.

In der anderen Hand hielt Grinamy einen weiteren Klarsichtbeutel. Darin befand sich ein Handy. Es sah nach einem Billigmodell aus. Vielleicht ein Prepaidgerät.

Albin rauchte. Sein Gefühl sagte ihm, dass hinter den Morden mehr steckte als der illegale Handel mit Medikamenten. Aber hier und jetzt würden sich keine neuen Erkenntnisse ergeben. Und Veronique hatte vollkommen recht: Er musste den Jüngeren durchaus mal das Feld überlassen, denn er wusste, dass er Theroux und Castel oft auf die Nerven ging. Das interessierte ihn zwar nicht besonders, aber er respektierte es natürlich. Und weil er ohnehin wusste, was er wissen wollte, verabschiedete er sich unauffällig, drehte auf dem Absatz um, ging mit Tyson zurück zur Straße und nickte den beiden Gendarmen zu.

»Habt ihr beide den Wagen gefunden?«, fragte er.

»Ja«, erwiderte der Gendarm mit dem Namensschild N. Flaubert.

»Nicolas Flaubert?«, fragte Albin. »Der Sohn von Antonine Flaubert?«

»Ja, Monsieur le Commissaire.«

»Ex-Commissaire«, erwiderte Albin und stieß den Zigarettenrauch durch die Nasenlöcher aus. »Ich kannte Ihren Vater. Guter Mann. War bei der Motorradstreife. Fährt er immer noch?«

Flaubert grinste und nickte. »Allerdings. Der alte Herr hat sich zum Ruhestand eine Harley Davidson gekauft und braust damit die Riviera rauf und runter.«

Albin grinste auch. »Scheußliche Sache mit dem Motorradpolizisten aus Marseille.«

»Allerdings, Monsieur. Wir alle hoffen, dass man den oder die Mörder bald findet.«

Albin nickte, deutete mit der Hand in Richtung des Autos und der anderen Polizisten. »So wie in diesem Fall. Ist euch noch irgendetwas Besonderes aufgefallen?«

»Wir haben alles zu Protokoll gegeben«, erwiderte der andere Gendarm, der dem Namensschild nach Grimault hieß. »Wir kamen an. Überprüften den Wagen, sahen in den Kofferraum, fanden die Leichen, haben alles gesichert.«

»Gute Männer«, sagte Albin.

Flaubert schien über etwas nachzudenken und zu überlegen, ob er es sagen sollte. Er kratzte sich am Kinn. Albin wartete ab.

Flaubert sagte: »Ich habe den Namen Vincent Trouchet gehört.«

Albin erwiderte: »Das soll der Name des männlichen Opfers sein. Ist aber noch nicht zweifelsfrei identifiziert. Warum?«

»Vor einem Jahr gab es in Avignon in einem Etablissement eine Razzia. Dämlicher Zeitpunkt, wenn Sie mich fragen, es war am Nachmittag. Jemand floh durch ein Fenster. Ich stoppte den Mann und überprüfte seine Personalien. Der Mann war ziemlich außer sich. Sein Name war Vincent Trouchet. Er fuhr einen Wagen wie diesen und hatte große Angst, dass er nun verhaftet würde. Ich nahm seine Personalien auf und konnte ihn beruhigen. Erklärte ihm, dass es nicht darum ging, Kunden des Geschäftes festzusetzen. Es ging um den Verdacht auf Handel mit Betäubungsmitteln, illegale Beschäftigung. Der Mann war geflohen, weil er Angst vor der Polizei hatte. Er war aber nur ein normaler Kunde, soweit ich mich erinnere. Ich kann nicht sagen, ob er danach als Zeuge vorgeladen wurde.«

»Sie ließen ihn aber laufen?«

»Natürlich. Es gab keinen Grund, ihn zu verhaften. An dem Nachmittag waren noch andere Kunden vor Ort. Wir haben die Personalien aufgenommen und alle dann gehen lassen. Die Leute waren eingeschüchtert genug, kann ich Ihnen sagen.«

Flaubert und Grimault grinsten.

»Wie hieß denn dieses Etablissement?«, fragte Albin.

13

Das »Chez Claude« galt als eine Legende. Es befand sich in der Rue Saint-Christophe, einer sehr engen Gasse im Herzen von Avignon, durch die man noch nicht einmal mit dem Auto fahren konnte. Die Häuser dort waren alt und heruntergekommen, und zu keinem Zeitpunkt hatte sich jemand die Mühe gemacht, die Fassade des »Chez Claude« zu renovieren. Einerseits legte man aus Gründen der Diskretion keinen Wert darauf, das Eckhaus optisch zu exponieren. Andererseits war das Innere mehr als schick, und in diesem Haus kam es vor allem auf die inneren Werte an. Das Äußere interessierte niemanden.

Soweit Albin wusste, hatte es das »Chez Claude« bereits in den Goldenen Zwanzigern gegeben, sehr wahrscheinlich aber schon deutlich früher. Dem Vernehmen nach war es von einem Monsieur Claude, einem Seemann aus Marseille, Mitte des 19. Jahrhunderts eröffnet worden und fungierte seither als eine Art Club, in den man nur auf Empfehlung Zutritt erhielt. Es gab bis heute kein Schild und keine Klingel. Man musste anklopfen und wurde entweder hereingelassen – oder auch nicht. In den früheren Jahren waren hier viele angesehene Bürger ein und aus gegangen, um sich zu vergnügen. Der Absinth war in Strömen geflossen, und in den Zwanzigern hatte das »Chez Claude« seinen Höhepunkt erlebt.

Gleichzeitig erhielt es einen gewissen Bekanntheitsgrad, weil hier Jean »Le Couteau« Mueller eine Prostituierte umgebracht hatte. Er wurde quasi in flagranti ertappt, was eine Belagerung des Etablissements nach sich zog, bis man Mueller schließlich zum Aufgeben bewegen konnte. Auf Muellers Konto, der wegen seines bevorzugten Mordwerkzeuges »Le Couteau« genannt wurde, das Messer, gingen fast zehn Morde. Er war mit einem schweren Trauma aus dem Ersten Weltkrieg heimgekehrt, was bei seiner Verurteilung allerdings nicht berücksichtigt wurde: Er war der letzte Bürger Avignons, der durch die Guillotine hingerichtet wurde.

Später hatte das »Chez Claude« ein weiteres Mal zweifelhafte Bekanntheit erlangt, nachdem die Wehrmacht Avignon im November 1942 besetzt hatte und das Oberkommando der 19. Armee ein Jahr später in die Stadt verlegt wurde. Die französische Vichy-Regierung hatte bereits im März 1942 damit begonnen, Juden zu verfolgen, zu inhaftieren und in Vernichtungslager zu deportieren. Die SS und deutsche Offiziere kamen zum Feiern ins »Chez Claude«, bis die Stadt im August 1944 von den amerikanischen und französischen Truppen kampflos befreit wurde. Die Prostituierten und andere Angestellte aus dem »Chez Claude«, die bis dahin nicht fliehen konnten oder es ablehnten, wurden als Kollaborateure der Deutschen aus dem Haus gezerrt und öffentlich gedemütigt. Man schor ihnen die Haare und trieb sie durch die Gassen der Stadt.

Ein neuer Besitzer hatte die Chance ergriffen und das »Chez Claude« ein Jahr später quasi umsonst übernommen. Er hat es nach bewährtem Muster neu aufgebaut.

Seine Familie führte es zwei Generationen lang, bis in den neunziger Jahren die Russen und Albaner ins Rotlichtmilieu drängten und schließlich auch ins »Chez Claude« einstiegen. Sie ließen es aber zu keinem Zeitpunkt zu einer billigen Absteige verkommen und hielten Drogen und Klientel ohne entsprechenden Geldbeutel von dem Etablissement stets fern. Zuletzt gehörte der Laden Claude Delaunay – eine Ironie des Schicksals, dass »Chez Claude« wieder von einem Claude geführt wurde.

Er hatte ebenfalls stets Wert darauf gelegt, dass das Geschäft sauber blieb und die Qualität hoch. Deswegen hatte sich Albin gewundert, dass der Gendarm Flaubert von einer Razzia wegen Drogen und illegaler Beschäftigung gesprochen hatte. Möglicherweise hatte sich in den vergangenen Jahren etwas verändert. Aber vielleicht handelte es sich auch nur um eine dieser Razzien, die eher symbolisch und für die Statistik vorgenommen wurden. Damit verdeutlichte man der Branche und der Bevölkerung, dass die Polizei noch da und das Geschäft mit der Prostitution nach wie vor ein verbotenes war und nur toleriert wurde, wenn alles einigermaßen sauber blieb.

Worauf die Betreiber des »Chez Claude« stets Wert gelegt hatten: keine Skandale, keine Illegalen, keine Drogen, nur erstklassige Angestellte und Kunden, dazu astronomische Preise … So wie damals Fleur in ihrem Club, dachte Albin, als er in der engen Gasse vor der verwitterten Holztür stand und sich fragte, ob es überhaupt Sinn machte, zu dieser Uhrzeit und am helllichten Tag hier anzuklopfen. Aber Flaubert hatte ja davon gesprochen, dass die Razzia letztes Jahr ebenfalls tagsüber stattgefunden hatte, von daher …

Hoffentlich sieht uns hier niemand, schien Tyson zu murmeln, der neben Albin stand und sich über den Schatten zwischen den eng stehenden Häusern zu freuen schien.

»Das ist ja der Grundgedanke«, erwiderte Albin in Gedanken. »Deswegen ist der Laden hier und nirgends anders: Damit man nicht gesehen wird.«

Wenn Veronique das mitbekommen würde.

»Ich habe zwar einen guten Grund, hier zu sein, aber besser, sie weiß nichts«, erwiderte Albin.

Jede Frau würde es zweifelhaft finden, wenn ihr Mann ein Lokal wie das »Chez Claude« betrat – Polizist hin oder her. Abgesehen davon erinnerte sich Albin daran, wie sensibel Veronique auf Fleur reagiert hatte – insbesondere nachdem sie wusste, welcher Profession diese Frau aus seiner Vergangenheit nachgegangen war. Auch Inés, Albins Exgattin, kannte Fleur, wobei Albin nur ein einziges Mal schwach geworden war – und das in einem Moment von wirklich ausgeprägter Schwäche. Allerdings hatte Veroniques Reaktion weniger damit zu tun gehabt, dass Fleur früher einmal eine Luxusprostituierte gewesen war. Es hatte eher mit dem sechsten Sinn einer Frau zu tun, der andere instinktiv in die Kategorien »gefährlich«, »bedenklich, aber tolerabel« und »harmlos« einstufen konnte. Inzwischen saß Fleur im Gefängnis. Albin hatte sie dort hineingebracht, aber das war eine andere Geschichte. Er würde sie mal besuchen, doch er zweifelte daran, dass sie ihn sehen wollte.

Schließlich klopfte er an der Tür. Sie hatte außen keinen Griff, verfügte jedoch über einen Spion, ein Guckloch. Er klopfte dreimal ziemlich fest. Er wartete fast eine

Minute lang und hob gerade die Hand, um nochmals anzuklopfen, als er sich einbildete, eine Bewegung hinter dem Türspion wahrgenommen zu haben. Schließlich öffnete sich die Tür. Ein Mann, muskelbepackt, in einem schicken weißen Sommeranzug mit zurückgekämmtem Haar und pockennarbigem Gesicht, erschien und sah Albin fragend an.

Albin zeigte sein Kärtchen vor. »Albin Leclerc«, sagte er. »Berater der Polizei in Carpentras. Es geht um einen Mordfall an einem Ihrer Kunden.«

Der Mann zuckte lediglich mit den Achseln. »Keine Ahnung. Darüber weiß ich nichts. Kommen Sie mit einem Durchsuchungsbeschluss zurück.«

Er wollte die Tür wieder schließen. Aber Albin schob seinen Fuß dazwischen. »Vincent Trouchet«, sagte er dann, »und seine Frau wurden getötet. Schon mal gesehen?«

Albin zog das Handy aus der Hosentasche und öffnete ein Foto von Trouchet, das er im Internet gefunden hatte. Es stammte von der Website der Versicherung, bei der Trouchet gearbeitet hatte, und er hatte einen Screenshot von dem Foto gemacht.

»Wenn Sie gerne etwas trinken möchten, sind Sie willkommen, aber mehr ...«

Albin schnitt dem Mann das Wort ab. »Schätze, du bist neu hier. Ist Claude Delaunay noch im Geschäft?«

»Der führt die Geschäfte nur noch zum Teil. Sein Partner ist seit einigen Jahren Remy Papinet.«

Albin nickte. Immerhin war der Türsteher freundlich und gab Auskunft. Darauf konnte man aufbauen. Remy Papinet war nach Albins Wissen eine Unterweltgröße, die in vielen Töpfen rührte. Ihm gehörten unter anderem zahlreiche Spielsalons. Er vergab außerdem Kredite und verdiente sein Geld mit weiteren Geschäften.

»Ich würde ungern Claude Delaunay anrufen«, sagte Albin, »und ihm sagen, dass sein Türsteher mich abgewiesen hat, weil ich Fragen zu einem Doppelmord habe. Meine Kollegen werden sich fragen: Oh, was ist denn da los – gibt es da etwas zu verbergen?«

»Wir haben nichts zu verbergen, Monsieur. Im Übrigen kann sich jeder eine solche Karte drucken lassen und sich als polizeilicher Berater ausgeben.«

»Dann rufen Sie selbst Delaunay an und bestellen einen schönen Gruß von mir. Er wird sich fraglos daran erinnern, dass ich einen Einbruch in seiner Wohnung geklärt habe und er fast alle gestohlenen Güter zurückbekam. Er wird sich an die Achtziger erinnern, als er im Geschäft von Angelina ›Fleur‹ Flores ein Türsteher wie Sie war und wir uns gegenseitig einige Male unterstützt haben.«

Albins Gegenüber zögerte einen Moment. Dann nickte er knapp und warf einen Blick auf Albins Schuh. Albin nahm den Fuß zurück, worauf die Tür geschlossen wurde.

Er zog eine Zigarette aus der Verpackung und steckte sie an. Er inhalierte tief, pustete den Rauch durch die Nasenlöcher aus. Tyson hockte neben ihm und gähnte, blickte dann wieder nachdenklich in die enge Gasse.

Was meinst du, schien er zu fragen, *was es mit diesen Fotografien auf sich hat?*

»Nicht die geringste Ahnung. Aber es ist ein eindeutiges Indiz dafür, dass die Morde zusammengehören.«

Glaubst du an die Theorie, dass es um Drogenhandel geht?

Albin paffte. »Mein Gefühl sagt mir, dass es dazugehört. Die Medikamente. Die Schulden. Die Spielsucht. Wer weiß, was sich im Fall von Vincent Trouchet noch ergeben wird.«

Wie aufs Stichwort gab es Bewegung hinter der Tür. Der Türsteher öffnete sie dieses Mal deutlich weiter und machte eine einladende Geste.

»Die besten Grüße von Monsieur Delaunay. Das ›Chez Claude‹ hat nichts zu verbergen und wird selbstverständlich kooperieren«, sagte er.

Geht doch, dachte Albin, und trat mit Tyson an der Leine in das Halbdunkel, wo er leise Jazzmusik hörte. So abgewrackt das Gebäude von außen aussah, so mondän war es im Inneren hergerichtet. Die Wände im Foyer waren mit einer schweren, dunkelroten Tapete bedeckt. Es gab schwarze Samtvorhänge und gedämpftes Licht von goldenen Lüstern, deren Glühbirnen züngelnde Kerzenflammen imitierten. In der Bar war das Interieur identisch – schwülstig, barock, schwer, aber gleichzeitig hochklassig. Die Temperatur war angenehm. Die Räume mussten klimatisiert sein. An den Wänden hingen erotische Bilder aus einem der vorherigen Jahrhunderte. Hinter der Theke stand eine attraktive Mittvierzigerin und putzte Gläser. An den Tischen saßen nicht minder attraktive Damen, einige auf dem Schoß von Herren in Anzügen. Erstaunlich für diese Uhrzeit, dachte Albin. Wenn man sich vorstellte, was für ein Betrieb hier erst abends oder in der späteren Nacht herrschen würde …

Der Türsteher drehte sich zu Albin um. Er fragte: »Wie also können wir Ihnen weiterhelfen?«

»Vincent Trouchet«, wiederholte Albin. »Ich habe Ihnen eben ein Foto von ihm gezeigt. Er muss hier Kunde gewesen sein. Mich interessiert, ob er regelmäßig kam.«

»Das war der Fall«, sagte der Mann. »Er wurde ermordet? Was ist denn geschehen?«

»Sie werden es sicherlich in Kürze aus den Medien erfahren«, erwiderte Albin. »Details darf ich leider nicht nennen, auch aus ermittlungstaktischen Gründen. War Trouchet ein Stammgast?«

»Das kann man so sagen. Bis zuletzt kam er mindestens einmal in der Woche für ein paar Stunden.«

Albin nickte und überschlug gedanklich, was das wohl kosten würde. Nicht gerade wenig.

»Was hat er in dieser Zeit getan?«, fragte Albin.

Der Türsteher rang sich ein Lächeln ab. »Monsieur le Commissaire – was würden Sie erwarten, dass ein Mann im ›Chez Claude‹ wohl tut?«

Albin zuckte mit den Schultern. »Einige wollen sich nur unterhalten. Andere sitzen herum, trinken etwas. Der Rest …«

»Trouchet war Stammkunde bei Madame Sylvie.«

»Madame Sylvie ist …«

»… sie steht speziellen Interessen sehr offen gegenüber, wenn Sie verstehen, was ich damit sagen will.«

Albin nickte. Also eine Domina. »Ist sie zufällig zugegen und zu sprechen?«

»Zugegen ist sie. Ob sie zu sprechen ist – das müssen Sie sie selbst fragen. Sie ist keine Angestellte bei uns, sondern selbständig und hat hier lediglich Räumlichkeiten angemietet.«

»Wo finde ich sie?«

Der Türsteher deutete auf eine Treppe. »Zweites Stockwerk. Sie hat gerade keine Kundschaft. Bitte folgen Sie mir.«

Was Albin auch tat. Sie gingen eine Treppe hinauf, folgten dem Verlauf eines schmalen Flures bis an dessen Ende, wo sich eine Tür befand. Der Türsteher klopfte an, worauf ihm geöffnet wurde – augenscheinlich von Madame Sylvie höchstpersönlich, bei der es sich um eine attraktive Mittvierzigerin handelte. Sie war stark geschminkt, trug eine schwarze Bluse und eine schwarze Lederhose samt schwarzen Flipflops. Ihre fast weißblonden Haare waren streng zurückgekämmt und im Nacken zu einem Dutt geknotet.

Albin stellte sich vor und erklärte, dass er einige Fragen bezüglich eines Klienten habe. Madame Sylvie blickte runter zu Tyson, sah dann den Türsteher an, der mit einer »Alles-in-Ordnung«-Geste antwortete.

»Commissaire Leclerc ist ein guter Bekannter von Claude. Wir kooperieren gern«, murmelte er.

Die Frau trat einen Schritt zurück, um Albin hereinzulassen, nickte dem Türsteher zu und schloss dann die Tür vor seiner Nase.

Albin sah sich um. Wände mit einer schwarzen, gemusterten Tapete, goldene Lampen. Der Boden war schwarz gefliest und mit einigen schwarzen Teppichen bedeckt, auf denen ein ebenfalls schwarzer Ledersessel, vor dem ein paar Pumps lagen, und eine dazu passende Couch standen. Alles war geschmackvoll und teuer eingerichtet. Was in diesem Raum geschah, deutete das Interieur nur sehr dezent an. Ein Haken unter der Decke, ein mit dunklem Latex bezogenes Bett, ein schwarz lackierter Pfahl mit Ketten an einer Wand sowie kunstvolle

Schwarz-Weiß-Fotografien, die einschlägige erotische Motive hatten. Peitschen, Fesseln …

»Etwas Wasser für Ihren Hund? Für Sie ebenfalls? Oder einen Kaffee?«, fragte Madame Sylvie. Ihre Stimme klang dunkel und nach vielen Zigaretten.

»Wasser für beide wäre wunderbar«, erwiderte Albin und nahm auf einem der Sofas Platz, während Madame Sylvie zu einem silbernen Kühlschrank ging und eine Flasche Wasser herausholte. Sie öffnete einen dunkel lackierten Schrank und nahm eine Metallschale heraus. Albin konnte einen kurzen Blick auf ein Ledergeschirr und eine Ledermaske werfen, was ihm sagte, dass aus dieser Schale in der Regel wohl andere Hunde tranken, die zudem dafür bezahlten.

Madame Sylvie bemerkte Albins Blick und schmunzelte.

»Die Schale ist sauber«, sagte sie, füllte stilles Wasser hinein, stellte sie Tyson hin und goss für Albin etwas in eines der Gläser, die auf der onyxfarbenen Steinplatte des Couchtisches standen. Tyson machte sich sofort über das Wasser her. Albin nippte an seinem Glas, während Madame Sylvie auf dem Ledersessel Platz nahm und ihre Pumps zur Seite kickte, die sie offenbar nur trug, wenn sie Kundschaft hatte.

»Wie kann ich Ihnen helfen?«, fragte sie, schlug die Beine übereinander, ließ einen Flipflop an ihren rot lackierten Zehen baumeln und wippte leicht mit dem Fuß.

»Madame Sylvie … «

»Sylvie reicht. Mein Nachname tut nichts zur Sache.«

Noch nicht, dachte Albin. Er sagte: »Es geht um Monsieur Vincent Trouchet. Er ist tot.«

Das Fußwippen gefror in der Bewegung. Sylvies Lider zuckten.

»Was?«, fragte sie. Ihre Stimme war nur noch ein Flüstern. »Was ist denn geschehen?«

Albin trank etwas Wasser. »Die Polizei hat Grund zu der Annahme, dass er und seine Frau ermordet worden sind. Nach meinen Informationen ist er Kunde bei Ihnen gewesen, und es könnte sehr hilfreich sein, wenn Sie mir einige Fragen beantworten könnten.«

»Mein … Gott«, flüsterte Sylvie und führte ihre Finger an die Lippen. Ihre Augen sahen feucht aus. Sie rang nach Fassung.

Albin gab ihr einige Momente, um sich zu sammeln.

»Seit wann ist Trouchet Ihr Gast?«, fragte er.

»Seit ungefähr zwei Jahren«, erwiderte Sylvie leise. Sie knetete ihre Fingergelenke, zog dann ein Kleenextuch aus einer Verpackung auf dem Tisch. »Was ist denn nur passiert? Wer würde denn … so etwas tun?«

»Das wissen wir nicht, Madame. Deswegen machen wir uns überall kundig. Hätten Sie eine Idee?«

Sylvie schüttelte mit dem Kopf. »War es denn ein Raubmord?«

»Wie kommen Sie darauf?«, fragte Albin.

Sylvie tupfte sich vorsichtig die Augen trocken und gab dabei acht, ihre Schminke nicht zu verwischen. »Na ja, er ist … war … Er war einigermaßen wohlhabend als Vorstandsmitglied bei der Bank. Wurde bei ihm eingebrochen und dann … Mein Gott.«

Albin streckte das Kinn und kratzte sich am Hals. Vincent Trouchet war keineswegs Vorstandsmitglied bei einer Bank gewesen. Er war Abteilungsleiter bei einer Versicherung. Aber er musste einen Grund gehabt haben, gegenüber Madame Sylvie so auf den Putz zu hauen.

»Die genauen Tatumstände werden gerade erst ermittelt«, erklärte Albin. »Hat er oft über die Arbeit gesprochen?«

Sylvie verneinte. Ihre Brust hob und senkte sich. Sie atmete tief, legte ihre Hand gleichzeitig auf das Herz, um sich zu beruhigen. Insgesamt war sie nicht schlecht darin, fand Albin. Sie hatte ihre Emotionen gut im Griff. Dennoch war es bemerkenswert, dass Trouchets Tod ihr so nahezugehen schien.

»Seine Frau wurde ebenfalls getötet.«

»O mein Gott ... «

»Sie wussten, dass er verheiratet war?«

»Ja«, erwiderte Sylvie mit belegter Stimme. »Natürlich wusste ich das. Seine Ehe war ja der Grund, zu mir zu kommen. Er bekam nicht, was er sich wünschte. Was er brauchte. Das bekam er bei mir.«

»Wie oft ist er Gast bei Ihnen gewesen?«

»Etwa zweimal die Woche. Meist für ein bis zwei Stunden, manchmal auch länger.«

»Darf ich nach Ihrem Stundensatz fragen?«

»Mein Angebot ist sehr exklusiv und sehr individuell. Deswegen berechne ich fünfhundert Euro pro Stunde. Falls meine Zofe zur Assistenz zugegen ist, auch sechshundert.«

»Das war auch der Tarif für Trouchet? Für einen Stammkunden gab es keine Rabatte?«

Sylvie verneinte erneut. »Das Bezahlen«, erklärte sie, »ist ein Teil der Demütigung, die manche meiner Kunden suchen.«

Albin überschlug die Zahlen. Im Durchschnitt zweimal zwei Stunden die Woche à fünfhundert Euro machte zweitausend Euro in der Woche, achttausend im Monat, rund hunderttausend Euro im Jahr. Das war äußerst beachtlich in Bezug darauf, welchen Umsatz Madame Sylvie insgesamt machen würde, und eine erhebliche Summe für den Abteilungsleiter einer Versicherung, der sich als Vorstandsvorsitzender einer Bank ausgab. Vermutlich tat er das deswegen, um zu erklären, wie er mit Geld nur so um sich werfen konnte.

Summen, über die Trouchet nach Albins Einschätzung gar nicht verfügen konnte – zumindest nicht auf der Grundlage seines Gehaltes, das Albin zwar nicht kannte. Aber niemals würde ein Abteilungsleiter so viel verdienen, dass er im Jahr hunderttausend Euro für eine Domina ausgeben könnte.

»Suchte er danach?«, fragte Albin. »Demütigung?«

Sylvie nickte leicht und atmete erneut tief durch.

»Viele einflussreiche Männer, die auf ihre öffentliche Reputation achten müssen, die sehr viel zu kontrollieren haben und viel Verantwortung tragen, geben all das gerne für eine gewisse Zeit ab. Manche suchen außerdem nach einer Bestrafung für moralisch fragwürdige Entscheidungen, die sie in ihren Positionen treffen müssen.«

»Wenn Sie Trouchet zwei Jahre lang so oft gesehen haben – und so intensiv … Madame Sylvie, standen Sie sich nahe?«

Sylvie blickte zu Boden, dann wieder hoch und sah Albin an. »In meinem Beruf, Monsieur le Commissaire, muss man sich eine professionelle Distanz angewöhnen. Ich unterscheide sehr genau zwischen meiner Arbeit und meinem Privatleben. Natürlich trifft es mich, denn ich kannte Vincent über einen längeren Zeitraum hinweg auf sehr privater Ebene, und natürlich unterhält man sich gelegentlich. Die Nachricht ist sehr schockierend. Aber es gab von meiner Seite aus keine romantische Beziehung. Vincent hatte jedoch …« Sylvie blickte in Richtung Fenster und schien ihre nächsten Worte abzuwägen. »Wie bereits erwähnt: Eine Domina wie ich muss Distanz wahren und unnahbar sein. Manchmal verlieben sich Klienten dennoch. Oder gerade deswegen. Vincent hatte die Idee, mich freizukaufen und seine Frau zu verlassen, um mit mir ein neues Leben zu beginnen. Wissen Sie, das Gehirn von Männern kann eine gewisse Dynamik entwickeln, wenn man ihnen gibt, was sie brauchen. Vielleicht schalten sich manche grauen Zellen ab, andere laufen plötzlich auf Hochtouren. Es kann sich ein Suchtverhalten entwickeln. Ich habe Vincent jedenfalls erklärt, dass das Unfug ist. Ich würde nicht mit ihm durchbrennen. Man kann mich nicht freikaufen. Ich denke aber, das ist bei ihm nicht angekommen – oder vielleicht dachte er, dass die Hoffnung zuletzt stirbt. Er hat immer wieder erklärt, dass er sehr bald sehr reich sein werde und ich dann nicht mehr arbeiten müsse.« Sylvie zuckte schwach mit den Achseln. »Sie können mir vorwerfen, dass ich eine Reißleine hätte ziehen sollen. Aber Vincent war in dieser Hinsicht kein Einzelfall. In meinem Beruf muss man mit solchen Dingen leben. Vincent war außerdem ein sehr gut zahlender Kunde. Ich wollte ihn natürlich nicht verlieren. Ich hatte mich daher entschieden, ihn seinen Phantasien zu überlassen. Ich habe ihm zwar keine Avancen gemacht, aber die Tür auch nicht verschlossen, wenn Sie verstehen, was ich meine.«

Albin nickte. »Ich verstehe. Was hat er genau damit gemeint, dass er sehr bald sehr viel Geld haben werde?«

»Das weiß ich nicht. Aktien? Eine Erbschaft?«

Albin nickte erneut, trank etwas Wasser und betrachtete Tyson, der gerade seine Wasserschale geleert hatte und Albin nachdenklich ansah.

Madame Sylvie, schien er sagen zu wollen, *ist eine smarte Geschäftsfrau, die sich offensichtlich auch ganz gut mit der Psyche von Männern auskennt.*

»Nicht nur mit der von Männern, nehme ich an«, erwiderte Albin in Gedanken.

Vincent Trouchet hatte ihr jedenfalls etwas vorgegaukelt. Er dürfte außerdem deutlich mehr Geld ausgegeben haben, als er in seinem Job verdiente. Vielleicht hatte er sich verschuldet. Und er hatte davon gesprochen, bald viel Geld zu erwarten.

Albin murmelte in Richtung Tyson: »Das erinnert mich an Thierry Roubert. Roubert hatte Schulden, um seine Sucht zu finanzieren, und er sprach von der Erwartung von viel Geld, um damit einen Lebenstraum zu erfüllen. Bei Trouchet klingt es ähnlich – nur dass seine Sucht und sein Lebenstraum andere waren. Aber das Muster ähnelt sich.«

Und bei beiden, erwiderte Tyson, *findet man das Foto einer unbekannten Frau.*

»Ja. Sehr bemerkenswert«, betonte Albin.

Was genau hat Vincent Trouchet eigentlich bei der Versicherung gemacht?

»Werden wir noch herausfinden«, erwiderte Albin und

zog sein Handy hervor. Er rief das Foto auf, dass die unbekannte Frau beim Verlassen ihres Autos zeigte. Er legte das Smartphone auf den Tisch und drehte es in Richtung Madame Sylvie.

»Haben Sie diese Frau schon einmal gesehen?«, fragte Albin.

Madame Sylvie zog das Handy mit ihren langen, roten Fingernägeln etwas heran und betrachtete das Foto.

»Das Gesicht sagt mir überhaupt nichts«, erwiderte sie.

14

Sogar am Abend zeigte das Thermometer noch 30 Grad an. Albin trug Shorts und saß mit seiner Enkeltochter Clara auf der Terrasse. Sie tranken Limonade mit Eiswürfeln und spielten Karten. Drinnen waren Veronique und Manon in der Küche beschäftigt. Das Kartenspiel war eines, das Clara und eine ihrer Freundinnen aus der Schule selbst erfunden hatten. Es trug den Namen »Attraper le Voleur« – »Fang den Dieb« – und funktionierte im Prinzip nach denselben Regeln wie »Mau Mau«. Eigentlich war es sogar dasselbe Spiel, aber das sagte Albin natürlich nicht. Tyson lag auf dem Boden. Die Hitze setzte ihm zu. Gerade mischte Albin die Karten und betrachtete Clara, die wiederum Tyson betrachtete.

»Ich hätte auch gerne ein Haustier«, sagte sie versonnen.

»Als deine Maman noch klein war«, erklärte Albin, »hatte sie eine Schildkröte. Sie hat bei mir gewohnt, und immer, wenn deine Maman bei mir war, haben wir der Schildkröte eine Barbie auf den Panzer gesetzt und sie reiten lassen.«

Clara blieb weiterhin ernst. Albin mischte weiter.

»Und wo war Oma dann?«

Jetzt ahnte Albin, was in Claras kleinem Köpfchen vor sich ging.

»In ihrem Zuhause«, erklärte er. »Zuerst haben wir zusammengewohnt und waren verheiratet. Dann haben wir uns nicht mehr verstanden und waren nicht mehr verheiratet.«

»Genau wie bei Maman und Papa.«

»Es war ein bisschen anders, aber sehr ähnlich. Es liegt immer an den Erwachsenen, wenn so etwas passiert. Erwachsene können kompliziert sein.«

»Aber warum?«

»Ich glaube, weil ihr Gehirn größer ist und sie manchmal zu viel denken.«

»Hast du Oma nicht mehr liebgehabt?«

»Natürlich, und ich habe sie immer noch lieb und sie hat mich auch lieb. Aber es gibt einen Unterschied zwischen Liebe und liebhaben. Zwischen Erwachsenen kann sich das manchmal verändern. Aber eines verändert sich niemals: dass sie ihre Kinder lieben. Selbst dann, wenn die Eltern nicht mehr zusammenwohnen mögen.«

»Bei Maman war es auch so wie bei mir. Sie hat bei Oma Inés gewohnt und nicht bei dir. Und ich wohne bei Maman und nicht mehr bei Papa.«

»Genau«, erwiderte Albin und verteilte die Karten. »Bei Maman war es ganz genauso. Natürlich wäre es schöner, wenn es anders wäre. Aber so sind Erwachsene nun einmal. Mit Kindern hat das nichts zu tun.«

»Hast du Maman vermisst?«

»Jede Minute und jede Sekunde. Ich habe immer an sie gedacht und überall Fotos von ihr aufgestellt.«

»Kam sie dich oft besuchen?«

»Immer dann, wenn es ging.«

»Papa habe ich lange nicht gesehen.«

Albins Herz zog sich zusammen. Natürlich hatte Clara das nicht, denn Gilles war ein psychopathischer Schweinehund, der Manon geschlagen und psychisch missbraucht und manipuliert hatte, weswegen er hinsichtlich des Sorgerechts nichts mitzureden hatte. Außerdem lebte er in Paris, und Manon scheute sich, Kontakt mit Clara zuzulassen. Eine Entscheidung, die sie zerriss. Sie wusste als Scheidungskind aus eigener Erfahrung, wie hart es war, wenn man den einen Elternteil nicht sehen konnte, wenn sich das Leben komplett veränderte und man als Kind nicht verstehen konnte, was einem widerfuhr. Dann legte man sich alle möglichen Erklärungen zurecht, die auch falsch sein konnten – dass man den anderen Elternteil deswegen nicht sah, weil er einen nicht mehr liebhatte. Im Fall von Gilles war es besonders schwierig. Der Mann war einerseits ein Idiot. Aber andererseits brauchte ein Kind seinen Vater. Nicht einfach. Und einem Mädchen in Claras Alter auch nicht zu vermitteln, weswegen Albin das tat, was meistens am besten half: ein bisschen erklären und dann ablenken.

»Weißt du, wie Mamans Schildkröte hieß?«

Clara schüttelte den Kopf.

»Sie hat nie davon erzählt?«

Clara schüttelte nochmals den Kopf.

»Sie hieß Cassius. Zuerst dachten wir, Cassius sei ein Mädchen und nannten es Cassiopeia. Als wir den Fehler bemerkten, haben wir ihn umgetauft.«

»Wo ist Cassius jetzt?«

»Er ist weggelaufen.«

»Eine Schildkröte, die wegläuft?«

Albin zuckte mit den Schultern. »Eines Tages war er

einfach fort. Ich nehme an, Cassius wollte vielleicht nach Griechenland, wo sehr viele Schildkröten leben, wovon er vermutlich gehört hatte und sich dachte: Das muss ein Paradies für Schildkröten sein.«

Zwischen Claras Augenbrauen bildete sich eine kleine Falte. Genau wie bei Manon, wenn sie nachdachte, und bei Manons Mutter Inés.

»Eine Schildkröte kann doch nicht denken. Die hat doch ein Gehirn, das viel kleiner ist als eine Erbse.«

Albin lachte. »Dein Gehirn ist ja auch kleiner als meines. Deswegen weißt du auch nicht, was drei plus drei ist.«

Clara blickte auf, funkelte Albin an. »Sechs.«

»Und sechs und sechs?«

»Zwölf.«

»Und wie heißt die Hauptstadt von Frankeich?«

»Paris. Und ich weiß sogar, was zehn plus zehn plus zehn ist.«

»Zehn«, erwiderte Albin.

Clara kicherte. »Ooopa!«

»Fünfzehn?«

Sie grinste und schüttelt mit dem Kopf.

»Zwanzig.«

»Nein! Dreißig!«

»Hm, Moment mal«, machte Albin, und jetzt war er es, der die Stirn in Falten legte und so tat, als würde er mit den Fingern rechnen.

»Was macht ihr denn da draußen?«, hörte er die Stimme von Veronique aus der Küche.

»Wir rechnen! Und Opa weiß noch nicht mal, was zehn und zehn und zehn ist, obwohl sein Gehirn viel größer ist als meines.«

»Ja«, erwiderte Veroniques Stimme, »das wundert mich nicht, denn sein Gehirn ist ja auch viel älter als deines und funktioniert nicht mehr so gut.«

Albin keuchte. Clara kicherte.

»Albin! Hör auf, dem Kind so dumme Sachen zu erzählen«, rief Veronique.

»Das ist … «, stammelte er. »Also. Das sind … Das sind doch keine dummen Sachen, ich habe nur … «

»Du setzt ihr nur Flöhe ins Ohr.«

Clara lachte und pulte sich in den Ohren. »Igitt! Ich habe keine Flöhe im Ohr.«

»Da hörst du es! Ich setze ihr keine Flöhe ins Ohr.«

Nun erschien Manon an der Terrassentür. »Kommt ihr rein? Abendessen.«

Albin war hungrig und ließ sich das nicht zweimal sagen. Außerdem war seine Laune wieder besser, nachdem sich die von Clara ebenfalls verbessert hatte. Sie sprang auf und folgte ihrer Mutter hüpfend ins Haus. »Mami, Mami, ich möchte ein Schildkröte haben, und die soll auch Cassius heißen. Oder Cassiopeia.«

»Waaas?«, fragte Manon. »Hat Opa dir etwa von Cassius erzählt? Auf ihm durfte immer meine Barbie reiten.«

»Ich möchte auch einen Cassius. Biiiiitte!«

Bei seinem Appetit war Albin versucht, eine Bemerkung über Schildkrötensuppe zu machen, verkniff sie sich aber im Interesse seiner Enkelin und der allgemeinen Stimmung.

Es gab ein kaltes Ratatouille – zunächst in Olivenöl geschmorte und dann gedünstete Auberginen, Zwiebeln, Zucchini, Tomaten, Paprika mit Knoblauch – und dazu ein paar prächtige Garnelen sowie Tapenade, eine Kapern-Oliven-Paste, mit geröstetem Baguette. Albin hatte dazu einen kalten Rosé geöffnet. Etwas Besseres zum Abendessen konnte er sich an einem heißen Sommerabend wie diesem kaum vorstellen.

Anschließend machte sich Veronique mit Hilfe von Clara ans Abwaschen. Albin sagte, dass er seine Abendrunde mit Tyson drehen werde, und fragte Manon, ob sie ihn begleiten wolle.

»Ich?«, erwiderte sie und machte große Augen. »Du fragst mich doch sonst nie, ob ich mit dir eine Runde gehe. Ist irgendetwas?«

Albin schüttelte den Kopf und packte seine Sachen von der Kommode auf dem Flur: Handy, Schlüssel, Zigaretten, Feuerzeug.

»Was sollte denn sein? Darf man nicht mal mit seiner Tochter einen Spaziergang machen?«, fragte er, während Tyson bereits vor Aufregung hechelte.

Manon zuckte mit den Schultern und blähte die Backen. »Na gut. Gehe ich mit dir eine Runde. Bitte.«

Was sie dann auch taten.

Tyson lief voran, wie gewöhnlich. Albin und Manon schlenderten ihm hinterher.

Der Abend senkte sich über die Provence und färbte den Himmel in den Farben von Lavendel. Die ersten Sterne waren zu sehen. Die Luft war dick, feucht und duftschwanger von wilden Kräutern.

»Jetzt hast du Clara auf eine Idee gebracht«, sagte Manon und gab Albin einen Knuff.

Er grinste und steckte sich im Gehen eine Zigarette an. »Weißt du noch«, sagte er. »Cassius, den wir ursprünglich für ein Mädchen gehalten haben. Wahrscheinlich hat

111

er uns das übel genommen und ist deswegen weggelaufen.«

»Ich war wirklich traurig damals. Und du hast mir dieselbe Geschichte erzählt, um sein Verschwinden zu erklären – dass er nach Griechenland gereist ist.«

Albin rauchte und nickte.

»Ich glaube«, murmelte Manon, »dass ich so besonders traurig war wegen Cassius, weil sein Verschwinden eine Art Projektion war, weißt du? Cassius stand in Verbindung mit dir, und du warst auch aus meinem Leben verschwunden.«

Albin spürte einen Stich im Herzen.

»Ich weiß«, sagte Manon, »dass du und Maman unter den gegebenen Umständen versucht habt, das Beste daraus zu machen. Und wo ich nun selbst eine Scheidung durchmache, verstehe ich einiges noch besser. Aber als Kind …«

»Machst du dir Sorgen um Clara?«

»Natürlich tue ich das. Ich mache mir Sorgen darüber, wie sie das alles verkraftet.«

Albin fand einen Stein und kickte ihn vor sich her. Er sagte: »Du hast die besten Voraussetzungen, es aufzufangen. Du hast es selbst erlebt und weißt, wie man sich fühlt, was einem für Gedanken durch den Kopf gehen. Inés und ich haben es ebenfalls erlebt.«

Albin rauchte und fuhr fort: »Aber natürlich leidet Clara unter der Situation. Selbstverständlich vermisst sie Gilles. Daran kann man nichts ändern. Man kann ihr aber auch nicht begreiflich machen, warum das alles so ist. Man kann ihr nur verdeutlichen, dass das alles absolut nichts mit ihr zu tun hat – und Gilles auch nicht totschweigen, so gerne ich es ja tun würde. Darf er sie denn gar nicht sehen?«

Manon seufzte. »Das Umgangsrecht ist vorläufig eingeschränkt worden. Das heißt, dass Gilles sie nur gelegentlich und unter Aufsicht sehen darf. Meine Anwältin und ich haben das durchgesetzt, denn es gibt zwar das Recht auf einen regelmäßigen Umgang, während das Sorgerecht bei mir liegt. Doch dieser Umgang kann eingeschränkt werden, wenn das Kindswohl gefährdet ist, zum Beispiel dadurch, dass Gilles mich körperlich und seelisch misshandelt hat. Das Problem ist, dass diese Misshandlung nachweisbar sein muss – und das macht es leider schwierig. Ich habe ja jetzt kein blaues Auge. Und damals, also … Ich hätte es sofort medizinisch feststellen und dokumentieren lassen müssen. Jetzt habe ich aber nichts in der Hand und kann lediglich einige Fotos vorlegen, die mich mit einer Verletzung zeigen, sowie ein Protokoll über Arztbesuche. Ich kann außerdem einige Textnachrichten von ihm vorlegen und das, was er mit privaten Fotos von mir im Internet angestellt hat. Deswegen hat das Gericht zunächst die Vorläufigkeit verfügt, und ich muss zu einer Psychiaterin wegen eines Gutachtens über mich als Opfer von häuslicher Gewalt.«

Albin nickte nur und blieb stumm, kickte den Stein weiterhin vor sich her. Wieder spürte er die Wut in sich und die Lust, Gilles' Schädel so lange gegen eine Bordsteinkante zu schlagen, bis nur noch Matsch übrig war. All das hatte er Manon damals bereits gesagt, nachdem er überzeugt davon gewesen war, dass Gilles ihr Gewalt antat. Dass sie zum Arzt gehen müsse, am besten sogar zur Rechtsmedizin. Die meisten Institutionen hielten eine Gewaltschutz-Ambulanz vor. Man konnte sie als Opfer von häuslicher Gewalt oder ähnlicher Delikte aufsuchen – keine Polizei, kostenfrei, niederschwellig und lediglich zu dem Zweck, erlittene Verletzungen zu untersuchen und zu dokumentieren, damit man für später etwas in der Hand hielt. Aber Manon war auf dem Ohr leider taub gewesen.

»Das mit dem Umgangsrecht und all diese Details kannte ich nicht so genau«, murmelte Albin und zog an der Zigarette, die ihm im Mundwinkel klemmte, nachdem er die Hände in die Hosentaschen gesteckt hatte.

»Natürlich nicht. Deswegen wollte ich dich oder Maman im Gericht auch nicht dabeihaben. Es gibt Dinge, die müsst ihr nicht wissen – genau wie es Dinge über euch gibt, die ich nicht wissen muss.«

Albin nickte. »Ist das Umgangsrecht eingeschränkt worden, weil es am besten so ist – oder weil du ihn bestrafen willst?«

Manon blieb stehen. »Papa, was denkst du denn von mir?«

Albin stoppte ebenfalls. Er zuckte mit den Schultern. »Ist nur eine Frage.«

»Eine bescheuerte Frage. Gilles würde Clara sofort instrumentalisieren, und das weißt du ganz genau.«

Albin nickte. »Ich weiß. Ich weiß aber auch, dass der Zorn uns manchmal das Gehirn vernebelt. Vielleicht tut es Clara ab und zu mal ganz gut, ein paar Minuten über Video mit ihm zu sprechen – am Handy oder am Computer, und du sitzt daneben.«

»Ich würde durchdrehen, wenn ich Gilles' Fratze sehen müsste.«

»Genau das ist es«, erklärte Albin und ging weiter, »worüber ich rede, Manon. Am Ende müssen wir uns zugunsten der Kinder zusammenreißen. Am Ende, so blöd es klingt, müssen wir vergeben, damit unsere verletzten Gefühle uns nicht zerfressen. Es ist sogar bei jedem Straftäter so. Ein Krimineller tut etwas Schlimmes. Er bekommt dafür zehn Jahre. Danach ist seine Tat, juristisch gesehen, vergeben, wenn auch nicht vergessen.«

»Sagst du gerade, ich soll das alles vergessen? Ausgerechnet du sagst das?«

Albin setzte sich wieder in Bewegung. Manon folgte ihm.

»Ganz und gar nicht. Wenn es nach mir ginge, würde ich Gilles in einen Sack stecken und jeden Morgen eine Stunde lang darauf einprügeln. Tag für Tag, Jahr für Jahr, bis ich umfalle. Ich wollte dir nur eine Anregung geben. Denk über eine solche Videokonferenz nach. Muss nicht lange oder oft sein. Ein paar Minuten. Einmal im Monat oder alle zwei Wochen. Und wenn du es nicht schaffst, setze ich mich daneben.«

»Ich werde darüber nachdenken«, erwiderte Manon.

»Und wir beide können gemeinsam über noch etwas anderes nachdenken.«

»Worüber?«

»In Kürze bekommen wir Besuch zum Abendessen. Es wurde ein junger Mann angekündigt.«

»Oh. Mein. Gott«, hörte Albin Manon neben sich.

Er machte eine abwiegelnde Geste. »Mich würde nur interessieren, wie man diesen jungen Mann gegenüber Clara einführen möchte, und außerdem, wie man diesen jungen Mann gegenüber dem Vater …«

Manon lachte. »Ich wusste es. Ich habe nur darauf gewartet.«

Albin rauchte, kickte nach wie vor den Stein vor sich her.

»Sein Name ist Christian Papillon.«

Albin hustete. »Er heißt *Schmetterling*?«

Manon ging darüber hinweg. »Er ist Architekt, in meinem Alter, Single und kinderlos. Wir haben uns vor ein paar Wochen zufällig im Supermarkt kennengelernt.«

»Im – Supermarkt?«, fragte Albin und kämpfte gegen den Drang an, seiner Tochter einen Vortrag darüber zu halten, dass man doch nicht ausgerechnet im Supermarkt jemanden traf, der …

»Ja.« Manon lachte. »Schon etwas ungewöhnlich. Ich stand gerade an der Tiefkühltruhe und er ebenfalls, da empfahl er mir eine Pizzasorte. Wir kamen ins Gespräch, und es war sehr nett. Wir tauschten unsere Telefonnummern aus – *c'est ça.* Ich glaube an Zufälle. Viel mehr als an Apps. Ich habe auch schon Männer im Internet kennengelernt …«

»Im Internet?«

»Ja, Papa, so etwas ist möglich.«

»Männer? Plural? Mehrere?«

Manon verdrehte die Augen. »Man landet ja nicht sofort einen Hit. Du weißt doch: Man muss viele Prinzen küssen.«

Albin schwieg einen Moment lang. Er wünschte sich bereits seit einiger Zeit, dass Manon wieder jemanden kennenlernen würde – im besten Fall jemanden, der sie glücklich machte. Natürlich kam sie auch gut allein zurecht. Aber – wie das eben so war, wenn man Vater einer

Tochter und etwas altmodisch war. Doch dass sie bereits auf der Suche war und dann noch im Internet – okay, ihre Entscheidung, ihr Leben, dennoch gefiel es Albin nicht. Seine Tochter war eine Prinzessin, die man sich verdienen und erobern musste. Sie war etwas Besonderes und keine Ware.

»Im Internet«, brummte er. »Das ist so wie … Amazon? Meine Tochter bietet sich öffentlich auf einem Internetmarkt an?«

»Papa, also wirklich. Meinst du das ernst?«

»Ein wenig.«

»Das machen sehr viele Menschen, auch viele, die ich kenne, weil es einfacher ist und man manchmal auch gar keine Zeit und Gelegenheit hat, jemanden auf andere Art und Weise kennenzulernen, zum Beispiel ich als alleinerziehende Mutter.«

»Es sei denn im Supermarkt am Gefrierfach.«

Manon verdrehte die Augen. »Meine Güte, ich habe auch jemanden kennengelernt, der mich in einer Bäckerei angesprochen hat – also vor der Bäckerei. Wir haben einen Kaffee getrunken, aber … Ich weiß nicht, das war jemand, bei dem ich mich unwohl gefühlt habe. Nicht, dass er unfreundlich war, aber … Ich weiß auch nicht.«

»Also Männer vor Bäckereien sind kritischer zu bewerten als solche, die man an der Tiefkühltruhe trifft oder aus dem Internet bekommt?«

Ein weiteres Mal knuffte Manon ihren Vater. »Papa. Jetzt hör auf. Sei nicht so doof. Können wir bitte das Thema wechseln?«

Albin verkniff sich ein Grinsen, nahm eine Hand aus

der Hosentasche und klemmte sich die Zigarette wieder zwischen die Finger.

»Ich habe eine Frage.«

»Solange sie nicht mit meinen Bekanntschaften zusammenhängt ...«

Albin schüttelte den Kopf. »Wenn zwei Personen ein und dasselbe Foto von jemandem bei sich haben, eine versteckte Aufnahme, die eine Frau beim Einsteigen in ein Auto zeigt – also, wenn zwei Personen den Ausdruck eines solchen Fotos in DIN-A4-Größe bei sich führen, was könnte der Grund dafür sein?«

»Wie kommst du darauf?«

»Es hat mit einem laufenden Fall zu tun.«

»Du sprichst mich nie auf deine Fälle an.«

»Jetzt schon.«

Manon dachte einen Moment nach und spazierte weiter neben Albin her. »Wer ist denn die Person? Wie alt ist sie?«

»Ungefähr dein Alter. Schick gekleidet. Das Foto sieht aus wie ein Paparazzifoto. Eines, das versteckt mit einem Teleobjektiv aufgenommen wurde. Aber ihre Identität ist unbekannt.«

»Vielleicht deswegen«, sagte Manon, »weil man nach dieser Frau sucht? Vielleicht hat jemand diese Bilder erhalten und an mehrere Personen mit dem Auftrag gegeben: Finde diese Frau beziehungsweise finde heraus, wer sie ist.«

»Hmm«, brummte Albin.

»Ich meine, wenn jemand das Foto aus einem Versteck heraus aufgenommen hat wie ein Paparazzo oder ein Detektiv, bedeutet das ja, dass der Fotograf nicht von der Frau gesehen werden wollte. Es bedeutet ebenfalls, dass er ihr gefolgt ist oder ihr aufgelauert hat. Der Fotograf wird daher wissen, um wen es sich bei der Frau handelt, und er kennt ihre Identität. Wenn er die Fotos ausdruckt, statt sie Dritten als Datei zu schicken, heißt das doch, dass er keine digitalen Spuren hinterlassen will, was wiederum bedeutet, dass es um etwas sehr Brisantes geht. Und er gibt die Fotos deswegen weiter, damit die Dritten diese Frau ausmachen können und wissen, wie sie aussieht. Man sieht das doch manchmal in Filmen, wenn jemand eine Person sucht: Die sitzen dann in Autos, haben ein Bild und vergleichen es mit Leuten, die auf der Straße herumlaufen.«

Albin nickte. »Und wozu das Ganze?«

Manon schlenderte neben Albin her und dachte weiter nach. Albin konnte die feine Falte zwischen ihren Augenbrauen sehen. »Weil man der Frau etwas antun will, sie von etwas abhalten oder sie verschleppen möchte? Sie entführen will?«

Albin nickte erneut. »Du könntest die Tochter eines Polizisten sein, Manon«, murmelte er und lächelte.

15

»Wer, zum Teufel«, murmelte Theroux und ging mit einem Becher Kaffee in der einen und einem Eis in der anderen Hand die Stufen des Café du Midi hinab, »ist nur diese Frau auf dem Foto?«

»Wir haben noch keinen Hinweis«, erwiderte Cat. Sie hielt ebenfalls einen Kaffee in der Hand und ein Eis in der anderen.

Es war Morgen, aber bereits so heiß wie an den vorherigen Tagen zur Mittagszeit. Gestern hatten sie viel Zeit mit Recherchen und dem Ausfüllen von Dokumentationen und Berichten sowie mit dem Lesen von Zeugenaussagen verbracht. Eine äußerst unerquickliche Arbeit, die Jahr für Jahr mehr zunahm und inzwischen locker die Hälfte des Jobs in Anspruch nahm. Abends war Cat erledigt gewesen und früh ins Bett gegangen. Zum Glück war es im Schlafzimmer einigermaßen kühl. Jean hatte ihr vor zwei Jahren eine Standklimaanlage gekauft, die seither auf Hochtouren lief. Nach dem Aufstehen hatte sie dann kalt geduscht und fühlte sich frisch und wach.

Cat setzte sich an einen der Bistrotische vor dem Café du Midi, vor dem der morgendliche Lieferverkehr vorbeirauschte, stellte den Kaffee neben einem knallgelben Aschenbecher mit »Ricard«-Aufdruck ab und pellte das Eis in der Waffel aus der Verpackung.

Theroux fragte: »Ähm, ich dachte, wir fahren jetzt los?«

»Darf ich erst mein Eis essen?«

»Das kannst du doch auch im Auto essen?«

»Ich esse es aber lieber hier und in Ruhe. Außerdem fahre ich.«

»Ich könnte fahren. Dann kannst du dein Eis auf dem Beifahrersitz essen. Du hast doch außerdem selbst ein Eis. Wie willst du dann fahren?«

»Ähm, beim Fahren?«, fragte Theroux.

Cat gab ein genervtes Geräusch von sich. »Deine Logik …« Cat würgte sich selbst ab. »Alain. Ich esse das Eis lieber hier und jetzt in Ruhe.«

»Aber … Dann wird der Kaffee kalt.«

»Bei dreißig Grad um neun Uhr morgens?«

Theroux war ein prima Polizist. Aber manchmal stand er aus unerfindlichen Gründen auf der Leitung. So als würde plötzlich ein Relais in seinem Gehirn ausfallen.

»Alain! Jetzt setz dich hin.«

Theroux wollte noch etwas erwidern, schien dann kurz nachzudenken, nahm schließlich neben Cat am Bistrotisch Platz und begann ebenfalls, sein Eis von der Verpackung zu befreien. Cat biss von ihrem direkt ein großes Stück ab und ließ es auf der Zunge zergehen.

Mit vollem Mund sagte sie: »Du isst dein Eis. Ich esse mein Eis. Dabei trinken wir unseren Kaffee. Dann fahren wir los. Okay, und wir …«

Dann wurde sie jäh von einer Stimme unterbrochen.

»Wieso sitzen Sie auf meinem Platz?«

Cat und Theroux mussten sich beide umdrehen und ins Gegenlicht blinzeln, um den Sprecher zu erkennen, dessen fast weißes Haar die Sonne wie eine Corona umspielte. Cat legte die Hand über die Augen, um besser sehen zu können.

»Albin?«

»Wie er leibt und lebt. Und das ist mein Tisch. Von hier habe ich stets die beste Aussicht.« Er trat nun einige Schritte vor und hatte Tyson an der Leine dabei, der sich wie verrückt freute und Cat und Theroux mit einer Mischung aus Knurren und Winseln begrüßte.

»Albin«, sagte Theroux, »was machst du denn hier?«

»Dir dürfte in den vergangenen Jahren bekannt geworden sein, dass ich fast jeden Morgen zur identischen Uhrzeit hierherkomme.« Er blickte nach rechts, wo Matteo bereits aus dem Café kam und mit auf dem Kies knirschenden Schritten herüberwatschelte. Er hielt eine Tasse Kaffee in der einen Hand, eine Schale mit Wasser für Tyson in der anderen. »Seht ihr? Sogar der Wirt weiß es auswendig. Jeder weiß es. Und ausgerechnet an meinen Tisch müsst ihr euch setzen.«

Theroux sagte: »Na, den besten Ausblick hat man hier sicher nicht, sonst hätten wir dich ja kommen sehen, oder?«

»Es ist immer besser«, erwiderte Albin, »wenn man sich dem Gegner unerwartet nähert und dabei die Sonne im Rücken hat.«

»Alte Kampfpilotenweisheit«, bestätigte Matteo und stellte die Kaffeetasse für Albin ab und Tyson die Schale Wasser hin.

»Alte Kampfpilotenweisheit«, wiederholte Albin.

Cat tätschelte Tyson und biss ein weiteres Stück vom Eis ab, um es im Mund zergehen zu lassen. »Sie sehen uns als Gegner an?«

»Ich sehe jeden als Gegner an, der mir Hausverbot erteilen will und dann auch noch mein Büro besetzt.«

Theroux lachte auf. »Dein – *Büro*?«

»Sein Büro«, sagte Matteo und stemmte die Hände in die Hüften.

»Mein Büro«, wiederholte Albin. »Steht auf irgendeinem der anderen Tische ein Aschenbecher? Nein. Nur auf meinem.«

»Nur auf seinem.« Matteo nickte und blickte streng.

Theroux gab ein Stöhnen von sich, während Matteo ein löchriges Putztuch aus der hinteren Hosentasche zog, demonstrativ einen freien Stuhl heranzog, ihn mit dem Tuch abwischte und Albin hinstellte.

»Ich hoffe«, sagte Albin und zog seine zerknautschte Zigarettenschachtel aus der Hosentasche, »die feinen Herrschaften erlauben, dass ich ebenfalls in *meinem* Büro Platz nehme?«

Cat verdrehte die Augen. Sie deutete auf den Stuhl. »Natürlich. Bitte. Entschuldigung vielmals, Monsieur le Commissaire.«

»Ex-Commissaire«, erwiderte Albin und setzte sich. »Das wissen Sie ganz genau, Capitaine Castel. Ihren Sarkasmus können Sie sich sparen, denn *Sie* haben *meinen* Schreibtisch besetzt und nicht ich Ihren, was ich mir nie erlauben würde.«

Theroux lachte auf. »Was? Albin, du hast schon mehrfach und heimlich an meinem Schreibtisch …«

»Ich rede von Castels Schreibtisch. Bei deinem ist das etwas anderes.«

Matteo hob den Zeigefinger und sagte: »Etwas ganz anderes ist das!« Und damit schwirrte er ab.

Leclerc steckte sich eine Zigarette an und paffte in den Himmel. »Aber ehrlich gesagt«, murmelte er und griff nach der Kaffeetasse, »kommt ihr mir ganz recht. Ich war gestern im ›Chez Claude‹.«

»*Dem* ›Chez Claude‹?«, fragte Theroux.

»Ja. In *dem* ›Chez Claude‹.«

Theroux hob abwehrend die Hände. »Albin. Was du in deiner Freizeit machst, ist mir egal, und das sind Details, die ich wirklich nicht wissen will, und …«

»Theroux! Stell dich nicht blöder an, als du bist. Ich habe im ›Chez Claude‹ die Dame aufgetan, bei der Vincent Trouchet Stammgast war, bei der er ein Vermögen gelassen hat und mit der er durchbrennen wollte.«

»Wie bitte?«, fragte Castel und beugte sich vor, was Theroux ebenfalls tat, um besser zu hören. Albin redete meistens extra leiser, wenn es um etwas Wichtiges ging, damit er sicher sein konnte, dass jeder ihm genau zuhörte.

Albin erklärte, was er bei »Chez Claude« in Erfahrung gebracht hatte und dass der Laden inzwischen zur Hälfte Remy Papinet gehörte. Er berichtete von Vincent Trouchet und den Aussagen von Madame Sylvie. Cat nickte gelegentlich und hörte zu, während in ihrem Kopf einige Zahnräder einrasteten.

Es gab Parallelen zwischen Trouchet und Roubert. Das stand außer Frage. Der eine spielsüchtig, der andere einer Domina verfallen. Sie gaben viel Geld aus, erhofften sich in Kürze mehr und verfolgten ein teures Lebensziel. Genau das sprach sie dann auch aus.

Leclerc klemmte sich die Zigarette zwischen die Finger und trank einen großen Schluck Kaffee. Er nickte. »Das sehe ich auch so«, sagte er. »Papinet gehören einige

Spielsalons. Ob er im Drogengeschäft tätig ist, weiß ich nicht. Aber fraglos hätte er Kontakte. Sicherlich aber ist er im Kreditgeschäft aktiv.«

Cat wollte gerade etwas erwidern, als sich ihr Handy meldete. Sie zog es aus ihrer Umhängetasche und legte es auf die Tischplatte. Es war Zahir. Cat nahm das Gespräch an und stellte es direkt auf Lautsprecher, damit Theroux mithören konnte und sie ihm nicht hinterher alles berichten musste.

Bevor Cat und Theroux losgefahren waren, hatte Zahir im Hôtel de Police noch gesagt, dass er hoffe, im Verlauf des Vormittags einige Informationen zu den Prepaidhandys der Opfer zu erhalten und – mit etwas Glück – Details zum Beschusstest. Vielleicht wusste er also inzwischen schon Näheres.

»Kaum seid ihr aus dem Haus, geht es hier drunter und drüber. Anrufe, E-Mails, ich komme gar nicht hinterher«, sagte Zahir, der gebürtig aus Libyen stammte, mit seinem schwachen arabischen Akzent. Er klang aufgeregt. So, als hätte er wichtige Neuigkeiten erhalten. »Die Prepaidhandys sind ausgelesen worden. Es ist nicht einfach, aber man hat dazu ein neues Verfahren entwickelt, denn die Prepaids sind sehr oft bei Terroranschlägen verwendet worden. Technisch ist das sehr interessant, denn man geht wie folgt vor: Es wird …«

»Zahir«, kürzte Cat ab, »ich bin am Ergebnis interessiert, nicht am Weg dahin.«

»Natürlich. Im Ergebnis ist festgestellt worden, dass mit den Prepaids gerade in der jüngsten Zeit viel telefoniert worden ist. Und zwar hat man sich gegenseitig angerufen.«

»Das bedeutet, dass Thierry Roubert und Vincent Trouchet telefonischen Kontakt hatten?«

»Unter der Voraussetzung, dass die beiden jeweils die Nutzer der Geräte waren – ja, dann hatten sie häufig telefonischen Kontakt.«

»Volltreffer«, murmelte Albin.

»Ist das die Stimme von Albin Leclerc?«, fragte Zahir.

»Sie haben sehr gute Ohren, mein Freund.«

»Oh, in Ordnung. Cat, soll ich denn trotzdem weiterreden, obwohl …«

»Ja«, erwiderte Castel, »tu einfach so, als sei Albin gar nicht hier.«

Cat spürte einen scharfen Seitenblick von Theroux, ignorierte ihn aber.

»Das Beste kommt noch«, sagte Zahir. »Oder das Schlimmste, wie man es nehmen will. Wir haben Ergebnisse aus der Ballistik erhalten. Die Opfer wurden mit sehr hoher Wahrscheinlichkeit mit dem gleichen Typ Waffe erschossen. Daher können wir davon ausgehen, dass wir es in beiden Fällen mit derselben Waffe und höchstwahrscheinlich mit demselben Täter zu tun haben.«

Cat, Albin und Theroux blickten einander an. Nicht, dass sie es nicht erwartet hätten. Dennoch war das ein Durchbruch in den Ermittlungen: gleicher Täter, gleiche Waffe, gleicher Modus. Zudem hatten Trouchet und Roubert einander gekannt, da sie offenbar regelmäßig miteinander über Prepaidhandys telefonierten, und sie führten beide dasselbe Foto einer unbekannten weiblichen Person mit sich, als sie und ihre Frauen getötet wurden …

»Das ist noch nicht alles«, sagte Zahir. »Aller Wahrscheinlichkeit nach handelt es sich bei der Waffe um eine Dienstwaffe vom Typ Sig Sauer SP2022.«

»Verdammt«, zischte Theroux und leckte lautstark an seinem Eis. Cat tat es ihm gleich, denn sie spürte gerade, dass sie Zahir so intensiv zugehört hatte, dass ihr das schmelzende Eis bereits über den Handrücken lief.

»Also ist der Täter ein Polizist?«, fragte Albin.

Genau das war Cat gerade ebenfalls durch den Kopf gegangen. Theroux fraglos auch und ganz bestimmt auch Zahir, denn die Sig war die Waffe, die von der Police National und der Gendarmerie in großem Stil genutzt wurde.

»Nicht unbedingt«, murmelte Theroux, der nachzudenken schien und weiter an seinem dahinschmelzenden Eis leckte. »Marseille«, sagte er nur.

»Mist«, zischte Cat, bei der sofort alle Alarmglocken klingelten. »Der getötete Motorradpolizist«, murmelte sie. »Jemand benutzt seine Waffe.«

»Vielleicht auch sein Motorrad«, merkte Albin an, »und seine Uniform. Er lauert den Opfern auf, hält sie jeweils in Nähe der Fundorte der Leichen an. Er lässt die Opfer aussteigen, suggeriert eine allgemeine Verkehrskontrolle, tötet sie, transportiert die Leichen ein Stück weiter. Das Motorrad kann er stets in der Nähe verstecken, ohne dass es jemandem auffällt.«

»Verflucht«, murmelte Cat, »dann hat er … «

»… vielleicht alles geplant«, sagte Theroux. »Er hat vielleicht den Polizisten in Marseille nur deswegen getötet, um an die Uniform, das Motorrad und die Waffe zu gelangen und um hier bei uns seine Taten umzusetzen. Ein Profikiller.«

»In jedem Fall jemand«, schränkte Albin ein, »der geplant vorgeht und sich genaue Gedanken gemacht hat.«

»Ich tippe dennoch auf einen Profi«, sagte Theroux. »Wie es aussieht, hatten Roubert und Trouchet jeweils Geldsorgen. Sie könnten sich Geld bei Papinet geliehen haben, dem auch das ›Chez Claude‹ zum Teil gehört, wo Trouchet ein- und ausging. Papinet gehören außerdem zahlreiche Spielotheken, und Roubert war spielsüchtig. Beide haben trotz ihrer Geldsorgen auf der anderen Seite jeweils von der Aussicht auf baldigen Gewinn gesprochen. Sie standen in Kontakt miteinander und hatten irgendetwas am Laufen – Roubert und seine Lebensgefährtin auf jeden Fall, nämlich den Handel mit Medikamenten. Vielleicht war Trouchet hier irgendwie involviert.«

»Ein Versicherungsmakler?«, fragte Cat.

»Man schaut den Menschen nur vor den Kopf«, murmelte Albin, zog an der Zigarette, stieß den Rauch durch die Nasenlöcher aus und löschte die Gitanes schließlich in dem Aschenbecher auf dem Bistrotisch. »Ihr habt viel zu tun. Ich werde nicht weiter stören.«

»Und dich nicht einmischen«, ergänzte Theroux.

»Bin ich verrückt? Mir wurde schon mit Hausverbot gedroht. Wer weiß, was noch alles kommt. Auf keinen Fall mische ich mich ein.«

16

Als Einmischen, fand Albin, konnte man es nun wirklich nicht bezeichnen, wenn er sich quasi im Auftrag seines alten Bekannten Arnault Langlois ein wenig umhörte, um Licht ins Dunkel der Todesumstände von Langlois' Nichte zu bringen.

Deswegen stand Albin nun auf dem Parkplatz und ging auf den vollverglasten Eingang der Assurance Générale de France, kurz AGF, zu. Von außen hätte man annehmen können, es handle sich um eine Schule. Aber dafür war das Entree des mehrgeschossigen Gebäudes mit dem vielen Glas, den üppigen Palmen und einem von glänzenden Edelstahlsäulen getragenem Vordach deutlich zu repräsentativ. Es war genau in der Mitte zwischen zwei Flügeln platziert, in denen sich jede Menge Büros hinter verspiegelten Fenstern verbargen – der Typ Glas, den man per Knopfdruck gegen die Sonne verdunkeln konnte, statt Jalousien zu nutzen. Sicherlich waren hier einige Millionen Euro verbaut worden. Die große Versicherung hatte offensichtlich ausreichend Finanzmittel und im Zuge einer Umstrukturierung den Sitz ihrer für den Süden zuständigen Regionalverwaltung von Orange nach Avignon verlegt. Das war vor etwa vier Jahren geschehen. Albin konnte sich gut daran erinnern, wie hier, wo er gerade entlangging, die Bagger gearbeitet hatten, um eine alte Fabrik abzureißen und Platz für den Neubau zu schaffen.

Soweit Albin wusste, versicherte die AGF so ziemlich alles. Und wer weiß, dachte er und spazierte mit Tyson an der Leine zum Haupteingang, vielleicht hatte Vincent Trouchet zum Mitarbeitertarif für sich selbst eine Lebensversicherung abgeschlossen. Es wäre interessant zu erfahren, wer das Geld bekommen würde, wenn es keine Erben gab.

Spielt das denn eine Rolle?, schien Tyson wissen zu wollen.

»Eigentlich nicht«, erwiderte Albin in Gedanken. »Ich frage mich gerade nur, wie das eigentlich in einem solchen Fall ist. Wer kassiert dann die zweihunderttausend Euro?«

Das darfst du einen Hund nicht fragen.

»Das war eine rhetorische Frage. Abgesehen davon, Polizeimops, kann immer alles eine Rolle spielen. Merk dir das.«

Sehr wohl, Chef.

»Was hältst du eigentlich von dieser Sache mit Manon? Du hast dich bislang noch nicht dazu geäußert und hast dich vornehm zurückgehalten.«

Nun, sie ist eine erwachsene Frau. Freu dich doch, wenn sie einen Mann kennengelernt hat.

»Hm.«

Wer war es denn, Chef, der sich stets gedacht hat, dass Manon genau das verdient: glücklich zu sein, jemanden, den sie liebt, an ihrer Seite, ein neues Leben …

»Ja …«

… wer hat denn innerlich gejammert, dass sie bei deiner

Hochzeit alleine dasaß, während Veroniques Töchter mit ihren Männern ...

»Ja, ich weiß ...«

... da waren. Natürlich, hat der Herr Chef immer gesagt, natürlich sind ihr Leben und ihr Glück nicht davon abhängig, dass es einen Kerl gibt ...

»Ja-ha!«

... aber trotzdem, hat der Herr Chef gesagt, wäre es ja ganz schön, wenn sie wieder glücklich wäre nach dem Desaster mit Gilles ...

»Meine Güte! Ja!«

... und nun hat sie jemanden, und es ist dem feinen Monsieur le Commissaire auch nicht recht!

»Schluss jetzt. Ich lasse mich doch von einem Hund nicht belehren!«

Albin brummte mürrisch. Dann trat er vor die Glastür, die sich sirrend von selbst öffnete und den Weg in den vollklimatisierten Empfangsbereich freigab. Eine echte Wohltat. Das Thermometer im Auto hatte 37 Grad angezeigt, und es war noch nicht mal elf Uhr.

Er meldete sich am Empfang, stellte sich vor und erklärte, dass er eben mit der Geschäftsleitung telefoniert hatte, was sogar stimmte. Albin hatte von unterwegs aus angerufen und sich in das Sekretariat der Geschäftsleitung durchstellen lassen. Erst gab es einiges Hin und Her und Dutzende Erläuterungen, dass man einen Termin benötige und die Geschäftsführung sehr beschäftigt sei und sich die Polizei bereits wegen des tragischen Todes von Vincent Trouchet schon gemeldet habe. Albin erklärte, dass es dringlich sei, keinen Aufschub dulde und er ungern ein sofortiges Gespräch mit richterlicher

Verfügungsgewalt durchsetzen wolle. Daraufhin hatte man ihm schließlich ein paar Minuten eingeräumt – zunächst am Telefon oder per Zoom-Konferenz, was Albin beides aus Sicherheitsgründen abgelehnt hatte. Das war natürlich Unsinn – er wollte lieber eine Auge-in-Auge-Unterhaltung führen und konnte mit dem Zoom-Krams ohnehin nichts anfangen beziehungsweise hatte keine Ahnung, wie man das mit dem Handy machen sollte.

Wenige Minuten später stand er im Vorzimmer der Regionalgeschäftsleitung im dritten Stock und war ein weiteres Mal beeindruckt: Hier sah es aus wie in einem Film, alles topmodern, viel Glas und Chrom und großformatige, moderne Kunst an den Wänden. Schließlich wurde er in ein Büro geführt, das teuer und modern möbliert war, und schüttelte dann die kühle Hand von Yves Buisson, dem Vorstandsvorsitzenden der AGF Sud – ein schlanker Mann, der fast so groß wie Albin war, aber deutlich jünger. Er trug einen eng sitzenden blauen Anzug, eine teure Uhr und wirkte überaus jovial. Er lächelte knapp, als er zu Tyson hinabsah. Dann setzte er wieder eine betroffene Miene auf, als der Name Vincent Trouchet fiel.

»Es ist schrecklich. Das gesamte Unternehmen ist tief getroffen«, erklärte Buisson und bot Albin einen Platz an einem Konferenztisch aus Glas an, auf dem einige Getränke standen. Mit einer Geste bedeutete Buisson, dass Albin sich ruhig bedienen solle. Albin setzte sich in einen der federnden Lederstühle, während Tyson sich unter den Stuhl legte und Buisson gegenüber Albin Platz nahm, wo bereits ein Tablet und eine Pappkladde lagen.

Vermutlich handelte es sich um Vincent Trouchets Personalakte.

Albin griff nach vorne, nahm eine Cola aus dem Ensemble von Flaschen auf der Mitte des Tisches, öffnete sie und goss das Getränk in ein Glas. Er trank sonst nie Cola. Aber etwas Zucker, dachte er, könnte nicht schaden.

»Gibt es denn bereits Neuigkeiten?«, erkundigte sich Buisson und klappte die Mappe auf.

»Wir ermitteln in alle Richtungen und auf Hochtouren«, erklärte Albin, »weswegen die Kollegen mich als polizeilichen Berater hinzugezogen haben.«

Albin fingerte sein Kärtchen aus der Geldbörse und schob es Buisson hin, der es ergriff, nur einen kurzen Blick darauf warf und es dann im rechten Winkel und auf Kante neben dem Tablet und der Mappe platzierte. Der Mann legte Wert auf Akkuratesse.

Albin fuhr fort. »Zum gegenwärtigen Zeitpunkt können wir über die näheren Umstände aus ermittlungstaktischen Gründen leider keine näheren Informationen geben. Auch einfach deswegen nicht, weil wir noch nicht viel wissen. Ich möchte mich danach erkundigen, was Monsieur Trouchets genaues Aufgabengebiet gewesen ist. Ob es möglicherweise Auffälligkeiten gab.«

»Was für Auffälligkeiten?«

Albin zuckte mit den Achseln und trank einen großen Schluck Cola. »Das kann alles Mögliche sein. Kam er manchmal zu spät? Kam er immer zu früh? War er oft krank? Gab es Unregelmäßigkeiten? War eher das Gegenteil der Fall? Wir möchten schlicht und ergreifend mehr über Vincent Trouchet erfahren. Jede Information kann hilfreich sein und uns dabei unterstützen, seine Persönlichkeit und seine Gewohnheiten besser zu verstehen, was uns wiederum bei den Ermittlungen helfen kann.«

»Ich verstehe«, erwiderte Buisson, nickte und betrachtete Albin, wie um in ihm zu lesen. Offenbar eine Angewohnheit bei jemandem in Buissons Position, so wie es eine Angewohnheit von jemandem mit Albins Erfahrung aus Tausenden Zeugen- und Täterbefragungen war, dem Gegenüber ein offenes Buch mit unbeschriebenen Seiten zu präsentieren.

»Vincent Trouchet«, erklärte Buisson schließlich und legte die manikürten Hände auf der Akte ab, »war ein Mann ohne Fehl und Tadel. Er war stets sachlich, präzise und überlegt. Ein Mann mit kühlem Kopf, wenn es um die Sache ging, aber dennoch ein recht umgänglicher Typ, stets freundlich und verlässlich, der immer das Positive sah. Seine Karriere bei der AGF ist makellos. Er fing als einfacher Sachbearbeiter an, entwickelte sich stets weiter. Wegen seiner persönlichen Qualifikation habe ich ihm vor rund sechs Jahren die Leitung der, sagen wir, nicht einfach zu handhabenden Abteilung für Auslandsfragen übertragen. Abteilung ist ein großes Wort dafür: Trouchet war ihr einziger Mitarbeiter, weil es mehr Personal nicht brauchte, dafür aber das richtige. In unserer Zentrale in Paris haben wir ebenfalls eine solche Abteilung. Im Zuge einer Umstrukturierung sollte die Abteilung zum Jahresende aufgegeben werden. Für Trouchet hätte ich wegen seiner Qualifikation und seiner Erfahrung eine Leitungsfunktion in unserer Abteilung für Risikoanalyse und Risikomanagement vorgesehen – mehr Verantwortung, mehr Gehalt, mehr Gestaltungsmöglichkeiten. Die Details waren noch nicht klar, aber ich habe vor etwa drei Wochen ein Gespräch darüber mit ihm geführt. Er bedauerte die Umstrukturierung, aber er begrüßte den in Aussicht stehenden Karriereschritt.«

»Was genau«, fragte Albin, »hat er in der Abteilung für Auslandsfragen getan?«

Buisson lehnte sich nun etwas zurück, musterte Albin erneut mit diesem Blick und schien kurz nachzudenken.

»Fangen wir andersherum an«, erklärte Buisson. »Viele französische Firmen und Unternehmen sowie Freiberufler, Geschäftsleute, Journalisten oder Touristen, Hilfsorganisationen und Entwicklungshelfer sind im Ausland tätig, auch in Krisengebieten. In solchen Ländern kann es zu Gewalt kommen und zu Entführungen. Jahr für Jahr gibt es weltweit Zigtausende solcher Fälle. Manche geraten an die Öffentlichkeit, viele nicht. Die Dunkelziffer ist hoch.«

Albin trank etwas Cola und nickte. Erst vor kurzem hatte es einen größeren Auslandseinsatz gegeben, bei dem man Geiseln befreit hatte sowie einen Warlord festgenommen. Er hatte es in den Medien verfolgt. Man hatte dem gar nicht entgehen können.

»In manchen instabilen Zonen«, fuhr Buisson fort, »hat sich daraus ein regelrechtes Wirtschaftsmodell entwickelt. Oft werden politische Motive für die Entführungen vorgegeben. In der Regel handelt es sich dabei aber um nichts anderes als um Kriminalität. Denn es geht in der Regel darum, Personen zu entführen und Lösegelder zu erpressen. In den seltensten Fällen stehen politische Forderungen im Vordergrund, wenngleich solche gelegentlich vorgeschoben werden, um die wahren Motive zu kaschieren. Die AGF ist eine der Versicherungen, die hierfür eine Lösung anbietet. Es handelt sich dabei um Kidnap&Ransom-Versicherungen, die Unternehmen für ihre Mitarbeiter abschließen und die natürlich auch für Privatpersonen angeboten werden. Einerseits werden Versicherte mit Coachings auf Krisensituationen vorbereitet und Strategien entwickelt, damit Probleme gar nicht erst eintreten. Geschieht es dennoch, erhalten Angehörige oder Unternehmen oder staatliche Institutionen eine finanzielle Absicherung, was die Zahlungen von Lösegeldforderungen angeht. Weiter gibt es Schadensersatzlösungen, sollte es zu Folgen von Gewalt kommen oder sogar zu Todesfällen. Zum Glück wissen wir aber, dass von den jährlich weltweit bis zu dreißigtausend Entführungen ungefähr neunzig Prozent ohne körperliche Schäden beendet werden, wenngleich die psychischen Folgen die Opfer und Angehörigen über Jahre hinweg oder sogar für den Rest ihres Lebens traumatisieren können. Versicherte erhalten außerdem Zugang zu professionellen Krisenberatern. Solche kümmern sich vor Ort um die Analyse der Situation, um Kommunikationskanäle, Beratung und vieles mehr. Dafür fallen Kosten an sowie viele weitere, und auch diese werden von der Versicherung gedeckt. Bei Entführungen durch Terroristen oder sich als Terroristen ausgebende Kriminelle, die es nur auf das Geld abgesehen haben, treten auch staatliche Stellen in Aktion, die unter Umständen über gut vernetzte Nachrichtendienste versuchen, Kontakt zu den Entführern aufzubauen und zu einer einvernehmlichen Lösung für alle Beteiligten zu kommen. Der Staat ist selbstverständlich verpflichtet, sich um den Schutz seiner

Bürger zu kümmern. Es gibt aber auch staatliche Stellen, die die Leistungen eingesessener Versicherungen wie unserer in Anspruch nehmen.«

»Verstehe«, erwiderte Albin und ließ Buisson weiterreden, der sicherlich gleich erklären würde, was das alles mit Vincent Trouchet zu tun hatte.

»Wie Sie wissen«, fuhr Buisson fort, »gibt es weltweit viele Länder, die ein besonderes Interesse Frankreichs genießen, insbesondere die früheren Kolonien in Afrika, wo es sehr häufig zu Vorfällen kommt. Gerade erst geschah dort eine Geiselbefreiung, bei der der Warlord Moussa Kanga verhaftet wurde. Sie haben das sicherlich mitbekommen?«

»Habe ich«, erwiderte Albin. »Dieser Moussa Kanga sitzt in Marseille in Untersuchungshaft. War ihr Unternehmen in den Vorfall involviert?«

Buisson nickte. »Unsere Auslandsabteilung kümmert sich um Kidnap&Ransom-Versicherungen. Das war der Aufgabenbereich von Vincent Trouchet. Das klingt sehr gefährlich, war es für ihn aber nicht, denn er hat von hier aus mit den Krisenberatern zusammengearbeitet, die jeweils vor Ort tätig sind. In diesem speziellen Fall kam es zu Entführungen, die unglücklicherweise unseren Krisenberater involvierten. Das heißt – wir hatten niemanden mehr, der sich um eine Lösung kümmern konnte. Also hat die Regierung sich zu dem Militäreinsatz und der Geiselbefreiung durch eine Spezialeinheit entschieden. Leider gab es Todesopfer, zu denen auch unser Krisenberater Guy Dumas zählte.«

»Schrecklich«, erwiderte Albin. »Ohne den Mann vor Ort können Sie kaum weiterarbeiten.«

»Das macht es schwer, ja. Dumas war ein höchst erfahrener Mann mit sehr vielen Kontakten. Es ist tragisch und kaum nachvollziehbar, dass die kriminelle Miliz von Warlord Kanga ausgerechnet ihn entführt und am Ende getötet hat. Man hat sich damit die Hand abgehackt, die einen fütterte. Gut, aber dafür hat Kanga die Quittung erhalten, und das Unglück ist nicht der Grund, aus dem wir die Kidnap&Ransom-Abteilung umstrukturieren werden. Tatsächlich handelt es sich dabei um eine perspektivische Entscheidung aus wirtschaftlichen Erwägungen. Frankreich zieht sich zunehmend aus den Krisengebieten Afrikas zurück und reduziert auch das Militär vor Ort. Das wiederum bedeutet, dass es für französische Staatsbürger weniger Schutz gibt und weniger Abschreckung gegenüber den Geiselnehmern. Das Risiko von Entführungen wächst, und die Kosten sind enorm, die Logistik ebenfalls. Andererseits wird die Nachfrage nach diesen speziellen Versicherungen sinken, da weniger Franzosen in den betreffenden Gebieten aktiv sein werden, da man den afrikanischen Staaten mehr Eigenständigkeit zugesichert hat. Wir möchten daher in Zukunft eher mit kleineren, spezialisierten Subunternehmen zusammenarbeiten, die ihre Leistungen für Kidnap&Ransom flexibler handhaben können, als die AGF es kann. Wir stehen hier kurz vor einigen Vertragsabschlüssen.«

Buissons Telefon klingelte. Er entschuldigte sich – Albins Besuch sei ja eher spontan gewesen und das Telefonat hingegen angekündigt –, stand auf und ging zum Schreibtisch, um das Gespräch entgegenzunehmen, bei dem es sich um irgendwelche Interna drehte.

»Kein Problem«, antwortete Albin, blieb aber trotzdem sitzen. Mit einem Ohr verfolgte er das Gespräch, bei dem irgendwelche Zahlen genannt wurden und Begriffe fielen, mit denen Albin nicht das Geringste anfangen konnte.

Er blickte zu Tyson. Tyson blickte zurück.

Zweimal Afrika, schien er zu sagen.

»Mhm«, machte Albin und dachte: Ganz genau. Zweimal Afrika. Thierry Roubert und Sandrine Langlois waren mit Ärzte ohne Grenzen in Afrika gewesen. An der Côte d'Ivoire. Arnault Langlois hatte Albin die Fotos gezeigt und davon erzählt. Genau dort hatte die Geiselbefreiung stattgefunden, und genau dort war auch Vincent Trouchet tätig gewesen – zumindest mit dem Finger auf dem Papier und nicht vor Ort. Vor Ort hatte er seinen Regler gehabt, der nun tot war.

Oder ist das nur ein Zufall?, fragte Tyson.

»Ich bin mir nicht sicher«, erwiderte Albin. »Aber es könnte etwas zu bedeuten haben. Es wäre interessant zu erfahren, ob Sandrine und Thierry auch in anderen afrikanischen Ländern aktiv waren und ob Trouchet dort ebenfalls zu tun hatte, und …«

»So«, sagte Buisson und kehrte wieder zurück zum Tisch. »War nur eine Kleinigkeit.«

Albin lächelte. Er fragte: »Versichern sie auch Mitglieder von Ärzte ohne Grenzen gegen Entführungen?«

»Mit Sicherheit«, sagte Buisson. »Im Detail weiß ich das nicht.«

»Waren bei der AGF ein Thierry Roubert und eine Sandrine Langlois versichert?«

»Das lässt sich sicherlich nachprüfen, Monsieur le Commissaire, aber das fällt natürlich unter Datenschutz.«

»Natürlich«, erwiderte Albin.

»Warum interessiert Sie das?«

»Die beiden sind ebenfalls tot.«

Buisson schluckte. »Oh, sind das … Ist das der Fall, der in den Medien …«

»Das ist genau der Fall, ja.«

»Inwiefern könnte dieser Fall mit Kidnap&Ransom zu tun haben und mit der AGF?«

Albin zuckte mit den Schultern. »Wie ich eingangs bereits erwähnte: Wir ermitteln in alle Richtungen und suchen nach Hinweisen, die uns weiterhelfen können. Alles kann wichtig sein – auch dann, wenn es sich nur um Ausschlusskriterien handelt.«

Buisson schien mit der Antwort nicht zufrieden zu sein, begriff aber, dass er nicht mehr bekommen würde als die allgemeinen Floskeln.

»Wie gesagt«, erklärte Buisson, »das lässt sich problemlos herausfinden. Aber ich wiederhole: Es fällt unter Datenschutz. Es wäre eine richterliche Verfügung erforderlich, um Daten herauszugeben, und das müssten wir erst durch unseren Justiziar prüfen lassen.«

»Selbstverständlich«, erklärte Albin und leerte seine Cola. »Aber Sie könnten mir gewiss mit einem Blick in Ihre Klientendaten andeuten, ob der Aufwand eines solchen behördlichen Aktes angemessen wäre.«

Buisson schürzte die Lippen und rieb sich nachdenklich am Ohrläppchen.

»Wir wollen nicht vergessen«, ergänzte Albin, »dass wir es in diesem Fall mit vier Mordopfern zu tun haben, und die Zeit drängt.«

Buisson nickte und schien eine Entscheidung getroffen zu haben. Stumm begann er damit, sein Tablet zu bearbeiten. Schließlich warf er Albin einen Blick zu, schob das Gerät wieder zur Seite und erklärte: »Mit einer behördlichen Verfügung könnten wir der Polizei sicherlich sachdienliche Hinweise geben.«

»Herzlichen Dank«, sagte Albin, der natürlich verstand, was es mit Buissons unverbindlicher Aussage auf sich hatte: Sandrine und Thierry waren in der Tat bei der AGF versichert gewesen. Ob und was das bedeuten mochte, würde sich zeigen.

17

Der Mann stand mit einem Kaffee am Fenster und betrachtete den kleinen Vogel, den er bereits einige Male hier gesehen hatte. Er war kein Ornithologe, nahm aber dennoch an, dass es sich um einen gewöhnlichen Sperling handelte. Der kleine Bursche war ziemlich vorwitzig und kümmerte sich nicht darum, dass der Mann so dicht vor ihm war. Er hatte dem Vogel einige Brotkrümel auf die Fensterbank gestreut, die das Tier gerade aufpickte. Er hätte nur die Hand ausstrecken brauchen, um den Vogel zu zerquetschen. Aber natürlich würde er das niemals tun. Wozu? Er mochte Tiere.

Eben hatte der Mann ausgiebig geduscht und seine Sachen in die Waschmaschine, die zu der kleinen Wohnung gehörte, gesteckt. Er hatte sie kurzfristig und nur für einen Monat angemietet. Bis dahin sollte alles erledigt sein. Mehr Zeit würde er nicht brauchen. Vielleicht sogar nur die Hälfte.

Er hatte nach Feuer gestunken. Der Geruch hatte sich in seiner Kleidung festgesetzt, als er die Polizeiuniform am Ufer der Nesque – samt dem fürchterlich juckendem falschen Bart – fernab der Straße verbrannt und die Asche ins Wasser gestreut hatte. Das Motorrad hatte er ebenfalls im Fluss entsorgt. Bis jemand es entdecken würde, dürfte einige Zeit vergehen, und das Wasser hätte bis dahin sämtliche Spuren fortgewaschen. Das galt auch für die Dienstwaffe des Motorradpolizisten. Der Mann benötigte sie nicht mehr. Er hatte seine eigene, bei der es sich um eine nicht registrierte Glock handelte, die er zu einem sündhaften Preis in Marseille im Quartier Nord, einem der berüchtigten Banlieus, organisiert hatte.

Natürlich war es tragisch, dass er den Motorradpolizisten erschossen hatte. Tragisch und außerdem gefährlich, weil in ganz Frankreich nach dem Täter, dem Motorrad und der Waffe gefahndet wurde. Ein hohes Risiko, ja. Aber andererseits eine hervorragende Tarnung, die beide Male exzellent funktioniert hatte. Und damit war bereits der größte Teil erledigt. Die Männer und die Frauen hatten für ihre Taten bezahlt und für das, was sie darüber hinaus geplant hatten.

»Der Rest ist nur noch ein Kinderspiel, oder?«, murmelte der Mann zu dem Spatz, wie um sich rückzuversichern, dass es wirklich so war. Nur ein Kinderspiel – und nicht der womöglich schwierigste Part.

Der Vogel blickte einmal auf, dann pickte er einfach weiter.

Der Mann schmunzelte. Er schloss das Fenster. Es gab noch einiges zu tun.

18

Castel stieg aus dem Auto und beobachtete einige Spatzen, die schimpfend aufflogen und in den Baumkronen der großen Pappeln vor dem villenartigen Gebäude verschwanden. Ein weißer Jaguar Cabrio parkte in ihrem Schatten, ebenfalls ein SUV von Jaguar. Bei dem Palast selbst handelte es sich nach ihrer Einschätzung um das Hauptgebäude eines alten Gutshofs, das mit viel Geld hergerichtet worden war. Sie hatte ähnliche Anwesen bereits gesehen. Hier lebte die bessere Gesellschaft – na ja, vielleicht nicht unbedingt die bessere, aber in jedem Fall die wohlhabendere.

Remy Papinets Anwesen lag außerhalb von Avignon, und eigentlich hatten Castel und Theroux hier nichts zu suchen, weil die Stadt nicht mehr zu ihrem Zuständigkeitsbereich gehörte. Trotzdem ...

Die Villa befand sich in einer Hanglage, und man würde aus den Fenstern oder vom Balkon, vielleicht auch von der Terrasse aus einen phantastischen Blick auf die Rhône haben. In diesem Sommer führte sie, genau wie im letzten, nur wenig Wasser und floss grüngrau und träge vor sich hin – als habe sie alle Zeit der Welt, um im Delta der Camargue anzukommen und sich schließlich ins Mittelmeer zu ergießen. Neben dem Eingang standen zwei pfeilgerade Zypressen und einige knorrige

Olivenbäume. Es duftete nach Lavendel und Rosmarin. Außerdem gab es ein dekoratives Bassin mit plätscherndem Wasser – fast ein Luxus in trockenen Sommern wie diesem. Nicht ganz ins Bild passte eine darin platzierte überlebensgroße Statue von Neptun. Sie wirkte weder antik noch verwittert, sondern war strahlend weiß, offensichtlich nagelneu und protzig. Die Spitzen am Dreizack des Meeresgottes waren sogar vergoldet. Las-Vegas-Style, dachte Castel.

Theroux nahm sich einen Augenblick, um die Autos zu betrachten, und schnalzte mit der Zunge.

»So ein Jaguar würde mir auch stehen«, meinte er.

Castel schloss das Auto ab und tätschelte Theroux im Gehen die Schultern. »Und wohin«, fragte sie, »packst du dann den Kinderwagen? Die Einkäufe?«

»Okay«, erwiderte Theroux und folgte Castel zum Eingang, »dann eben den SUV. Aber man muss ja nicht dauernd praktisch denken. So ein Jaguar ist schon schnittig. Der würde mich sogar gebraucht mehr als ein Jahresgehalt kosten.«

Castel ignorierte Theroux' Schwärmereien und ging die drei Stufen zum Eingang hinauf. Sie stand vor einer wuchtigen, antik wirkenden Tür und einer Gegensprechanlage, über der eine Videokamera angebracht war. Vermutlich würde es hier noch weitere geben, nahm sie an, ebenfalls eine Alarmanlage.

Sie drückte den Klingelknopf. Kurz darauf meldete sich eine männliche Stimme. Castel hielt ihren Polizeiausweis vor das Objektiv und erklärte, wer sie waren, was sie wollten und – nein, sie hätten nicht die Möglichkeit zu einer Terminabsprache mit dem Sekretariat gehabt und kein Interesse daran, da es hier um nichts Geschäftliches gehe. Kurz drauf erstarb die Stimme an der Sprechanlage.

»Unmöglich«, murmelte Theroux. »Da steht die Polizei vor der Tür, und die Leute machen einen solchen Zinnober und reden von Terminvergabe. Für wen hält der sich?«

Castel steckte ihren Ausweis wieder ein. Theroux regte sich stets darüber auf, wenn sich Menschen gegenüber der Polizei respektlos verhielten und sie nicht ernst nahmen. Ihr selbst war das egal, solange ein gewisses Niveau gewahrt wurde. Außerdem war sie es gewohnt, und in den vergangenen Jahren waren die Menschen im Umgang sowieso immer roher geworden. Das mochte daran liegen, dass sie sich in Kommentaren auf Social Media einen Tonfall antrainierten, für den man im echten Leben eine Ohrfeige kassieren würde.

Wenige Sekunden später surrte der Türöffner. Die Pforte sprang mit einem Klacken auf.

Castel und Theroux betraten das Haus – und wurden bereits im Foyer von einer Inneneinrichtung empfangen, die auch gut zu Siegfried und Roy oder Liberace gepasst hätte. Pomp, Protz und Zurschaustellung von Reichtum wurden hier auf sträfliche Art und Weise mit Stil verwechselt. Und dieser »Stil« passte ganz und gar nicht zu dem eher rustikalen Haus. Cat sah einige barock anmutende Sessel mit schweren, bestickten Kissen und jede Menge Gold an Lüstern, Spiegelrahmen und ebenfalls barock wirkenden Kommoden. Auf dem weißen, mit goldenen Mäandermustern durchwobenem Marmorboden kam ihr und Theroux ein Mann entgegen, der außer einer Badehose ein offenes Hemd im Versace-Muster trug, das seinen grau behaarten Bauch freigab. Seine Füße steckten in Schlappen mit den grünroten Streifen von Gucci. Er hatte eine Sonnenbrille auf der Halbglatze und hielt eine halb aufgerauchte Zigarre in der mit mehreren Ringen und einer goldenen Rolex dekorierten Hand. Je näher er kam, desto intensiver wurde der Geruch nach Tabak und Kokosnuss vom Sonnenöl, das seiner tiefbraunen Haut einen seidenen Schimmer verlieh.

Er sparte sich eine Begrüßung und brummte: »Was gibt's?«

So einiges, dachte Castel. Denn sie und Theroux hofften, auf griffige Verbindungen zwischen den vier Ermordeten zu stoßen, und folgten der Spur Geldsorgen – Schulden – Spielsucht – Medikamentenhandel. Im Fall von Thierry Roubert und Sandrine Langlois war bekannt, dass es einerseits finanzielle Probleme gab, andererseits die baldige Aussicht auf Gewinn, dass sich Thierry bereits Geld geborgt hatte und er spielsüchtig war. Vincent Trouchet wiederum war einer anderen Sucht verfallen, nämlich die seiner Begierden, und sein Hobby war sehr kostspielig, wenngleich er ebenfalls bald viel Geld erwartete. Damit lief die Route unmittelbar auf dieses Anwesen und diesen Mann in seinen Gucci-Schlappen zu, denn Remy Papinet war an dem Bordell beteiligt, in dem Trouchets Domina arbeitete, er besaß einige Spielhallen und war als Kredithai bekannt. Jemand wie er hatte fraglos Kontakte in die Drogenszene, wenngleich ihm diese bislang nicht nachgewiesen werden konnten – laut seiner Polizeiakte, die Cat zuvor angesehen hatte. Außerdem hatte er auch ein informatives Telefonat mit einem Kollegen aus der entsprechenden Abteilung der Police National in Avignon geführt.

»Danke für Ihre Zeit«, sagte Cat, während Theroux sein Gegenüber von oben bis unten musterte. Cat kannte diesen Blick, der verriet: ein falsches Wort – und ich gehe hoch wie eine Atombombe auf dem Bikini-Atoll. »Wir haben einige Fragen an Sie, die eine laufende Ermittlung betreffen, und erhoffen uns, dass Sie uns mit einigen Informationen behilflich sein können.«

»Brauche ich meinen Anwalt?«, fragte Papinet.

»Ich wüsste nicht, warum.«

»Was sollen das für Fragen sein?«

»Könnten wir uns vielleicht setzen?«, fragte Cat und zog ihren Notizblock aus der Umhängetasche. »Dann kann ich besser mitschreiben. Im Stehen ist das sehr umständlich.«

Papinet knurrte, machte dann aber eine Geste, ihm zu folgen. Er drehte sich um und ging voran. Seine Schritte quietschten auf dem Marmorboden.

Dem Foyer schloss sich ein Wohnzimmer an, dessen Einrichtung noch wuchtiger und barocker war als die im Eingangszimmer. In den Ecken standen Imitate von griechischen Säulen sowie eine große Skulptur eines wilden Pferdes in der Mitte des Zimmers, das mit goldenen Kerzenleuchtern, Lüstern, Rokoko-Kommoden und schweren Sofas mit bunten Mustern vollgestopft war. Zu allem Überfluss war ein Fresko unter die Decke gemalt worden, das den blauen Himmel und jede Menge Blumen und Engelchen aufwies.

Papinet bewegte sich durch eine Schiebetür, die auf eine Terrasse von der Größe eines Tennisplatzes führte, in deren Zentrum sich ein runder Swimmingpool befand. Die Sonne glitzerte im Wasser, aber dennoch konnte man erkennen, dass der Boden aus einem römischen oder griechischen Mosaik bestand. Papinet steuerte eine Pergola an, unter der sich eine Außenküche für große Barbecues befand. Wortlos ließ er sich im Schatten auf einer Liege nieder, neben der ein Tisch mit einem silbernen Kübel stand. Er war mit Eis sowie Softdrinks, Wasser und Dom Perignon in kleinen Flaschen gefüllt.

»Bedienen Sie sich. Es ist heiß«, sagte Papinet und machte es sich gemütlich.

Cat und Theroux setzten sich nebeneinander auf die Liege neben Papinet. Cat zog ein Tablet aus ihrer Umhängetasche, weckte es auf und öffnete den Fotobrowser. Wegen der Sonne stellte sich das Gerät auf maximale Helligkeit.

»Haben Sie diese Personen schon einmal gesehen?« Cat zeigte Papinet die Ausweisbilder von Thierry Roubert, Sandrine Langlois sowie von Vincent und Marianne Trouchet.

Papinet sah gelangweilt hin, schüttelt den Kopf und sagte: »Nie gesehen. Sagt mir gar nichts.«

Cat nannte die Namen der Personen, was Papinet lediglich mit einem Achselzucken quittierte und kommentierte. »Ich weiß nicht, was Sie von mir wollen.«

Cat erklärte: »Wie gehen davon aus, dass in jedem Fall Thierry Roubert, vielleicht auch Vincent Trouchet, einen privaten Kredit aufgenommen haben. Wir würden das gerne bestätigt bekommen und wissen, ob sie Kunden bei Ihnen waren.«

»Ich habe viele Kunden«, erwiderte Papinet und schlürfte an einem Fläschchen Cola. »Kann sein, dass sie Kunden waren. Kann auch nicht sein.«

»Lässt sich das verifizieren?«

»Ich kann mal nachsehen lassen, wenn Sie mir die Namen notieren. Ich selbst kann mir das nicht merken. Ich habe mit zu vielen Menschen zu tun.«

»Wir gehen außerdem davon aus, dass Thierry Roubert spielsüchtig gewesen ist. Sicherlich könnten Sie ebenfalls verifizieren, ob er in Ihren Spielsalons Kunde war?«

»Ist nicht meine Schuld, wenn jemand mehr Geld verzockt, als ihm guttut.«

»Wir würden nur gerne wissen, ob er dort Kunde war. Bestimmt könnte ich Ihnen die Fotos zukommen lassen, und Sie fragen diesbezüglich bei Ihren Angestellten nach?«

Papinet gab ein Seufzen von sich und strich sich mit der freien Hand über den Bauch. »Ich bin ein vielbeschäftigter Mann. Soll ich mir die Zeit aus den Rippen schneiden, um die Arbeit der Polizei zu machen?«

»Bitte …«, sagte Cat, doch Theroux fiel ihr ins Wort.

»Was soll das heißen?«

»Was soll was heißen?«, fragte Papinet.

»Was soll das heißen: Sie machen die Arbeit der Polizei?«

»Sie wollen doch hundert Sachen auf einmal von mir und …«

»Wollen Sie sagen, wir sind faul? Meinen Sie das?«

Cat legte Alain die Hand beruhigend auf den Unterarm. Aber sie wusste, dass es zu spät war.

»Ich sage nur, dass Sie mir Ihre Arbeit auflasten wollen, herumzufragen und …«

»Jetzt sperren Sie mal die Lauscher auf, Papinet. Der Polizei steht die Arbeit bis Oberkante Unterlippe, während Sie hier bräsig in der Sonne liegen und sich den Wanst kraulen. Jeder von uns verdient im Jahr so viel, wie Sie am Handgelenk baumeln haben, und dafür schieben wir Überstunden und lassen unsere Familien allein, reißen uns den Hintern auf und machen uns kaputt. Leider tun wir das auch für Leute wie Sie, die einen Scheiß tun, wenn man Sie um Mithilfe bittet, aber die Ersten sind, die schreien, wenn Sie mal die Polizei brauchen. Wir versuchen, Mordfälle aufzuklären, denn genau darum geht es. Das hier ist kein Kasperletheater …«

»Mordfälle? Etwa die aus den Medien?«, fragte Papinet.

»… und wir kommen hierher und fragen Sie freundlich nach ein paar Dingen, aber Sie haben nichts Besseres zu tun, als den Hugh Hefner zu spielen, uns faul zu nennen und für blöde zu halten …«

»Alain.« Cat erhöhte den Druck auf Theroux' Unterarm, doch er war noch nicht fertig.

»… aber bitte. Dann kommen wir mit Gerichtsbeschlüssen wieder, laden Ihr gesamtes Personal aus den Spielsalons und Ihres Bordells vor, schließen die Läden, beschlagnahmen das Videomaterial der Überwachungskameras …«

»Moment mal«, sagte Papinet.

»… und wir nehmen Ihr Kreditunternehmen auseinander, konfiszieren Material und schauen uns alles ganz genau an. Bin mal gespannt, ob sich da auch etwas findet, das die Steuerfahndung interessieren könnte.«

»Augenblick«, brummte Papinet und setzte sich auf, machte eine beschwichtigende Geste.

Theroux wollte gerade weitermachen, als sich auf der gegenüberliegenden Seite des Pools etwas bewegte. Eine Flügeltür öffnete sich. Eine große, schlanke Frau trat aus dem Schatten ins Licht. Sie trug einen pinken Bikini, dazu passende Schläppchen, einen großen Sonnenhut und eine gewaltige Sonnenbrille. Sie hatte Modelmaße und bewegte sich auf Papinet, Castel und Theroux zu, als sei die Terrasse ihr Laufsteg. Schlagartig verstummte Theroux.

Schließlich erreichte die Frau die Pergola und beugte sich zu Papinet hinab, wobei sie ihren nach Cats Meinung gemachten Busen in dem strammen Bikinitop sehr offenherzig zur Schau stellte. Sie hauchte Papinet einige Küsschen auf die Wangen. Theroux, der den Auftritt mit offen stehendem Mund verfolgt hatte, sog die Frau, die sich wieder hinstellte und fröhlich lächelte, mit den Blicken förmlich auf. Sie war jünger als Cat und vielleicht halb so alt wie Papinet, perfekt geschminkt und wusste genau, wie sie sich in Pose setzen musste. Theroux starrte immer noch zu ihr hin, als sei ihm der Erzengel Gabriel in Gestalt der jungen Claudia Schiffer erschienen.

»Cheri«, sagte Papinet, »das sind Polizisten, die Capitaines ... ähm ... «

»Capitaine Caterine Castel von der Police National in Carpentras«, sagte Cat.

»Theroux«, erklärte Theroux heiser, räusperte sich und nahm einen zweiten Anlauf. »Ich bin Capitaine Alain Theroux.«

Cheri hob die Hand, wackelte mit den Fingern, an denen einige mit Diamanten besetzte Goldringe steckten, und sagte lächelnd: »Hi, Alain und Caterine. Was macht denn die Polizei bei uns, Daddy?«

»Arbeiten«, erläuterte Castel.

Papinet sagte: »Sie haben nur ein paar Fragen.« Er wendete sich wieder an Castel. »Das ist meine Frau. Bunny.«

»Bunny«, wiederholte Cat, sah zu der Frau auf und fragte: »Haben Sie auch einen richtigen Namen?«

Bunny lachte auf. »Ja, habe ich natürlich. Bunny ist nur mein Spitzname. Ich heiße Nicole Papinet.«

Sie nahm den Sonnenhut ab und schüttelte ihr langes, blondes Haar, setzte dann auch die Sonnenbrille ab und schaute Cat an. »Haben Sie noch weitere Fragen?«

»Nein«, sagte Cat – und blickte in das Gesicht der Frau von den Paparazzifotos, die bei den zwei Doppelmorden gefunden worden waren.

19

»Zum Teufel auch!« Theroux schlug mit dem Handballen aufs Lenkrad, während er eine scharfe Kurve nahm. »Ich fasse es einfach nicht. Nicole Papinet auf den Fotos von den Fundorten.«

»Alain«, sagte Cat, die sich gegen die Fliehkräfte am Beifahrersitz festhalten musste. »Kannst du bitte etwas langsamer fahren?«

»Wie, bitte schön, gehört das zusammen? Ich bekomme es nicht auf die Reihe. Wir hätten die beiden sofort damit konfrontieren sollen.«

Das wäre taktisch unklug gewesen, fand Cat. Außerdem hatte sie kurz nach dem Auftritt von Nicole Papinet einen Anruf von Zahir erhalten. Die Beschlüsse für die Öffnung des Schließfachs bei der Bank waren da, außerdem dafür, die Videoüberwachung einzusehen. Cat wollte keine Zeit verlieren und hatte Theroux zum sofortigen Aufbrechen angehalten.

»Alain«, sagte sie jetzt, »wir sind beide überrascht von dieser Wendung, und wir sollten zunächst wenigstens einen Plan haben, wie wir damit umgehen. Wir können morgen nochmals zu Papinet fahren und ihn und seine Frau mit der Aufnahme konfrontieren. Wir sollten das nicht überstürzen, denn es kann vieles bedeuten.«

Wieder klingelte Cats Telefon. Der Name von Albin

Leclerc erschien im Display. Cat nahm das Gespräch an und schaltete auf Lautsprecher, damit Theroux mithören konnte.

»Sie gehen sofort dran und drücken mich nicht weg wie üblich?«, fragte Albins Stimme. »Alles in Ordnung mit Ihnen, Castel? Fühlen Sie sich wohl?«

»Meine Güte, natürlich fühle ich mich wohl. Albin. Wir haben nicht viel Zeit. Was ist los?«

Und dann erzählte er, dass er bei Vincent Trouchets Arbeitgeber gewesen war, der Versicherung, worauf Cat nur mit dem Kopf schüttelte und Theroux ein genervtes Geräusch von sich gab.

»Albin«, sagte Cat, »wir haben schon kurz mit der Versicherung gesprochen, und wir hätten selbstverständlich mit der Geschäftsleitung über Trouchet …«

»Castel! Wollen Sie mit mir debattieren, oder sind Sie an Neuigkeiten interessiert?«

Jetzt gab Cat ein genervtes Geräusch von sich, fuhr sich durchs Haar und sagte: »Also bitte. Wir sind ganz Ohr.«

Worauf Albin schilderte, was er bei der Versicherung erfahren hatte. Dass Trouchet dort in der Abteilung für Kidnap&Ransom-Versicherungen zuständig gewesen war und was das genau bedeutete. Demnach waren Trouchets Klienten auch Personen, die in Afrika tätig waren, und zwar an der Côte d'Ivoire, wo sich Thierry Roubert und Sandrine Langlois aufgehalten und zudem eine solche Lösegeldversicherung abgeschlossen hatten. Damit gab es nun eine weitere Verbindung zwischen Roubert, Langlois und Trouchet, denn wahrscheinlich würde das Paar mit einem Versicherungsagenten gesprochen haben, und der wäre sicherlich Vincent Trouchet gewesen. Albin berichtete außerdem, dass Trouchets Abteilung geschlossen und er selbst in eine höhere Position befördert werden sollte – wenngleich der Karrieresprung nicht so heftig gewesen wäre, dass man von einem plötzlich zu erwartenden Geldregen sprechen könne.

»Ich fasse es nicht«, sagte Theroux, der weiterhin mit Vollgas fuhr. Sie überquerten gerade die Brücke über die Rhône und wären in spätestens einer halben Stunde zurück in Carpentras, wo sie unmittelbar der Bank einen Besuch abstatten würden. Irgendetwas schien in Theroux' Gehirn zu arbeiten. »Sie haben …«, stammelte er. »Vielleicht … also, haben Sie vielleicht im Ernst …«

Cat fragte: »Alain. Was willst du denn sagen?«

»Nicole Papinet.«

Albins Stimme fragte: »Wer ist das?«

»Remy Papinets Frau«, erklärte Cat, aber verstand immer noch nicht, worauf Theroux hinauswollte. »Wir kommen gerade von Papinet, mit dem wir gesprochen haben. Da taucht plötzlich seine Frau auf, und wir stellen fest: Es ist die Person von den Fotos, die wir zusammen mit den Ermordeten gefunden haben.«

»Nein.«

»Doch.«

»Unfassbar.«

»Allerdings.«

»Was sagt Papinet dazu? Und seine Frau?«

»Wir haben die beiden noch nicht damit konfrontiert. Einerseits kam ein Anruf dazwischen, dass wir das Schließfach von Sandrine Langlois ansehen können und Videomaterial der Bank. Andererseits erging es uns genau wie Ihnen, Albin, und ich wollte sicherheitshalber nicht überstürzt handeln, denn – ich weiß nicht ...«

»Sie brauchen zunächst eine Strategie«, sagte Albin.

»Ja, und – wie gesagt, ich weiß nicht, denn ...«

»... denn Papinet«, vervollständigte Theroux und mahlte auf den Backenzähnen, was man an seinen Wangenmuskeln sehen konnte. Er dachte angestrengt nach.

»Papinet?«, fragte Albin. »Was ist mit Papinet? Spuck's aus, Theroux.«

»… ist vielleicht unser Mann. Der Urheber«, antwortete Theroux.

Albin fuhr rechts ran. Er ließ den Motor und die Klimaanlage laufen, stieg mit dem Handy am Ohr aus und stellte sich in den Schatten einer Pinie. Er steckte sich eine Gitanes an. Er musste jetzt eine rauchen, weil er dabei besser denken konnte.

»Urheber?«, fragte Albin, in dessen Gehirn die Zahnräder ratterten, aber der bereits ahnte, worauf Theroux hinauswollte. Doch er ließ ihn reden, seine Gedanken vervollständigen.

»Nehmen wir an«, erklärte Theroux, »Thierry Roubert hat viel Geld in Spielhöllen verzockt und braucht einen privaten Kredit. Den nimmt er bei Papinet auf. Er hat vielleicht nicht genug Geld, um diesen zurückzuzahlen, und bietet an, dass er stattdessen Medikamente stehlen könnte – wofür er dann aber noch mehr Geld haben will. Papinet findet das interessant, unterhält sich persönlich mit dem Kerl. Roubert staunt nicht schlecht, als er sich Papinets Villa ansieht: Der Mann ist schwerreich. Außerdem läuft ihm dabei Nicole Papinet über den Weg. Roubert kommt auf eine verrückte Idee: Warum nicht Papinets Frau entführen und Lösegeld erpressen – und damit aus dem Gröbsten raus sein?«

»Alain«, hörte Albin die Stimme von Castel. »Manchmal erstaunst du mich wirklich. Immer wieder aufs Neue.«

Albin inhalierte tief und lächelte. Er spürte dieses befriedigende Gefühl wie beim Puzzlespielen, wenn plötzlich die ersten Teile ineinandergreifen und ein Muster bilden.

»Aber wie entführt man jemanden?«, fragte Albin. »Wie geht das? Praktisch, wenn man einen Fachmann dafür kennengelernt hat, der ebenfalls in Geldsorgen steckt.«

»Genau«, fuhr Theroux fort. »Vincent Trouchet. Er kennt sich aus mit Kidnapping und Lösegeld. Also: Es ist nur eine Theorie mit einigen Lücken, aber ... «

»Trouchet und Roubert«, sagte Castel, »machen also gemeinsame Sache. Sie überprüfen die Gewohnheiten von Nicole Papinet, machen Fotos. Sandrine Langlois ist ebenfalls involviert. Sie mietet schon mal ein Schließfach an.«

»Vielleicht«, sagte Albin, »war sie auch nicht involviert, und Roubert hat nur ihren Namen verwendet. Aber reden Sie weiter, Castel.«

»Das Schließfach soll für das Lösegeld dienen. Es ist alles vorbereitet – aber dann ... «

»... geht etwas schief«, fuhr Theroux fort. »Papinet bekommt Wind von der Sache, denn am Ende sind Trouchet und Roubert doch nur Amateure. Papinet flippt aus. Und bevor Trouchet und Roubert ihren Plan umsetzten können, wird Papinet tätig. Er beauftragt einen Killer, um die beiden aus dem Weg zu räumen. Bämm.«

»Und die beiden Frauen«, ergänzte Albin und rauchte, »Sandrine Langlois und Marianne Trouchet waren bedauerliche Kollateralschäden.«

Castel sagte: »Die nahm man in Kauf, weil man sich nicht sicher sein konnte, was sie wussten und ob sie involviert waren.«

»Zum Beispiel«, erwiderte Theroux.

»Das ist eine brauchbare Theorie«, sagte Albin. »Und insofern ist es nicht verkehrt, Castel, dass Sie Papinet das mit den Fotos nicht sofort auf die Nase gebunden haben.«

»Ich hatte so ein Gefühl.«

»Ihr Instinkt war richtig.«

»Albin«, sagte Castel, »ich muss jetzt Schluss machen und ein weiteres Telefonat führen.«

»Geben Sie mir Bescheid, was das in der Bank ergeben hat?«

»Ja. Nein. Albin, Sie halten sich heraus, ja? Ich muss jetzt telefonieren.«

»Tun Sie doch schon.«

»Was?«

»Sie telefonieren mit mir. Alles andere ist zweitrangig.«

Albin hörte Castel keuchen.

»Also klären Sie die Sache bei der Bank. Ich melde mich wegen der Ergebnisse.«

»Albin, nein, ich …«

»Bis später«, erwiderte Albin und beendete das Gespräch, bevor Castel ihn wegen seiner gelegentlich penetranten, aber immer wieder effizienten Art noch mehr verfluchen würde.

Er zog an seiner Zigarette, blinzelte in die Sonne und sah zum SUV hinüber. Tyson streckte sich an der Heckscheibe hinauf und sah Albin nachdenklich an.

»Was ist?«, fragte Albin.

Aber an eines habt ihr nicht gedacht, schien Tyson zu sagen.

»Und das wäre, Commissaire Tyson Leclerc? Erhellen Sie mich mit Ihrem Wissen!«

Die Fotos, erwiderte Tyson. *Wer wäre denn als Entführer so blöd, die Bilder als Ausdrucke bei sich zu führen? Zudem waren die Frauen dabei, was bedeuten würde: Sie würden gewusst haben, wer auf den Fotos abgebildet ist, und damit waren sie vielleicht in die Pläne involviert.*

»Fahren Sie fort, Flic«, murmelte Albin und paffte, »Ihr Ansatz ist interessant. Machen Sie nur weiter so, und Sie verdienen sich heute eine Extrawurst.«

Aber nehmen wir an, sie hatten diese Fotos bei sich gehabt. Zu welchem Zweck ist dabei egal. Aus Sicht eines Killers wäre es fahrlässig, die Ausdrucke bei den Opfern zu lassen, oder? Ihm müsste doch klar sein, dass die Polizei die Bilder irgendwann findet und feststellen möchte, wer darauf abgebildet ist. Also hätte der Killer die Fotos doch mitgenommen. Hat er aber nicht.

»Nein«, murmelte Albin, zog an der Gitanes und pustete feinen, weißen Rauch in den knallblauen Himmel. »Der oder die Killer würden in jedem Fall die Sachen der Opfer durchsucht haben. Es wurde aber nichts entwendet, soweit wir wissen. Alles war da: Telefone, Papiere – und die Fotos.«

Warum würde der Täter sie dort gelassen haben? Papiere und Handys kann ich noch nachvollziehen. Er wusste, dass die Opfer sowieso identifiziert werden würden, von daher war es ihm egal. Ihm war außerdem klar, dass die Handys zu keiner Spur führen würden, die auf ihn oder

seinen Auftraggeber hindeutet. Aber das mit den Fotos ver-
stehe ich nicht.

»Ich auch nicht«, sagte Albin.

Vor allem verstand er eines nicht: Wenn der Killer die Fotos in vollem Bewusstsein dagelassen hatte und damit in Kauf nahm, dass die Spur in Richtung Remy Papinet führen würde, der doch sein Auftraggeber war – was sollte das?

Wir werden sehen, dachte Albin, löschte die Zigarette und ging zum Auto. Wir werden sehen. Eines nach dem anderen.

21

Die trockene Hitze traf Cat wie ein Schlag ins Gesicht, als sie und Theroux aus dem klimatisierten Auto stiegen. Deswegen beeilten sie sich, um die kühlen Räume der Bank zu erreichen und dort nach Jeanne Blanc zu fragen, die Castel als Ansprechpartnerin genannt worden war. Sie stellte sich als freundliche Mittzwanzigerin heraus, die – passend zu ihrem Nachnamen – eine weiße Jeans und eine helle Bluse trug sowie eine schwarze Nerdbrille.

Sie führte Cat und Theroux in den fensterlosen Raum mit den Schließfächern, in dem es noch etwas kühler war als in den Geschäftsräumen des Kreditinstituts. Die Wände bestanden hier unten fast ausschließlich aus Edelstahlschubfächern in unterschiedlichen Größen. Das Licht kam von in der Decke eingelassenen Leuchtelementen.

Jeanne Blanc suchte nach dem richtigen Fach, fand es schließlich und stockte kurz, als Castel ihr ein paar Latexhandschuhe reichte.

Cat erklärte: »Die sind für den Fall, dass wir Fingerabdrücke abnehmen müssen.«

Die junge Frau nickte, zog die Handschuhe an und gab dann einen Code am Schließfach ein, um es zu öffnen. Dabei erklärte sie: »Ich habe den Mietvertrag für Sie ausgedruckt. Er liegt oben bereit. Das Schließfach ist von Madame Sandrine Langlois angemietet worden. Es ist außerdem für den Zugriff von Monsieur Thierry Roubert autorisiert sowie für Monsieur Vincent Trouchet.«

Bingo, dachte Castel und wechselte einen Blick mit Theroux, der offensichtlich dasselbe dachte: Hier war die Schnittstelle zwischen den Mordopfern, und die Theorie von einem gemeinsamen Komplott bekam mächtigen Rückenwind.

Die Schließfachtür sprang auf. Jeanne Blanc zog eine Schublade heraus und öffnete sie.

Die Schublade war leer.

Noch ein Treffer, dachte Castel. Genau wie sie vorhin im gemeinsamen Brainstorming vermutet hatten: Das Fach war für die Aufbewahrung von Geld angemietet worden, aber es waren noch keine Euros geflossen, denn das Komplott war vorher gescheitert. Sie waren also auf dem richtigen Weg.

»Danke«, sagte Castel. »Die Videoaufnahmen …«

»… habe ich ebenfalls für Sie vorbereitet«, erwiderte Jeanne Blanc, schloss das Fach wieder und zog die Latexhandschuhe aus.

Sie führte Castel und Theroux zurück nach oben in einen Besprechungsraum mit schwarzen Stühlen und einem weißen Tisch mit einem Laptop, neben dem eine Mappe lag. Jeanne Blanc bot Castel und Theroux einen Sitzplatz an und schob ihnen die Kladde mit den Worten hin, dass sich darin die Ausdrucke des Mietvertrages für das Schließfach befinden würden sowie ein Stick der Videoüberwachung.

Sie nahm neben den beiden Platz, weckte den Laptop auf, öffnete ein Programm und erklärte währenddessen:

»Ich habe mir erlaubt, ein wenig Recherche zu betreiben, ohne präzise zu wissen, worauf sie hinauswollen. Ich habe den Tag herausgesucht, an dem das Schließfach zuletzt geöffnet worden ist. Die Videoüberwachung sollte Ihnen zeigen, welche Person an diesem Tag die Bank betreten hat.«

Castel lächelte. »Danke, das haben Sie korrekt geschlussfolgert.«

Schließlich startete die Videoaufnahme. Zunächst waren Bilder der Außenkamera zu sehen. Eindeutig war darauf Vincent Trouchet zu erkennen.

Und ein Polizist.

Cat hielt den Atem an und hörte, wie sich Theroux neben ihr räusperte. Identifizieren konnte man den Polizisten allerdings nicht, denn sein Gesicht wurde von einer Sonnenbrille und einer Schirmmütze verdeckt. Außerdem trug er einen Bart. Die nächste Aufnahme zeigte, wie die beiden Männer durch die Geschäftsräume gingen. Danach waren sie im Schließfachraum zu sehen, wo zu erkennen war, dass Trouchet etwas am Schließfach tat. Was genau, wurde durch die Körper verdeckt. Anschließend verließen die Männer die Bank.

Cat betrachtete den Zeitstempel. Der Besuch hatte an dem Tag stattgefunden, an dem Trouchet und seine Frau getötet worden waren – mit einer Polizeidienstwaffe, und auf der Videoaufnahme ging er gerade mit einem Polizisten zum Schließfach. Ein Polizist, dachte Castel, der die Uniform der Motorradpolizei der Police National trug. Womöglich die der Police National aus Marseille …

»... und wir glauben das inzwischen sehr sicher«, sagte Castel.

»Hm«, machte Albin und schlug die Beine übereinander. Es war früher Abend, ohne dass es bislang kühler geworden wäre. Vor ihm glomm eine Gitanes im Aschenbecher. Bald würden die Geschäfte schließen. Er hörte das Rauschen des Verkehrs, das Klicken der Boulekugeln von der Wurfbahn und das der Eiswürfel in seinem Glas, in das Matteo gerade Wasser goss, worauf der Pastis eine trübe, gelbliche Farbe annahm.

»Das ist der Stand der Dinge«, schloss Castel ihren Bericht vom Besuch bei der Bank.

Albin beugte sich nach vorne und griff nach der Zigarette, um daran zu ziehen, während Matteo mit einem Geschirrtuch beiläufig über den Tisch wischte und beim Boulen zusah. Es waren nur ein paar Hobbyspieler anwesend. Das Team aus Carpentras würde erst etwas später zum Training kommen, wenn die Temperaturen angenehmer wären.

»Es spricht einerseits viel für einen professionellen Killer«, sagte Albin ins Handy. »Er hat den Polizisten in Marseille getötet, seine Ausrüstung genommen und sein Motorrad. Mit seiner Waffe hat er dann die Morde begangen.«

»So scheint es«, erwiderte Castel. »Auf der anderen Seite würde ein professioneller Killer doch genau das nicht tun: einen Polizisten töten, nur um sich zu tarnen. Das Risiko ist viel zu hoch. Er würde wissen, was es nach sich zieht, wenn man einen von uns ermordet. Ein Profi hätte ganz andere Mittel und Wege – oder er würde wissen, wie er sich auf andere Art und Weise eine Uniform besorgen könnte, wenn er denn unbedingt eine haben wollte.«

»Mhm«, machte Albin, inhalierte und stieß den Rauch durch die Nasenlöcher wieder aus. »Allerdings gibt es solche und solche, Castel. Manche dieser Profikiller sind nicht ganz richtig im Kopf. Das haben wir bereits erfahren müssen, richtig?«

Castel schwieg einen Moment. »Theroux und ich sind noch unschlüssig darüber, was die beiden an dem Schließfach getan haben könnten. Wir glauben, dass es sich um etwas gehandelt hat, von dem nur Trouchet wusste. Ansonsten wäre der Mörder bereits mit Thierry Roubert oder Sandrine Langlois dorthin gegangen. Theroux war erst der Auffassung, dass sich möglicherweise weitere Fotos oder Überwachungsdaten von Nicole Papinet im Schließfach befunden haben könnten – oder auch Geld, das aus dem Medikamentenhandel stammte. Irgendetwas Belastendes, das in Richtung Papinet als Auftraggeber gehen könnte.«

»Allein die Tatsache«, erwiderte Albin, »dass die Fotos seiner Frau gefunden worden sind, deuten doch bereits auf Papinet. Warum hat der Killer die nicht einkassiert?«

»Stimmt auch wieder. Darüber habe ich noch gar nicht nachgedacht.«

»Dafür haben Sie ja mich.«

»Abgesehen davon finde ich es sehr waghalsig, sich ausgerechnet die Ehefrau einer einflussreichen Halbweltgröße als Ziel für eine Entführung auszusuchen. Man würde doch einkalkulieren müssen, dass Papinet sich mit allen Mitteln dagegen zur Wehr setzt und sich das nicht bieten lässt. Es wäre viel einfacher, wenn man sich ein leichteres Ziel gesucht hätte – die Ehefrau eines Bankiers, was weiß ich.«

»Ich wiederhole mich«, sagte Albin, »aber manche dieser Leute sind nicht zurechnungsfähig, Castel. Nicht jeder Kriminelle denkt so analytisch und klar. Zum Glück nicht. Manche begehen wirklich haarsträubende Verbrechen, und wir als Polizei fragen uns, was – um Himmels willen – in deren Köpfen vor sich gegangen sein muss. Schauen Sie sich einen durchschnittlichen Räuber wie bei den zwei Fällen von kürzlich an. Der denkt sich: Überfalle ich doch mal eine Tankstelle in Pernes oder eine Bank in Murs, denn die sind so weit ab vom Schlag, dass die Polizei endlos lange braucht und ich längst über alle Berge bin. Dabei denkt er aber nicht über Folgendes nach: Je kleiner die Tankstelle oder die Bank und je weiter ab vom Schlag, desto weniger Bargeld vor Ort. Wer nimmt denn das Risiko von zehn Jahren Knast für eine Beute von dreihundert Euro in der Tankstelle auf sich – und für gar keine Beute im Fall der Bank, weil alles in die Hose ging? Man würde doch annehmen, so ein Räuber würde sich vorher kundig machen. Haben die in den Fällen aber nicht. Völlig amateurhaft.«

»Ich verstehe, was Sie meinen.«

»Man muss einerseits vom klügsten, andererseits vom dümmsten anzunehmenden Kriminellen ausgehen.«

»Na ja«, murmelte Castel, »vielleicht ist es zunächst nicht so entscheidend, was genau die am Schließfach wollten. Entscheidend ist, dass wir nun eine Spur zum Polizistenmörder haben und eine, die zu Papinet führt.«

»Ihr solltet ihn überwachen, bevor ihr ihn mit den Fotos konfrontiert – falls ihr das überhaupt tun wollt. Überwachen müsst ihr ihn so oder so.«

»Das ist der Plan, Albin. So, und jetzt möchte ich Feierabend machen. Ich denke nur noch an eine kalte Dusche und einen Bottich voller Vanilleeis.«

»Dann einen schönen Dienstschluss«, erwiderte Albin und beendete das Gespräch, um einen Schluck Pastis zu trinken.

»Geht es um diese Mordfälle?«, fragte Matteo.

Albin nickte und setzte das Glas wieder ab. Der Pastis war so eiskalt, dass es ihm an den Zähnen weh tat.

»Ich habe zufällig mitgehört.«

»Äußerst zufällig«, erwiderte Albin.

Matteo stopfte das Wischtuch zurück in die Hintertasche seiner uralten Jeans und stemmte die Hände in die fleischigen Hüften. »Na, Kunststück. Wie soll man dich nicht hören, wenn du lautstark am Telefon dozierst, als seist du der einzige Lebendige auf der weiten Welt?«

»Anständige Menschen nehmen Rücksicht, wenn jemand privat telefoniert, und entfernen sich aus Gründen der Diskretion.«

»Ich höre doch nicht einfach mit der Arbeit auf, bloß weil der feine Herr Polizeiberater ein Telefonat führt. Soll ich bankrottgehen?«

Tyson, der unter dem Bistrotisch döste, merkte auf, als

Matteo lauter wurde. Albin winkte ab. Hatte ja keinen Sinn. Er trank noch einen Schluck.

»Vermutlich waren das sowieso ausländische Banden«, erklärte Matteo. »Ich sage nur: Beschaffungskriminalität. Die Drogensüchtigen aus dem Maghreb machen vor nichts mehr halt. Kennst du die Kriminalitätsstatistiken?«

Albin verschluckte sich, nickte aber und sagte heiser: »Allerdings.«

»Und wie hoch liegt die Ausländerquote? Den Rest kannst du dir doch an den Fingern abzählen.«

»In jedem Fall liegt sie höher als die der Nazis, weil Nazis bekanntlich keine Verbrechen begehen.«

»Ich wiederhole zum x-ten Mal«, sagte Matteo und hob belehrend den Zeigefinger, »dass es sich bei meiner Partei Rassemblement National nicht um Nazis, sondern um die zweitstärkste Kraft im Land mit Millionen von Wählern handelt.«

»Mhm«, machte Albin. »Umso schlimmer.«

»Und wir hätten niemals – ich wiederhole – nie im Leben zugelassen, was Macaroni letztes Jahr in Sachen Renten durchgedrückt hat wie ein Kaiser. Das betrifft uns alle, mein Lieber.«

Matteo nannte den Präsidenten Emmanuel Macron gelegentlich wie eine italienische Nudel. Albin sparte sich einen Kommentar. Mit Politik konnte er nicht viel anfangen und enthielt sich daher lieber jeder Debatte. Zum Glück kam gerade Jérôme Lehmann mit seinen Boulekugeln im Beutel und klopfte Matteo zum Gruß auf die Schulter.

»Schon wieder am Schimpfen, Matteo?«, fragte er und grinste. Auf dem Rücken des T-Shirts mit dem Aufdruck seiner Hausverwaltungsfirma »Lehmann – Gérance d'Immeubles« zeichnete sich vom Schweiß ein dunkler Fleck ab.

»Die Linken«, brummte Matteo, »lassen einen ja nicht zur Ruhe kommen.« Damit schwirrte er ab, um für Lehmann das gewohnte Bier zu zapfen, ohne dass Lehmann es extra bestellen musste.

»Nächstes Wochenende in Mazan«, sagte Lehmann zu Albin. »Wir werden Bastian Crouchaut die Glatze polieren. Kann ich auf meine Geheimwaffe zählen?« Er zwinkerte Albin zu.

»Mal sehen«, sagte Albin, rauchte und trank Pastis.

»Wäre super«, erwiderte Lehmann, ging in Richtung Boulebahn und zupfte sich am T-Shirt. »Boah, eine Hitze wie in Afrika, oder? Nicht zum Aushalten«, murmelte er vor sich hin.

Afrika, dachte Albin.

Immer wieder tauchte es auf: Afrika.

Vincent Trouchet mit seinen Kidnap&Ransom-Versicherungen, Thierry Roubert und Sandrine Langlois, die dort für Ärzte ohne Grenzen tätig gewesen waren. Es lag auf der Hand, dass die drei sich wahrscheinlich kennengelernt hatten, als Thierry und Sandrine ihre Versicherung für den Auslandseinsatz für Ärzte ohne Grenzen an der Côte d'Ivoire abgeschlossen hatten. Sie waren verschiedene Male in Afrika gewesen, auch in anderen Gebieten, wie Arnault Langlois berichtet hatte. Albin erinnerte sich an die Fotos von seiner Nichte, die der Mann ihm gezeigt hatte.

Ich weiß, worüber du nachdenkst, schien Tyson zu sagen, blinzelte Albin an und schnaufte leise.

171

»Und zwar, du Hellseher?«, erwiderte Albin in Gedanken.

Du denkst über Verbindungen nach. Du fragst dich, ob man mit seinem Versicherungsmakler einfach so mir nichts, dir nichts die Entführung der Frau einer reichen Halbweltgröße planen würde. Denn dazu gehört sehr viel Vertrauen. Klar, Trouchet und Roubert haben offensichtlich häufig telefoniert. Sie standen also in jedem Fall in Kontakt. Aber wie kam das zusammen? Sprachen sie beim Unterschreiben eines Vertrages darüber, dass sie beide in Geldnöten stecken, und dann sagt Thierry Roubert im Spaß: Oh, da wüsste ich jemanden, wenn man die entführte, wären wir gemachte Männer – und Trouchet erwidert, dass er sich ja glänzend mit diesem Thema auskenne, warum man denn nicht gemeinsame Sache mache?

Albin trank noch etwas Pastis und rauchte die Zigarette auf. »Nein«, erwiderte er dann in Gedanken, »so läuft das nicht. Für eine solche Entführung müsste man sich gegenseitig vertrauen und sich sehr gut kennen – beziehungsweise über irgendeine gemeinsame Basis verfügen, und das wäre nicht allein die Unterschrift unter einem Versicherungsvertrag.«

Man würde eine Menge privater Unterhaltungen führen, sich treffen, Ideen zusammenwerfen, etwas aushecken.

»Aber darüber wissen wir bislang nichts. Vielleicht haben sie sich privat getroffen. Vielleicht auch nicht. Wenn sie Trouchet in Afrika kennengelernt und dort einiges gemeinsam mit ihm erlebt hätten, dann würde es näherliegen, dass man für eine Entführung miteinander kooperiert. Wenn Trouchet auf einem der Fotos wäre, die Langlois mir vom Afrika-Einsatz seiner Nichte gezeigt hat – dann okay. Die Menschen darauf wirken vertraut. Aber einfach so aus heiterem Himmel …«

… daran gefällt dir etwas nicht, oder?

»Nein«, sagte Albin, leerte den Pastis und sah gedankenverloren dabei zu, wie Matteo mit einem Tablett voller Biergläser aus dem Café du Midi kam und zur Boulebahn herüberging.

Aber Trouchet, sagte Tyson, *war ein Schreibtischtäter. Er war nicht in Afrika. Er hat alles über diesen Regler erledigen lassen, diesen …*

»Guy Dumas war der Name. Der Regler, der bei dem letzten Einsatz ums Leben kam. Bei der Geiselbefreiung, die durch die Medien ging und bei der dieser Warlord verhaftet und nach Frankreich gebracht wurde …«

… Moussa Kanga war der Name, meine ich? Der in Marseille in Untersuchungshaft sitzt?

»Mhm. Und bei dem Stichwort: Mir gefällt außerdem irgendetwas nicht an der Idee, dass ein Profikiller einen Polizisten in Marseille tötet, um an seine Zielobjekte zu gelangen.«

Aber du hast doch Castel eben gesagt, dass es derlei unzurechnungsfähige Psychopathen gibt?

»Das war laut gedacht. Ich denke oft laut nach, ohne Filter zwischen meinem Gehirn und meinem Mund. Zum Glück nicht, wenn ich mit dir spreche. Die Leute würden mich sonst für verrückt halten und mich in eine Zwangsjacke stecken, wenn ich mit meinem Hund rede.«

Ich weiß. Aber …

»Aber was«, redete Albin weiter, »wenn wir uns von der Idee lösen, dass Papinet einen Killer geschickt hat? Wer wäre in diesem Fall der unbekannte Dritte in Polizeiuniform? Gibt es dazu eine Alternative? Nur so als Gedankenspiel?«

Tyson schien nachzudenken, legte sich flach auf den Boden und die Schnauze auf die Pfoten.

Es wäre vielleicht jemand, murmelte er, *der die beiden kannte, der vom Plan der Entführung wusste und sie entweder verhindern oder allein von etwas profitieren wollte, das in dem Schließfach versteckt war. Jemand, der sich maskieren musste, um an Trouchet und Roubert zu gelangen, weil man sich kannte. Weil sie wüssten, wie der Dritte aussieht, und ahnen würden, dass er nichts Gutes im Schilde führte. Denn wären sie ahnungslos gewesen, hätte es keine Maskerade gebraucht. Und sie würden sich vielleicht kennen aus ...*

»... vielleicht aus Afrika«, erwiderte Albin, lehnte sich im Stuhl zurück und steckte sich eine weitere Zigarette an. Er müsste sich das alles sehr viel genauer ansehen, dachte er. Und sei es nur, um auszuschließen, dass es noch eine Alternative zu der Theorie gab, dass Papinet einen Killer beauftragt hatte.

Oder um auf etwas zu stoßen, das man vorher noch nicht auf dem Schirm gehabt hatte und das das große Puzzle auf einmal ganz anders aussehen ließ.

23

Albin starrte die beiden Handys an. Sie lagen vor ihm auf dem Frühstückstisch. Veronique wirbelte in der Küche und räumte den Geschirrspüler ein, was die Teller und Tassen scheppern ließ. Clara hüpfte mit Tyson im Garten herum, warf sein Bällchen und kommentierte jede ihrer Handbewegungen sowie die Reaktionen von Tyson, was im Ergebnis einen Wasserfall an Gebrabbel mit sich brachte. Dann starrte Albin wieder Manon an, die direkt neben ihm saß.

»So«, sagte sie. »Jetzt sind alle Daten übertragen, und dein neues Handy funktioniert genau wie dein altes, nur besser und mit einigen neuen Funktionen. Außerdem ist es größer. Dann triffst du die Tastatur und die Apps besser und kannst auch alles besser lesen.«

Albin blickte erneut auf die Telefone. Manon hatte sich ein neues gekauft und Albin eben ihr bisheriges aufgezwungen, obwohl er skeptisch gewesen war. Er hatte sich an das Gerät und seine Bedienung gewöhnt und war eigentlich nicht bereit, sich auf etwas Neues einzulassen. Er hatte Bedenken, ob nicht plötzlich wichtige Telefonnummern oder Fotos verlorengehen würden. Außerdem war es ein Rätsel, wie …

Albin blickte wieder zu Manon und sagte: »Du legst einfach das eine Handy neben das andere – und sämtliche Daten und Einstellungen und alles werden einfach so ohne Kabel darauf übertragen?«

»Papa, das hast du doch gerade gesehen, oder?«

Albin runzelte die Stirn und nahm das neue Handy in die Hand. In der Tat war es größer und das Display viel schärfer und heller. Er öffnete seine Kontaktliste – alles da. Er probierte den Fotospeicher aus: Jedes Bild befand sich an Ort und Stelle. All seine Nachrichten in Whats-App waren vorhanden, seine Spotidingsda-Musikliste, die E-Mails – alles genauso wie zuvor.

»Du weißt schon«, murmelte Albin, »dass man für solch eine Zauberei früher auf den Scheiterhaufen gekommen wäre?«

Manon lachte. »Das funktioniert alles über WLAN und Bluetooth. Das ist kein Hexenwerk. Soll ich dir noch Instagram, Facebook und TikTok installieren? Dann müssen wir dir aber erst Accounts anlegen.«

»TikTok? Ist das dieses Spiel mit den Blöcken, die man drehen muss?«

»Das ist Tetris. TikTok ist … Ach, weißt du – lassen wir das lieber.«

Albin betrachtete die Geräte ein weiteres Mal. »Das eine Handy hat eben mit dem anderen geredet. Ich musste nur ein paar Nummern eintippen, dann hat es all sein Wissen preisgegeben.«

Manon aß den Rest ihres Croissants und nickte.

»Sie haben miteinander kommuniziert, Manon. Träumen sie auch?«

»Papa«, Manon wischte sich einen Krümel aus dem Mundwinkel, »jetzt stell dich nicht so weltfremd an, wirklich.«

»Brauche ich denn dieses TicTac?«

»TikTok. Nein, brauchst du nicht. Das ist eine Social-Media-App. Hier, schau.«

Manon öffnete das Programm und zeigte Albin eine Reihe von Videoclips. Menschen tanzten, fielen von Dächern, schnitten Kartons auf, Katzen taten verrückte Dinge. Dann schaltete Manon auf den Selfiemodus, so dass Albin und sie im Display zu sehen waren. Sie tippte irgendetwas in das Gerät ein – und im nächsten Moment sah sie aus wie ihre eigene Mutter, nur mit mehr Falten und grauen Haaren – und Albin sah aus wie dreißig.

»Was, zum Teufel …« Er konnte es nicht fassen.

»Das sind Filter. Mit denen kannst du alles Mögliche machen. Damit kannst du dir einen Bart verpassen oder eine Glatze. Du kannst dich sogar aussehen lassen wie Alain Delon oder Tom Cruise.«

»Das«, rief Veronique dazwischen, »wäre doch mal was! Geht das auch in echt – ihn verjüngen und wie Alain Delon aussehen lassen?« Sie lachte laut auf.

Manon grinste. »Leider gehen Deepfakes nur in Programmen. Aber das kann ja noch werden, oder?«

Sie stellte die App wieder aus.

»Das ist … das ist ungeheuer, Manon.«

»Nein, eigentlich ist das alles Standard und kostenfrei.«

»Wenn *das* bereits kostenfrei und für jeden verfügbar ist, dann will ich nicht wissen, was …« Albin stockte kurz. Er nahm sein neues Handy und stand auf. »Kann ich damit auch telefonieren?«

Manon lachte. »Natürlich kannst du das. Deine Sim-Karte ist drin – alles gut.«

Albin nickte und ging in den Flur. Er nahm seine Zigarettenpackung und trat vor die Haustür, um eine zu rauchen und ein Gespräch zu führen. Er rief Zahir im Hôtel de Police an, der nach zweimal Klingeln dranging.

»Albin, guten Morgen – schon wieder ganz schön heiß, was?«

»Sie klingen viel besser«, sagte Albin und steckte sich eine an.

»Was? Ich? Wieso?«

»Ich habe ein neues Telefon. Der Klang ist satter, lauter, Sie klingen fast so, als würden Sie neben mir stehen.«

»Ja, die Technik, oder, Albin?«

»Genau deswegen rufe ich an. Haben Sie Zugriff auf Tic-Tac-Filter oder solche, mit denen man wie Alain Delon aussehen kann?«

»Filter in TikTok oder Snapchat? Meinen Sie solche Gesichtsveränderungs-Apps?«

»Wie auch immer.«

»Darauf hat doch jeder Zugriff, wieso?«

»Ich meine nicht die kostenfreien Apps. Solche Programme gibt es doch auch in professionell, richtig? Zur Analyse und Bildverbesserung?«

»Na sicher.«

Albin paffte und ging auf und ab. »Zahir. Castel und Theroux haben gestern Videomaterial aus der Bank besorgt, das Vincent Trouchet mit seinem mutmaßlichen Mörder in Polizeiuniform zeigt.«

»Ja, das habe ich. Wir haben es auch nach Marseille geschickt. Warum?«

»Können Sie es mir ebenfalls schicken?«

»Ich weiß nicht, ob ich das darf, Albin.«

»Meine Güte, man wird Sie nicht nach Château d'If schicken. Ich bin polizeilicher Berater, wie Sie wissen. Dann frage ich eben Castel selbst, die nicht erfreut sein wird, dass Sie die Ermittlungen aufhalten, Zahir.«

»Ich könnte Ihnen vorab ein Foto senden, das wir als Phantombild an die Medien geben wollen, wozu wir aber noch gerichtliche Beschlüsse benötigen. Das sollte doch reichen? Das ganze Video wird Ihnen nicht weiterhelfen. Wir haben von dem besten Bild des Gesuchten einen Screenshot gemacht. Augenblick.«

Eine Sekunde später machte Albins Handy »Ping«. Er nahm es vom Ohr – und sah das Phantomfoto aus der Bank. Der Mann in Polizeiuniform trug eine Cap, Sonnenbrille und einen Bart. Aus der Perspektive von oben war nur ein Teil seines Gesichtes zu erkennen.

»Zahir«, sagte Albin, »ich wurde soeben Zeuge eines Deepfakes in einer App, die mich dreißig Jahre jünger aussehen ließ. Man kann sich Bärte ankleben und entfernen. Dasselbe mit den Haaren.«

Zahir lachte. »Ja, das ist schon klasse und lustig, oder?«

»Damit ließe sich doch bei einem solchen Foto ebenfalls der Bart entfernen? Auch die Brille und die Cap? Können Sie das machen?«

»Ja, Albin – also, darauf sind wir natürlich auch schon gekommen, und die Bildverbesserung gehört ja längst zum Standard. Theroux und Castel haben das Material freigegeben, und wir haben es in die Zentrale geschickt, die es wiederum mit höchster Priorität wegen eines Vierfachmordes und des Polizistenmordes in Marseille an den Geheimdienst geben wird, weil die viel stärkere Computer und Programme haben. Sie nutzen diese Software seit einigen Jahren zur Terrorismusabwehr. Sie kann ein komplettes Gesicht aus einer Teilaufnahme berechnen, das man dann in allen Blickwinkeln rotieren kann, um daraus …«

»Castel und Theroux sind ebenfalls in dieses Hexenwerk eingeweiht?«

»Ja, wie gesagt – das ist doch längst Standard, Albin.«

Albin brummte und rauchte. Dann bedankte er sich bei Zahir und beendete das Gespräch.

Er betrachtete noch einmal das Foto, das Zahir ihm geschickt hatte. Das Display seines neuen Telefons war um Klassen besser, heller, schärfer und größer als das bisherige und ließ sich sehr viel angenehmer mit seinen groben Fingern bedienen. Er öffnete Google, gab einige Suchbegriffe ein und las im Stehen und beim Rauchen Nachrichten über den Einsatz der Spezialkräfte an der Côte d'Ivoire und die Geiselbefreiung, bei der der französische Staatsbürger Guy Dumas ums Leben gekommen war. Albin googelte nach dem Namen, fand ähnliche Einträge aus den Nachrichten und tippte dann auf »Bilder«, worauf einige der Fotos zum Vorschein kamen, mit denen die Zeitungsberichte illustriert waren. Er fand außerdem Bilder von verschiedenen Männern mit gleichlautendem Namen und fragte sich, wer von denen denn nun der richtige Guy Dumas war.

Eines der Porträts zeigte einen Mann in Kurzarmhemd. Der Hintergrund schien aus Palmen zu bestehen sowie einigen baufällig wirkenden Häusern. Konnte das in Afrika entstanden sein? Albin tippte auf das Bild, das ihn zu einem professionellen Netzwerk führte, für das man einen Account und Anmeldedaten benötigte, was er nicht hatte. Dann fand er einen Nachrichteneintrag, der wiederum zu einem Bericht über die Geiselbefreiung führte – und sah genau dieses Foto darin mit der Unterschrift, dass ein Franzose namens Guy Dumas bei dem Einsatz ums Leben gekommen war. Zur Sicherheit machte Albin einen Screenshot von der Aufnahme – und war davon begeistert, dass das mit denselben Handgriffen wie bei seinem alten Telefon funktionierte. Für einen Moment gingen ihm die Bilder durch den Kopf, die Arnault Langlois Albin gezeigt hatte – die Fotos aus Afrika, die Sandrine und Thierry mit weiteren Personen zeigten. Vielleicht sollte er Langlois bitten, ihm die Dateien weiterzuleiten oder noch einmal bei ihm vorbeifahren und Fotos von den Aufnahmen machen. Aber vorher war etwas anderes erforderlich.

Albin löschte die Zigarette und suchte eine Nummer aus dem Telefonspeicher heraus. Er war sich nicht sicher, ob sie noch aktuell war, probierte sie aber dennoch. Er ließ es einige Male klingeln. Dann wurde das Gespräch angenommen, und Albin hörte eine Stimme, die er seit Jahren nicht mehr gehört hatte.

24

Mit den Begriffen »Marseille« und »Gefängnis« verband man in der Regel das Château d'If. Es war wenigstens so bekannt wie Alcatraz in San Francisco. Die beiden weltberühmten Gefängnisse hatten eine fast identische Lage, nämlich jeweils auf einer Felseninsel im Meer.

Das Château war dem Hafen von Marseille vorgelagert. Auf der Île d'If hatte man es im 16. Jahrhundert als Festung zum Schutz der Stadt gebaut und wenig später aus politischen Gründen wieder aufgegeben, worauf die Insel in ein Gefängnis umfunktioniert wurde, das als ausbruchssicher galt. Die dicken Mauern und zudem die Lage mitten im Meer, die Strömungen – keine Chance, von hier zu entkommen. Im 19. Jahrhundert wurde die Nutzung aufgegeben. Seither ist die Gefängnisinsel nur noch eine Touristenattraktion und kam wegen ihres bekanntesten Häftlings zu Weltruhm: Edmond Dantès, »Der Graf von Monte Christo«, dem als Opfer eines abscheulichen Komplotts die abenteuerliche Flucht von Château d'If gelang, um gnadenlose Rache zu üben.

Weniger bekannt ist das heutige Gefängnis der Stadt: »Les Beaumettes«, das lange als das schlimmste Frankreichs galt. Noch vor zwanzig Jahren waren die hygienischen Verhältnisse in der hoffnungslos überfüllten Haftanstalt eine Katastrophe. In manchen Zellen gab es nicht einmal elektrisches Licht, dafür aber überall Ratten, Kakerlaken und Asseln. Man steckte bis zu vier Häftlinge in eine sieben Quadratmeter große Zelle – Kleinkriminelle zusammen mit Mördern und Totschlägern, und Fälle von polizeilicher Gewalt waren an der Tagesordnung. In der Folge wurde beschlossen, den Altbau aus den dreißiger Jahren abzureißen und neu zu bauen, was seit 2021 in mehreren Etappen erfolgte. Die Fertigstellung des dritten Bauabschnitts war für 2025 geplant.

Albin war nach seinem Telefonat unmittelbar ins Auto gestiegen und hatte Manon und Clara gebeten, sich um Tyson zu kümmern. Er war die Autobahn A7 in Richtung Süden gefahren und hatte sofort gute Laune bekommen, als er den ersten Blick auf das in der Sonne funkelnde Mittelmeer erhaschen konnte. Seine Laune war so gut gewesen, dass er auf seinem prächtig funktionierenden neuen Telefon die Playliste mit Rockmusik der siebziger Jahre einstellte und sich freute, dass ihm das auf Anhieb gelang, ohne sich erst einige Male zu verklicken. Er hörte »Whole Lotta Love« von Led Zeppelin, die er in seiner Jugend regelrecht verehrt hatte, bis er irgendwann die Falsettstimme von Robert Plant und die vertrackten Gitarrenorgien nicht mehr ertragen konnte, und lächelte, als sich die Stadt vor ihm erstreckte. Merkwürdig, dachte er. Wenn man in Metropolen wie Marseille lebte, dann wollte man nur noch raus aufs Land. Lebte man wiederum auf dem Land, musste man sich ab und zu einfach einmal eine Großstadt geben, um nicht durchzudrehen – zumindest galt das für Albin. Wie hatten die Stones noch gesungen: »You Can't Always Get What You Want.« Eine universelle Weisheit.

Er durchquerte Marseille, bis er den Chemin de Morgiou erreichte. Wenn man geradeaus weiterfuhr, gelangte man in wenigen Minuten in den Parc National des Calanques, seine versteckten Strände und fjordähnlichen Schluchten. Stoppte man zuvor, gelangte man jedoch auf den Parkplatz des Centre pénitentiaire des Baumettes, der Albins Ziel gewesen war.

Jetzt stand er in einem speziellen Besucherraum, atmete den Gefängnisgeruch ein, der an eine Mischung aus Altenheim und Putzmittellager erinnerte, und sprach mit Jules Martin über alte Zeiten. Martin war ähnlich groß wie Albin, hatte fast dieselbe Haarfarbe und stand kurz vor der Pensionierung. Er hatte früher in der Haftanstalt in Avignon gearbeitet, woher Albin ihn kannte, und war vor zehn Jahren nach Marseille gewechselt, wo er inzwischen in der Verwaltungsleitung der Direktion arbeitete.

Albin hatte ihn heute Morgen wegen eines Termins angerufen. Martin hatte zunächst etwas herumgedruckst und damit den Anschein gewahrt, dass die Anfrage nicht einfach so aus heiterem Himmel genehmigt werden könnte. Aber natürlich hatte sich Martin sofort an ein anderes Telefonat vor rund fünfzehn Jahren erinnert. Darin war es um Martins Sohn Paul gegangen, der gerade in Handschellen vor Albin saß, weil man ihn beim Marihuana-Einkauf erwischt hatte, und Albin sagte Martin zu, dass er mal sehen würde, was man da machen kann.

Weswegen Martin beim heutigen Telefonat Albin schließlich genau dasselbe gesagt hatte: »Mal sehen, was ich da machen kann, mein Lieber.«

Nun standen sie hier, und Martin sagte: »Aber ernsthaft, Albin – warum tust du dir das alles noch an? Du könntest doch in aller Ruhe im Garten sitzen und Rosen züchten?«

»Das ist das Problem«, erwiderte Albin. »Einerseits hat meine Frau ein Blumengeschäft. Da muss ich nichts züchten. Zweitens mag ich Rosen nicht. Und drittens würde ich vor Langeweile verrückt werden und vor der Zeit sterben. Ich gehöre noch nicht zum alten Eisen.«

»Aber wir sind altes Eisen, Albin. Wir sind mit den Jahren mürbe und porös geworden, Materialermüdung. Es ist gefährlich, wenn wir das nicht erkennen. Altes Eisen kann brechen. Dann stürzen Brücken ein, oder Züge entgleisen, wenn wir es nicht austauschen.«

Albin machte eine wegwerfende Geste. Er wusste ja, dass Martin recht hatte, und deswegen war Albin auch bloß polizeilicher Berater und nicht mehr im offiziellen Dienst, logisch.

Bevor er das erwidern konnte, öffnete sich eine Tür. Ein Justizangestellter führte einen kleinen Mann mit fast schwarzer Haut in den fensterlosen Raum. Auf seinen Wangen waren Schmucknarben zu erkennen. Er trug Häftlingskleidung, sah Albin mürrisch an und wurde zu einem Stuhl mit Tisch geführt, wo er schweigend Platz nahm.

»Na dann«, sagte Jules Martin, klopfte Albin auf die Schulter und verließ den Raum, was der Schließer ebenfalls tat. Albin war nun mit dem Häftling allein – wenngleich er wusste, dass hier im Hochsicherheitstrakt des Gefängnisses die Videoüberwachung eingeschaltet war und im Fall der Fälle innerhalb von Sekunden ein Trupp von Wärtern erscheinen würde, um Moussa Kanga zu überwältigen.

Der Mann, dachte Albin und setzte sich zu ihm an den Tisch, sah absolut nicht gewalttätig aus. Er wirkte weder kräftig noch gefährlich. Aber Albin wusste, dass Letzteres nur eine Illusion war. Und für alles, was Kraft beanspruchte, hatte Kanga als Warlord die Soldaten seiner sogenannten Befreiungsarmee gehabt, die vor absolut nichts zurückschreckten und bis zu ihrer Zerschlagung als die Hyänen der Côte d'Ivoire gegolten hatten.

Albin stellte sich vor, was bei Moussa Kanga nicht die geringste Regung hervorrief.

»Ich möchte gerne wissen, wie Ihre Verhaftung ablief«, sagte Albin. »Ich möchte erfahren, was aus Ihrer Sicht zu dem Spezialeinsatz geführt hat.«

Tatsächlich wusste Albin nicht, worauf genau er hinauswollte. Er hatte lediglich das Gefühl, dass er hier weiterkommen würde – zumal er etwas festgestellt hatte, als er auf dem Weg nach Marseille noch einmal schnell bei Zahir angerufen hatte: Die Telefonate zwischen Vincent Trouchet und Thierry Roubert hatten seit dem Geiselbefreiungseinsatz in Afrika zugenommen, und die Männer hatten auch miteinander gesprochen, als Roubert noch in Afrika gewesen war. Daher wollte Albin Kanga einfach reden lassen und dann schauen, ob ihm dabei irgendetwas Brauchbares auffallen würde. Natürlich wusste er, dass Kanga nicht einfach so reden würde. Er machte nicht den Anschein, dass er eine Plaudertasche war. Weswegen ihm Albin die Aussicht auf Gewinn anbieten musste.

Daher ergänzte er: »Die Sache ist die, Monsieur Kanga: Es laufen polizeiliche Ermittlungen. Ein französischer Staatsbürger kam ums Leben, Guy Dumas. Ohne dass ich dabei ins Detail gehen kann, aber es wäre ja denkbar, dass Sie damit überhaupt nichts zu tun haben. Es wäre außerdem möglich, dass das Vorgehen der französischen Einsatzkräfte problematisch war und der Einsatz insgesamt eventuell fragwürdig. Kurzum möchte ich gerne wissen, wie sich der Fall und der Tod von Guy Dumas aus Ihrer Sicht darstellen, um zu überprüfen, ob mir Diskrepanzen auffallen, die sich am Ende günstig auf Ihre Haftumstände und eine mögliche Anklage auswirken könnten – Kooperation ist ja immer gut, wenn Sie verstehen, was ich sagen will.«

Nichts davon war gelogen. Albin hatte lediglich Sätze formuliert, die kaum etwas aussagten, keine falschen Fakten behaupteten, aber dafür jede Menge zwischen den Zeilen suggerierten.

»Ich weiß nichts über Dumas' Tod«, sagte Kanga mit sehr tiefer Stimme, die nicht zu seiner Körpergröße passte. »Ich war mehr an meinem eigenen Leben interessiert. Ich habe nicht viel mitbekommen. Alles ging sehr schnell. Sie haben uns im Schlaf überrascht. Wir hatten nicht damit gerechnet, dass sie uns angreifen würden.«

»Warum nicht?«

Kanga zuckte mit den Achseln.

»Aber etwas war anders, oder? Sie hatten Guy Dumas entführt, der normalerweise die Lösegeldforderungen erfüllte und Verhandlungen führte. Zumindest sind das meine Informationen.«

»Er war unser Gast«, korrigierte Kanga.

»Warum? Ich meine: Dumas war doch Ihr Draht zum Geld, richtig?«

»Es ging stets um die Erfüllung politischer Ziele und

die Freiheit des Volkes und dessen Recht auf Selbstbestimmtheit sowie ... «

»Kanga«, erwiderte Albin. »Sie haben zwei Rolls-Royce besessen, die Sie in Tarnfarben lackieren ließen und mit denen Sie im Dschungel herumgefahren sind. Erzählen Sie mir kein dummes Zeug.«

»Wir haben einen Freiheitskampf geführt.«

»Okay. Innerhalb dieses Freiheitskampfes haben Sie also Guy Dumas entführt. Warum?«

Kanga schwieg eine Weile. Dann fragte er: »Gegen wen ermitteln Sie? Gegen mich, die Armee, den DGSI, gegen alle?«

Albin räusperte sich. DGSI war die Abkürzung für *Direction générale de la Sécurité intérieure*. Die Generaldirektion für innere Sicherheit war der Inlandsgeheimdienst der französischen Regierung. Albin hatte keinen Schimmer, warum Kanga nun plötzlich den DGSI erwähnte – wo doch zu erwarten wäre, dass eher der DGSE, die *Direction générale de la Sécurité extérieure*, als Auslandsgeheimdienst die Finger im Spiel gehabt haben könnte.

»Es gibt Ermittlungen«, wiederholte Albin und beließ es dabei.

»Ich kann Ihnen nicht viel sagen«, erwiderte Kanga und betrachtete seine Fingernägel. »Man hat mir bereits von anderer Seite Zusagen gemacht.«

»Von welcher Seite?«

Kanga schwieg.

Und Albin dachte: Meine Güte, also haben die tatsächlich ihre Finger im Spiel und haben mit Kanga einen Deal ausgehandelt.

Albin schoss ins Blaue. »Ihre Absprachen mit dem DGSI möchte ich gar nicht hinterfragen.« Er wartete auf Widerspruch oder Bestätigung. Aber Kanga reagierte nicht. »Was haben die Ihnen zugesagt?«

Kanga blinzelte, machte eine abschneidende Geste. »Haben Sie nicht zugehört? Was wollen Sie von mir, alter Mann? Sie sind noch nicht mal ein richtiger Polizist. Ich wüsste nicht, was Sie für mich tun können. Ich bin bald wieder ein freier Mann. Also sparen Sie sich Ihren Atem.«

»Sie wollen jemandem vertrauen, der Sie betrogen hat?«, erwiderte Albin. »Der Geheimdienst und die Armee haben Sie hierher gebracht, oder? Die haben Sie angegriffen! Ich habe Sie für klüger gehalten, Kanga. Man hört in Frankreich sehr viel über Sie«, log er, »aber nicht, dass Sie sich erst vorführen lassen und dann zu Kreuze kriechen.«

Moussa Kanga schlug mit beiden Händen auf die Tischplatte. »Ich krieche vor niemandem! Ich bin Moussa Kanga!«

»Man fährt doch immer besser, wenn man mit dem Wind segelt. Der DGSI mag etwas für Sie tun wollen – und das biete ich Ihnen ebenfalls an. Klappt das eine nicht, klappt das andere vielleicht, meinen Sie nicht?«

Kanga schwieg eine Weile. Albin überlegte, was, zum Teufel, der DGSI mit alldem zu tun haben sollte. Aber darüber könnte er sich später immer noch den Kopf zerbrechen. Zunächst tat er besser so, als sei er involviert und wisse natürlich genau über alles Bescheid.

Er sagte: »Erklären Sie mir noch mal, warum Sie Guy Dumas entführt haben. Ich verstehe es nicht.«

»Ich sage gar nichts mehr.«

»Wollten Sie eine Rekordsumme für die Geiseln haben, und er wies Sie ab? Oder haben Sie sich gestritten?«

Kanga blieb stumm.

»Hatte er Sie beleidigt? Man spuckt doch nicht in die Hand, die einen füttert. Sie sind doch kein dummer Mann, Kanga, das weiß die ganze Welt. Was war da genau los?«

Kanga wirkte für einen Moment geschmeichelt. Dann lehnte er sich über den Tisch und sah Albin bedeutungsvoll an. »In meiner Heimat sagt man: Zwei Flusspferde können sich nicht das gleiche Loch teilen. Dumas hat Dinge geregelt, Verhandlungen geführt, Lösegelder ausgezahlt. Aber ich sage Ihnen noch ein Sprichwort aus meiner Heimat: Für den Hahn ist der Hühnerstall ein Palast, obwohl es darin stinkt.«

»In wessen Palast hat es gestunken?«

Kanga legte eine Hand auf die linke Seite der Tischplatte. »Ich gebe Ihnen ein Beispiel. Wenn ich zum Beispiel sage: Ich will vierzigtausend Dollar für etwas haben, dann handeln Sie mich als geschickter Vermittler runter auf zwanzigtausend. Alle sind zufrieden, denn mehr habe ich sowieso nicht erwartet und bin deswegen extra hoch mit der Forderung eingestiegen. Nun sind Sie aber nicht nur ein geschickter Verhandler, sondern ein gieriger Mann«, redete Kanga weiter und legte dann die andere Hand auf die rechte Seite des Tisches. »Also sagen Sie Ihrem Auftraggeber: Kanga ist verrückt, er will sechzigtausend Dollar, aber ich habe ihn auf vierzig heruntergehandelt. Dann gibt man Ihnen vierzigtausend, und damit kommen Sie zurück zu mir.« Kanga schob beide Hände zusammen und verschränkte die Finger ineinander »Und Sie schlagen mir vor: Belassen wir es doch offiziell bei den zwanzigtausend, aber ich gebe dir zehntausend für dich persönlich als Provision obendrauf, damit du mir die anderen zehntausend Dollar in Diamanten einwechselst.«

Albin hustete. Er fühlte sich, als hätte man ihm ein Stromkabel in den Hintern gesteckt. Er räusperte sich. Kanga deutete gerade an, dass Dumas die Versicherung in Sachen Lösegeld zu seinen Gunsten betrogen hatte, indem er Lösegeldforderungen einerseits mit Geiselnehmern herunterhandelte, aber falsche Angaben darüber machte, sich die Differenz zur ursprünglichen Summe in die eigene Tasche steckte und in Edelsteine umtauschen ließ.

»In Diamanten?«, fragte er heiser.

»Ein Beutel voller Diamanten ist praktischer zu transportieren als vier Koffer voller Bargeld.«

Blutdiamanten, dachte Albin.

»Und das hat Dumas gemacht? Was Sie gerade gesagt haben?«

Kanga lehnte sich wieder zurück und machte eine weitere abschneidende Geste. »Ich sage nur: Wenn einer zu gierig wird, dann bekommt er einen Denkzettel. So einfach ist das.«

»Das ist absolut nachvollziehbar«, erklärte Albin und startete einen weiteren Schuss ins Blaue, »doch ich frage mich wirklich, inwieweit der DGSI darin involviert war. Ich meine: Die haben Ihnen Versprechungen gemacht und Sie dann hängenlassen. Wegen denen sitzen Sie nun im Knast. Wegen denen hat man Ihnen die Spezialeinheit auf den Hals gehetzt und Ihre Männer erschossen. Ich frage mich als Polizist, ob die vielleicht auch Ihre Geisel Guy Dumas erschossen haben und der Mord gar nicht auf Ihr Konto geht, Kanga. Das würde sich sehr positiv für Sie auswirken.«

»Pff«, machte Kanga. »Ich sage kein Wort mehr.«

»Niemand kann das Gesetz verbiegen, Kanga. Auch kein Geheimdienst.«

Kanga lachte. »Was die alles können, davon träumen Sie nur, alter Mann. Die haben mich nicht mehr gebraucht, nachdem sich in der Politik der Wind gedreht hat. Ihr Land hat das Interesse an der Côte d'Ivoire verloren. Und wenn man geht, dann fegt man die Stube. Nichts anderes haben die getan. Dumas wollte ebenfalls aufhören und sich zur Ruhe setzen. Wollte noch mal richtig abkassieren und mich reinlegen. Da brauchte er einen Denkzettel – und dann kommt plötzlich der Spezialeinsatz, und ich kapiere, dass sie mich einkassieren wollen, weil ich zu viel weiß.«

»Was denn, zum Beispiel?«

Kanga beugte sich wieder voran. »Alles Mögliche.«

»Zum Beispiel?«

»Sehen Sie, alter Mann«, erwiderte Kanga selbstgefällig, »in meiner Heimat war ich ein König mit vielen Verbindungen. Ihr Land war sehr an dem Wissen interessiert, und da ich auch Geschäftsmann bin, lasse ich mich bezahlen, und von dem Geld habe ich meine Armee ausgestattet.«

Zum Teufel, dachte Albin. Das hieß in der Summe nichts anderes als: Der Geheimdienst hatte Moussa Kanga für Insiderinfos über afrikanische Terrorgruppen, Waffen- und Drogenhandel bezahlt und außerdem seine Befreiungsarmee finanziert. Guy Dumas wiederum hatte, gemeinsam mit Kanga, die Kidnap&Ransom-Versicherung betrogen, für die Vincent Trouchet arbeitete, und Diamanten kassiert.

»Guy Dumas«, fragte Albin, »hat er das oft gemacht? Die Versicherung abgezockt?«

Kanga zuckte mit den Achseln. »Dumas hat eine Menge Dinge getan. Er wollte mich über den Tisch ziehen und immer mehr Geld für sich selbst behalten. Also war ein Denkzettel nötig.«

»Er muss doch sicher viel Geld gehabt haben, oder?«

»So viel kann keine Ziege scheißen, wie er an Diamanten besessen hat. Aber kann er es genießen? Nein. Gier zahlt sich nicht aus.«

Ein ganzer Haufen voller Diamanten, dachte Albin, deren Besitzer tot war. Hatte Dumas seine Edelsteine womöglich nach Frankreich geschmuggelt – und jemand wollte sie sich unter den Nagel reißen? Wusste zum Beispiel Vincent Trouchet von dem Versicherungsbetrug – und war sogar involviert? Wie passten dann Sandrine Langlois und Thierry Roubert ins Bild – und wie das Foto von Nicole Papinet und ihre mögliche Entführung? Ihm schwirrte der Kopf. Alle neuen Informationen mussten sich erst setzen und wie bei einer Goldsuche durch ein Sieb laufen, in dem dann die Nuggets hängen blieben.

»Wenn Sie mit dem DGSI sprechen«, fragte Albin Moussa Kanga, »wer genau redet dann mit Ihnen?«

25

»Gabriel Martinet?«, keuchte Castel.

Sie setzte das Fernglas ab, rieb sich über die Augen und reichte es an Theroux weiter, der hindurchsah und leise murmelte: »Was hat der denn hier zu suchen?«

Gute Frage, dachte Cat, justierte das Richtmikrophon und stellte die Empfindlichkeit etwas höher ein. Jetzt hörte sie die Stimmen noch besser – und sie überprüfte zur Sicherheit den Rekorder, der auf dem Armaturenbrett lag, um sicherzugehen, dass die HD-Aufzeichnung und die Videokamera wirklich liefen. Denn jetzt wollte sie erst recht, dass das Gespräch für die Ewigkeit festgehalten werden würde.

Das Objektiv der Kamera zielte auf die beiden Männer, die sich zwischen den Abfallcontainern der verlassen wirkenden Fabrik unterhielten – ein konspirativer Treffpunkt. Die Mittagshitze glühte, weswegen Theroux den Motor laufen ließ und die Klimaanlage ebenfalls.

Castel und Theroux parkten zwar in einiger Entfernung, aber das Richtmikro war empfindlich genug, hatten Miolan und Noirot versichert, als sie das Überwachungsequipment an Cat ausgehändigt hatten. Die Kamera war allerdings nicht so stark, weswegen Cat Martinet zunächst nicht hatte erkennen können, der im Schatten stand und ihr außerdem den Rücken zugewandt hatte, während Remy Papinet von der grellen Sonne beschienen wurde und gestikulierend auf sein Gegenüber einredete.

Es war kein Problem gewesen, das Okay für die Überwachung zu bekommen, weswegen Castel und Theroux keine Zeit verschwendet und alles in den Dienstwagen geladen hatten, bevor sie dann losfuhren, um Papinet aufzuscheuchen. Cat hätte sich zwar gewünscht, dass auch sein Telefon überwacht werden durfte, denn es war nicht sicher, ob er als Reaktion nur einige Gespräche führen oder jemanden persönlich treffen würde. Aber das hätte tagelange Vorbereitungen gebraucht, allein wegen der technischen Erfordernisse. Deswegen hatte Cat genommen, was sie bekommen konnte – und das mit dem Telefon könnte ja noch folgen.

Jedenfalls hatten sie unmittelbar darauf Remy Papinet in seiner Villa aufgesucht, der wegen des erneuten Polizeibesuchs zunächst ziemlich angefressen gewesen war. Seine Laune hatte sich deutlich verschlechtert, nachdem Cat und Theroux ihm das Foto von seiner Frau gezeigt hatten und betonten, dass es den Verdacht gab, dass eine Entführung geplant war – ohne preiszugeben, woher dieses Foto stammte.

Papinet war fuchsteufelswild geworden und schwor Stein und Bein, dass er keinen Schimmer habe, wer ihm da ans Zeug flicken wolle, und er niemals etwas von einer Entführung gehört habe. Abgesehen davon, schloss er seine Tiraden, werde er mit der Polizei ab sofort nur noch über seinen Anwalt reden und komplimentierte Castel und Theroux anschließend aus dem Haus.

In sicherem Abstand hatten Cat und Theroux schließlich eine Stunde lang gewartet, ob etwas passiert. Und dann kam Papinet tatsächlich aus dem Haus, stieg in seinen SUV und brauste davon.

Sie hängten sich an ihn dran – und hier waren sie nun und beobachteten Papinet, der sich auf dem Fabrikgelände mit jemandem traf. Dass es sich dabei um Gabriel Martinet vom Inlandsgeheimdienst DGSI handeln würde, hätte Cat am allerwenigsten erwartet und den Ohrstöpsel noch einmal zur Kontrolle justiert, als Papinet seinen Gesprächspartner zum ersten Mal mit diesem Namen angesprochen hatte.

Cat und Martinet verband inzwischen so einiges. Sie kannte ihn aus ihrer Zeit in Marseille, wo sie zunächst bei der Spezialeinheit BRI-BAC und später bei der Police National im Dezernat für Drogen- und Bandenkriminalität gearbeitet und sich in den falschen Mann verliebt hatte. Sie trug dessen Namen immer noch als Tätowierung in arabischer Schrift an ihrem Handgelenk, versteckt unter dem dicken Edelstahlband eines Herrenchronographen. Zweimal hatte Martinet Cats Fehltritt für seine Zwecke ausgenutzt und sie instrumentalisiert. Sie hatte gehofft, ihn vorläufig nicht mehr sehen zu müssen. Und nun tauchte er wie aus dem Nichts auf und führte ein Gespräch mit einer Unterweltgröße, die unter Mordverdacht stand.

»Sind Sie sicher«, wiederholte Martinet, »dass Ihnen niemand gefolgt ist?«

Papinet warf die Hände in die Luft. »Martinet! Mann! Wie oft soll ich das noch wiederholen: Nein! Bin ich ein Amateur, oder was?«

»Ja, ganz offensichtlich bist du das«, murmelte Theroux und gab Cat das Fernglas zurück, die sofort wieder hindurchsah.

Papinet redete weiter. »Was, zum Teufel, ist hier los, Mann?! Ich fasse es nicht – irgendjemand plant die Entführung meiner Frau? Was soll der Scheiß, und warum weiß ich nichts davon? Warum werde ich nicht gewarnt, ihr wisst doch immer alles. Oder seid ihr nur verdammte Nieten? Was habe ich alles für Sie getan, Martinet? Ihr steckt bis zum Hals in der Scheiße, wenn ihr mich fallenlasst, das ist euch klar, oder? Ohne mich wäre das alles nicht gelaufen! Oder ist das mit dieser bescheuerten Entführung auf eurem Mist gewachsen? Wollt ihr mich unter Druck setzen, oder was?! Das ist ein riesengroßer, dampfender Kackhaufen!«

Martinet bedeutete Papinet die ganze Zeit über, sich zu mäßigen und ruhig Blut zu bewahren, aber er kam einfach nicht dazwischen.

»Papinet – kriegen Sie sich mal wieder ein. Und könnten Sie mir jetzt bitte noch mal genau erklären, was Castel und ihr Laufbursche genau wollten?«

»Laufbursche?« Theroux setzte sich gerade hin und pulte den Ohrstöpsel tiefer ins Gehör. »Den trete ich in den Hintern – Laufbursche ... «

Also erklärte Papinet es noch einmal. Das Foto, die mutmaßliche Entführung, und dass es beim ersten Besuch um Vincent Trouchet und Thierry Roubert gegangen war, die ja beide ermordet worden seien, samt ihrer Frauen.

»Geht das am Ende auf euer Konto? Habt ihr die zwei aus dem Verkehr gezogen?«, blaffte Papinet.

»Ich habe keine Ahnung, ich ... «

»Natürlich hast du keine Ahnung«, erwiderte Papinet, fuchtelte in der Luft herum und tippte Martinet beim Weiterreden mit der Fingerspitze gegen die Brust. »Ohne meine Hilfe hättet ihr doch überhaupt nichts zustande gebracht! Ich verlange eine Erklärung!«

»Zum Teufel«, murmelte Theroux.

»Allerdings«, erwiderte Castel atemlos und hörte weiter zu.

Martinet schnappte nach Papinets Hand und zog den Mann dicht zu sich.

»Ich sage dir jetzt mal was, Mann«, zischte Martinet. »Du hast nicht schlecht verdient, oder? Und wir haben außerdem die Hand über deine schmutzigen Geschäfte gehalten. Glaubst du, ich weiß nicht, dass du auch für andere die Waschanlage angeworfen hast? Ja, du steckst bis zum Hals drin, Papinet, da hast du recht – und wenn ich will, dann steht dir auch die Scheiße bis zum Hals, und du wirst darin versinken, klar?«

»Aber …«

Martinet ruckte wieder an Papinet, packte ihn nun am Kragen und presste ihn gegen einen der Müllcontainer. »Aber? Aber? Aber – was? Aber der Apotheker Thierry Roubert ist jetzt tot, seine Freundin auch. Und diese Versicherungstype Trouchet samt seiner Frau. Das habe ich auch schon bemerkt, Blödmann, aber damit haben wir nichts zu tun.«

»Was!«, fauchte Papinet nun zurück. »Was ist das mit meiner Frau, Martinet?!«

Martinet stieß Papinet angewidert von sich und rieb sich nachdenklich das Kinn. Er zuckte mit den Achseln. »Ehrlich gesagt habe ich keine Ahnung. Ich kapiere es auch nicht. Hat sich irgendjemand bei dir gemeldet? Ist dir irgendetwas aufgefallen?«

Papinet verneinte. »Aber das alles gerät völlig außer Kontrolle. Es gibt vier Tote, die Polizei steht bei mir vor der Tür. Jemand will meine Frau entführen.«

Martinet kratzte sich im Nacken und schwieg.

»Wenn sie in Gefahr ist, dann ... «

»... dann pass mal schön auf sie auf«, vervollständigte Martinet den Satz.

»Du Scheißkerl!« Papinet wollte auf Martinet losgehen. Doch der packte ihm am Hals und presste ihn wieder gegen die Müllcontainer.

»Das wirst du schon müssen«, zischte er, »denn ich kann und werde weder auf sie noch auf dich achtgeben. Wir sind raus aus dem Spiel. Wir sind raus aus Afrika. Wir halten nicht mehr die Hand über dich – über niemanden. Wir haben mit gar nichts irgendetwas zu tun gehabt, und dieses Gespräch hat nie stattgefunden. Ich kenne dich gar nicht.« Martinet ließ Papinet wieder los, tätschelte ihm die Wange. »Aber das schaffst du schon, oder? Schließ sie am besten im Keller ein – und dazu noch diesen Juwelier, denn der lebt sicher ebenfalls gefährlich. Wie war noch der Name? War es ... «

26

Julien Gimbert war *der* Mann, wenn es um heiße
Ware ging. Immer schon. Albin hatte oft genug mit ihm
zu tun gehabt, doch Gimbert hatte es stets wieder geschafft, seinen Kopf aus der Schlinge zu ziehen und den
Knast zu umschiffen. Immer wieder hatte er beteuert
und geschworen, nichts mit irgendwelcher Hehlerei zu
tun zu haben. Aber am Ende führte die Spur oft genug
in das Geschäft an der Seitenstraße in Nähe der Stadtmauer von Avignon, über dem das große grüne Schild
mit der goldenen Aufschrift in geschwungenen Lettern
»Gimbert & Gimbert« hing. Albin hatte den aus Antwerpen stammenden Händler einmal gefragt, wer denn
der andere Gimbert sei. »Es gibt nur einen«, hatte Julien
erwidert und erklärt, dass sich »Gimbert & Gimbert«
einfach besser anhörte.

Gimbert musste inzwischen an die siebzig Jahre alt
sein und würde vermutlich immer noch arbeiten, nahm
Albin an. Denn Gimbert war einer von denen mit Leidenschaft für Schmuck, Uhren und Juwelen. Sie waren
seine Seele, sein Fetisch. Albin sah ihn vor sich stehen,
die grauen Haare nach hinten geglättet, im Savile-Row-
Dreiteiler mit teurer Krawatte, ein Auge scheinbar etwas größer als das andere, was am jahrzehntelangen
Gebrauch der Juwelierlupe lag, die man sich zwischen

Wangenbein und Augenbraue klemmte. Da es nur einen Gimbert gab – Gimbert also über keinen Erben verfügte, der seine Nachfolge antreten konnten –, müsste er das Geschäft in die Hände eines seiner Angestellten legen, an einen größeren Juwelier verkaufen oder schließen. So wie Albin Gimbert kannte, würde er jede der drei Varianten so lange wie möglich hinauszögern.

Jetzt stand Albin vor dem Geschäft und betrachtete das »Gimbert & Gimbert«-Schild, das seit Jahrzehnten wie nagelneu aussah. In der Auslage hinter den zwei großen Schaufenstern aus Panzerglas sah er dezent präsentierten Schmuck, vielfach mit funkelnden Edelsteinen verziert. Mancher wirkte nagelneu, anderer vom Design her eher älter. Im zweiten Schaufenster befanden sich vor allem Uhren. Albin überflog die Namen der Luxushersteller. Preisschilder sah er nirgends, was vermutlich besser so war. Auch hier gab es neu aussehende Uhren sowie welche, die älter wirkten. Albin wusste, dass Gimbert als An-käufer tätig war. Wenn man zum Beispiel Schmuck erbte und lieber das Geld haben wollte, suchte man Gimbert auf und ließ sich einen Preis machen. Das tat man eben-falls, wenn man dringend Geld brauchte oder etwas in Zahlung geben musste. Man ging aber auch zu Gimbert, falls man eine Schatulle voller Preziosen aus einer Villa gestohlen hatte und das Zeug schnell loswerden wollte.

Gimbert hatte mit solchen Geschäften begonnen, nachdem er in jungen Jahren zunächst in L'Isle-sur-la-Sorgue einen kleinen Laden für antiken Schmuck eröff-net hatte und später dann nach Avignon umgesiedelt war. Albin hatte zudem herausgefunden, dass Gimbert unter unklaren Umständen Antwerpen verlassen hatte, wo er bei einem Diamantenhändler angestellt gewesen war, der seit den Achtzigern im Gefängnis saß. Von daher war klar, wo Gimbert sein Handwerk gelernt und woher er seine Kontakte hatte.

Später hatte ihm das Internet geholfen, fragwürdige Waren schnell wieder loszuwerden – aber er war stets so geschickt damit gewesen, dass man ihm niemals hatte Handschellen anlegen können.

Albin betrat das Geschäft, das angenehm klimatisiert war und eine ebensolche angenehme Atmosphäre ausstrahlte. Die Inneneinrichtung bestand zum größten Teil aus Holz. Der Teppich war hell. Der Verkaufstresen und zwei Tische, an denen Kunden bedient wurden, waren mit Leder bezogen. Es gab einige gläserne Vitrinen voller Schmuck und Uhren. An einer davon war gerade ein jüngerer Mann mit Dekorieren beschäftigt. Er trug einen dunkelblauen Anzug mit etwas zu kurzer Hose sowie hellbraune Monkschuhe ohne Socken. Eine Frau in einem schicken Kostüm kam aus einem der hinteren Räume, um Albin zu bedienen – aber der junge Mann kam ihr zuvor, drehte sich um die eigene Achse und begrüßte Albin mit einem herzlichen »*Bonjour*« und einem breiten Lächeln.

Albin grüßte zurück und sah sich weiter um.

»Was kann ich heute für Sie tun, Monsieur?«

Der junge Mann kam näher. Er roch nach einem blumigen Parfüm.

»Nun«, erwiderte Albin, »eigentlich würde ich gerne mit dem Seniorchef sprechen, mit Julien Gimbert.«

»Worum geht es denn?«

»Das würde ich gerne persönlich mit Monsieur Gimbert klären.«

Wenn jemand im Vaucluse im Besitz von Blutdiamanten wäre, dann würde er sie in Euros umwandeln wollen. Wahrscheinlich würde er sich im Internet kundig machen, was solche Edelsteine überhaupt wert sind und wer damit handelt. Er würde aber auch auf die Idee kommen, dass man weder in Frankreich noch in Belgien oder in den Niederlanden einfach so in ein Geschäft spazieren und zwei Handvoll Diamanten präsentieren konnte, deren Herkunft sich nicht erklären ließ und für die man keine Papiere besaß. Und so würde man mittels persönlicher Recherche, über das Internet oder das Darknet, an Kontakte in die Halbwelt gelangen. Dort würde man irgendwann den Hinweis erhalten, dass man sich zumindest informell bei einem Händler namens Julien Gimbert erkundigen könnte, der in Sachen Diamanten die unangefochtene Nummer eins in der Region war.

»Monsieur Gimbert ist heute leider nicht im Geschäft, sondern privat verhindert.«

»Oh«, machte Albin und schürzte die Lippen. »Schlecht. Wo finde ich ihn denn?«

Der Verkäufer lächelte unverbindlich. »Leider kann ich Monsieur Gimberts private Adresse oder seine Telefonnummer nicht herausgeben, wofür Sie sicherlich Verständnis haben.«

Albin nickte, zog seine Geldbörse aus der Hintertasche, zupfte eines der Visitenkärtchen hervor, das ihn als polizeilichen Berater auswies, und reichte es dem Mann. »Und sicherlich haben Sie Verständnis dafür, dass ich dennoch einen Kontakt zu ihm herstellen muss, weil es um ein laufendes Ermittlungsverfahren geht. Es wäre bestimmt unangenehm, wenn ich mit einem offiziellen Beschluss zurückkommen müsste, denn das Geschäft von Gimbert & Gimbert kenne ich gut und weiß, dass es auf Diskretion basiert. Wohnt Julien immer noch an der alten Adresse in L'Isle-sur-la-Sorgue?« Gimbert hatte sich dort von den Erlösen seines ersten Geschäftes ein Haus gekauft und es nach dem Standortwechsel nach Avignon behalten.

Der Verkäufer überspielte seine Unsicherheit mit seinem Dauergrinsen.

»Ich weiß wirklich nicht, ob ich ...«

»Dann rufen Sie ihn an und sagen, dass Albin Leclerc ihn sprechen will.«

»Ich bin mir nicht sicher ...«

»Junger Mann. Sie wirken geschäftstüchtig. Vielleicht wird Julien Ihnen das Geschäft einmal überschreiben, damit Sie es weiterführen, und er wird Ihnen dabei mit auf den Weg geben, dass es immer gut ist, mit der Polizei zu kooperieren. Wir beide wissen, aus welchem Grund, oder?«

Der Verkäufer schwieg, lächelte und ließ seinen Adamsapfel hüpfen.

»Dann verstehen wir uns ja. Ich brauche die genaue Adresse von Julien nicht, weil ich sie kenne. Mir reicht ein Nicken oder ein Kopfschütteln zu der Frage, ob er noch in L'Isle lebt.«

Nun nickte der Verkäufer.

Albin lächelte. »Guter Mann. Ich wünsche Ihnen noch einen schönen Tag.«

Damit drehte sich Albin auf dem Absatz um und verließ das Geschäft. Draußen stellte er sich in den Schatten und friemelte seine Gitanes-Packung aus der Hosentasche, um sich eine anzustecken. Er klemmte die Zigarette in den Mundwinkel, steckte die Schachtel zurück in die Tasche und zog sein Handy hervor. Er rief Google Maps auf und freute sich ein weiteres Mal über das große, helle Display des Gerätes. Er gab Julien Gimberts Adresse ein und ließ die Route dorthin berechnen, denn es gab aktuell in Avignon und in L'Isle nach seinem Wissen einige Baustellen – wie so oft in den Sommerferien, weil sie den Verkehr in diesem Zeitraum am wenigsten störten. Er überprüfte außerdem, ob eine neue Nachricht eingegangen war – doch es gab keine Neuigkeiten.

Er rauchte weiter und öffnete eher beiläufig die App, die Manon ihm installiert hatte. Er lud das Phantombild, das Zahir ihm geschickt hatte, in das Programm und spielte beim Rauchen ein wenig damit herum. Manon hatte Albin im Spaß eine Mütze und eine Brille aufgesetzt, was ihn jünger wirken ließ, und ihm einen Bart angeklebt. Ähnliche Dinge tat er nun mit dem Phantombild, gab dem Mann eine Glatze statt einer Mütze, setzte ihm eine Frisur auf. Er veränderte die Brille, ließ echte Augen hereinrechnen, probierte verschiedene Bärte aus und tauschte sie gegen ein bloßes Kinn und einen Schnäuzer aus.

Die Ergebnisse waren eher mittelmäßig. Dennoch hatte Albin am Ende ein Foto, das den Mann ohne Cap, ohne Sonnenbrille und ohne Bart zeigte. Er machte davon einen Screenshot und lud diesen neu in die App, blies einige Qualmwolken in die Luft und spielte mit dem neuen Foto etwas herum, bis er der Auffassung war, dass dieses Gesicht nun gar nicht schlecht aussah. Sicherlich war es nichts, mit dem man ernsthaft arbeiten konnte –

und wahrscheinlich sah der Mann im Original ganz anders aus. Dennoch bekam man eine vage Ahnung.

Albin speicherte das Foto und trat aus dem Schatten. Er ging zu einem Mülleimer, an dem er seine Zigarette löschte. Dann wählte er im Gehen die Telefonnummer von Arnault Langlois, der nach kurzem Klingeln dranging.

»Langlois, mein Lieber – wie geht es dir?«

»Schlecht«, erwiderte Arnault. »Wie soll es mir schon gehen? Mein Bruder will die Beerdigung vorbereiten – aber die Staatsanwaltschaft gibt Sandrines Leiche noch nicht frei. Das ist ein fürchterliches Gefühl, weißt du, sich vorzustellen, dass sie dort in einem Sack in einem Kühlfach liegt, aufgeschnitten und wieder zusammengeflickt.«

»Nicht dran denken«, empfahl Albin. »Ich weiß, es ist schwer, aber verscheuche diese Bilder. Es hat einen guten Grund, warum ihre Leiche noch nicht freigegeben wird. Das passiert deswegen, weil wir vielleicht noch nicht alles wissen, das uns zu ihrem Mörder führt. Es hat einen Zweck. Es ist eine gute Sache, so musst du das sehen.«

Albin stoppte an der Ampel. Wartete, bis sie auf Grün sprang und ging dann über die Straße, wo er einem anderen Fußgänger auswich, der ihm entgegenkam.

»Langlois«, sagte Albin, »kannst du mir ein paar der Fotos von Sandrine und Thierry aus Afrika schicken, die du mir gezeigt hast? Sie einfach weiterleiten?«

»Na klar«, erwiderte Langlois.

27

Sandrine. Thierry. Langlois. Fotos aus Afrika, dachte der Mann, der gerade an dem großen, telefonierenden Weißhaarigen vorbeigegangen war.

Er hatte die ganze Zeit auf der gegenüberliegenden Straßenseite gewartet, nachdem der Weißhaarige das Geschäft von »Gimbert & Gimbert« betreten hatte. Er hatte im Schatten eines Hauseingangs verharrt, bis der Mann wieder herauskam. Er verließ den Juwelier nach wenigen Minuten, verweilte aber rauchend vor dem Laden und beschäftigte sich intensiv mit dem Handy, bevor er sich endlich wieder in Bewegung setzte, was er dann ebenfalls tat. Er ging zur Ampel, wartete auf Grün, spazierte an dem Weißhaarigen vorbei, der die Straße überquerte, und wurde fast angerempelt – wobei er diese Worte aufschnappte.

Sandrine.

Thierry.

Langlois.

Fotos aus Afrika.

Verdammt, dachte der Mann. Dieser Weißhaarige – war das womöglich ein Polizist? Nicht auszuschließen. Insofern hatte er Glück gehabt, nicht kurz vor ihm das Juweliergeschäft betreten zu haben.

Der Mann trug eine leichte Sommerjacke über dem

T-Shirt. Die rechte Hand hielt er zur Sicherheit in der Seitentasche und umfasste damit den harten Gegenstand darin. Er blickte sich einmal kurz um und sah den Weißhaarigen hinter einer Häuserecke verschwinden.

Falls es ein Polizist war, was der Mann für sehr wahrscheinlich hielt, dann wäre man beim Juwelier vorgewarnt. Also besser, wenn er sich für den Moment fernhielt und sich für einen anderen Plan entschied. Gefiel ihm nicht, aber es war nicht zu ändern.

Dass die Polizei ihm an den Hacken klebte, war völlig klar, dachte er und ging an »Gimbert & Gimbert« vorbei, um an der nächsten Ampel erneut die Straßenseite zu wechseln. Er wusste, dass sie nach dem Mann suchten, der den Polizisten in Marseille getötet hatte. Natürlich fahndeten sie auch überall nach dem, der Vincent und Marianne Trouchet auf dem Gewissen hatte sowie Thierry Roubert und Sandrine Langlois. Und ihm war klar, dass es Aufnahmen der Überwachungskamera der Bank geben würde, die ihn mit Trouchet zeigten. Das Risiko hatte er eingehen müssen und sich deswegen maskiert.

Es war jedenfalls beachtlich, dass das Wort »Afrika« gefallen war. Nicht minder beachtlich war, dass der Weißhaarige bei Gimbert aufgetaucht war.

Was nach Auffassung des Mannes bedeutete, dass die Polizei schon recht weit war. Weiter, als er angenommen hatte. Wenn sie bereits Gimbert anvisierten, dann hatten sie inzwischen sicherlich auch Papinet auf der Agenda und agierten auf mehreren Gleisen gleichzeitig. Einerseits hatte er genau das beabsichtigt. Andererseits wurde es nun langsam eng. Die Zeit lief ihm davon.

Der Mann ging im großen Bogen durch die Stadt, erreichte das Parkhaus und setzte sich in den Mietwagen. Er fuhr zurück zu dem Apartment, das er angemietet hatte, stellte den Wagen ab und ging nach oben. In der Küche holte er eine eiskalte Flasche Orangina aus dem Kühlschrank und leerte sie zur Hälfte. Dann zog er die Jacke aus und nahm den Gegenstand aus der Seitentasche, bei dem es sich um einen schwarzen Beutel aus Samt handelte, der aus dem Schließfach bei der Bank stammte. Er war voller Diamanten.

Der Mann öffnete das Fenster, blickte hinaus und hielt nach seinem Freund, dem Sperling, Ausschau. Doch er war nirgends zu sehen.

Eigentlich hatte der Mann bei Gimbert Geld einkassieren wollen, denn er hatte von Trouchet und Roubert, als sie um ihr Leben flehten, vernommen, dass Gimbert noch auf einem Stapel Euros saß, weil er bereits einige Diamanten versilbert hatte. Er hätte ihn außerdem gezwungen, die restlichen aus dem Schließfach ebenfalls in Bargeld einzutauschen. Doch das sollte er nun besser bleibenlassen und auf das Geld pfeifen, das Gimbert besaß. Er sollte einfach verschwinden und die restlichen Diamanten in Antwerpen oder in Rotterdam in Euros verwandeln, diese in Kryptowährung tauschen und auf das Konto auf den Cayman Islands transferieren. Ja, überlegte der Mann, besser wäre das. Hier war die Mission nun zu Ende. Sachen packen, und dann nichts wie weg. Vielleicht, dachte er, vielleicht zurück nach Afrika. Der Mann blinzelte in die Sonne, schloss die Augen und …

28

... **dann sah** Guy Dumas wieder den Soldaten vor sich stehen, wie er ihm mit dem Schnellfeuergewehr auf den Kopf zielte.

»Du gibst mir alles?«, fragte der Soldat. »He? Alles? Was soll das sein: alles?«

Natürlich wusste der Soldat genau, um wen es sich bei Guy Dumas handelte. Er wusste außerdem, warum Moussa Kanga ihn gefangen genommen und zu den anderen Geiseln gesteckt hatte. Ihm war klar, dass Dumas Geld hatte. Viel Geld. Diamanten. Er witterte seine Chance – und genau darauf hatte Dumas gehofft, denn es war seine einzige Möglichkeit, um zu überleben.

Er hatte überlebt.

Es hatte ihn viel gekostet. Alles, was er noch in seinem Versteck aufbewahrt hatte. Aber wenigstens lebte er und war einzig und allein von einem Gedanken beseelt: Rache.

Rache an denen, die ihm das alles angetan hatten. Vincent Trouchet, Thierry Roubert und seine Freundin Sandrine Langlois, Remy Papinet.

Guy Dumas hatte bereits viele Jahre in Afrika verbracht, in wechselnden Ländern. Überall dort, wo Frankreich im sogenannten »Françafrique« seine Politik vertrat und stets Stein und Bein schwor, dass diese nicht das Geringste mit Postkolonialismus zu tun hatte. Die Vernetzung zwischen Frankreich und Afrika war immens und die Interessen der Wirtschaft an Bodenschätzen und geostrategischen Ressourcen enorm. Davon hatte Guy Dumas früher gelebt. Er war in Gabun geboren, als Sohn eines Ingenieurs aus Lyon und einer Krankenschwester aus Paris, wo er ebenfalls Ingenieurwesen studiert hatte und nach Gabun zurückgekehrt war, um dort für ein französisches Unternehmen zu arbeiten. Seine guten Kenntnisse sprachen sich schnell herum, und irgendwann beschloss Dumas, sich selbständig zu machen und nur noch als Berater für Banken, Versicherungen und Konzerne zu arbeiten.

Seine Kunden waren Total, Elf Aquitaine und viele weitere aus dem Energiesektor, der in Afrika seit dem Krieg in der Ukraine und dem Kappen der Gas- und Öllieferungen aus Russland in die EU neuen Aufschwung gewann. Da mochten grüne Politiker in europäischen Parlamenten noch so den Ausstieg aus den fossilen Brennstoffen fordern – in Afrika sah man das ganz anders und verwehrte sich gegen die Einmischung und Behinderung der Finanzierung von neuen Erdöl- und Gasprojekten.

Denn Afrika hatte enorme Vorkommen an Gas und Öl. Gigantische. Außerdem riesige neue Vorhaben, die sehr viel Geld nach Afrika bringen würden – natürlich auch in die Kassen der dort tätigen europäischen Konzerne. In Afrika hielt man deswegen nicht viel von dem Gerede über den Ausstieg aus fossilen Brennstoffen und einer Klima- und Energiewende auf dem Kontinent, weil Hunderte Millionen Menschen hier noch nicht einmal über eine verlässliche Energieversorgung verfügten. Klar, das wäre anders, wenn man alle Rohstoffe, die nach Europa gingen, selbst verwenden würde. Und dann könnte man auch über eine Energiewende reden – aber so war es nun einmal nicht.

Man musste außerdem verdammt auf korrupte afrikanische Politiker achten. Und Frankreich hatte über Jahrzehnte hinweg gelernt, dass fragile Regierungen im Ausland viel Hilfe benötigten, was wiederum eine Menge zur wirtschaftlichen Stabilität im eigenen Land beitrug. Der Kampf gegen den Dschihadismus und den Terrorismus war eine Art Freifahrtschein gewesen, Militär und Geheimdienste nach Afrika zu schicken. Mal unterstützte man Rebellengruppen mit Waffen, Geld und Ausbildung hier, mal die Regierungen dort – je nachdem, was gerade wichtig und gewinnbringend war.

Mit dem Dschihadismus und dem Terrorismus kamen außerdem neue Einkommensquellen für Rebellengruppen und Privatarmeen auf den Kontinent, der voller stinkreicher Konzerne und Europäer war: Entführungen.

Früher wurden Geiseln genommen, um politische Forderungen durchzusetzen. Und das mochte zu Anfang auch noch der Fall gewesen sein. Aber viele Entführer erkannten, dass damit eine Menge Geld zu verdienen war, und machten ein Geschäftsmodell daraus. Guy Dumas ebenfalls, denn die Versicherungen der betroffenen Unternehmen brauchten Menschen vor Ort, die wiederum ihre Mitarbeiter herausholten und über beste Kontakte verfügten.

Sie brauchten Leute wie Guy Dumas.

Auch der Staat griff manchmal auf sein Knowhow

und seine Netzwerke zurück. Und Dumas regelte, was zu regeln war. Er führte Verhandlungen mit Geiselnehmern, mit Versicherungen, Regierungen und anderen staatlichen Stellen und verdiente dabei als Kontaktmann wirklich nicht schlecht, geriet aber auch mehr als einmal in gefährliche Situationen. Die Gespräche mit islamistischen Terror-Warlords, die sich für Könige des Dschungels hielten, wenn nicht für Götter, und deren Kämpfer permanent unter Drogen standen, waren oft genug kritisch.

Dumas hatte ihre oft größenwahnsinnigen Geldforderungen in Verhandlungen in der Regel auf ein gesundes Maß gestutzt. Einmal war in der Kommunikation etwas falschgelaufen, und man hatte ihm mehr Geld zur Verfügung gestellt, als er eigentlich angefordert hatte. Dumas hatte hin und her überlegt. Er war zu dem Schluss gekommen, dass die Versicherungen und Unternehmen am Ende sowieso immer die Sieger waren, und hatte den Differenzbetrag einfach für seine Unkosten und als Entschädigung für seine zerrütteten Nerven behalten.

Beim nächsten Mal hatte er von Anfang an eine falsche Summe angegeben, hatte sich mit den Geiselnehmern auf einen Betrag X geeinigt, aber den Betrag Z angefordert und die Differenz Y behalten. Er kam auf die Idee, dass es vernünftiger wäre, dieses Geld in etwas umzutauschen, das es reichlich in Afrika gab: Diamanten. Die ließen sich leichter verstecken, besser außer Landes bringen, sie waren wertstabiler als Bargeld und außerdem einfacher einzutauschen als heiße Banknoten. Daher entwickelte Dumas sein Geschäftsmodell weiter und zog einige Warlords ins Vertrauen, bot ihnen Summen für ihre Privatkasse an, um im Gegenzug Geld in Diamanten einzutauschen.

Das System funktionierte bis zuletzt sehr gut. Bis zu dem Zeitpunkt, an dem es zusammenbrach. Oder besser: als andere es zusammenbrechen ließen.

Zunächst kam die außenpolitische Wende, als die Regierung Macron eine deutliche Reduzierung des französischen Militärs in Afrika ankündigte und ein neues Partnerschaftsmodell vorschlug, das einen Machtzuwachs der afrikanischen Partner beinhaltete, sowie Schulen und Akademien statt weiterer Militärstützpunkte. Zentralafrika, Mali, Burkina Faso, Niger und Tschad, die Stützpunkte in Senegal, Côte d'Ivoire, Gabun und Dschibuti – die »Zeit des Françafrique« sei vorbei, hatte Macron postuliert. Der Truppenabbau ging rasch. Das gesamte politische Klima wandelte sich ebenfalls schnell. Gewisse Friedensmissionen wurden wie eine heiße Kartoffel fallengelassen. Interessen verlagerten sich, auch die seiner bisherigen Auftraggeber – und im Ergebnis dachte sich Dumas: Ich werde bald sechzig Jahre alt. Es reicht.

Und damit begannen die Probleme.

Erstens passte es verschiedenen staatlichen Stellen nicht ins Konzept, dass Dumas von heute auf morgen das Handtuch werfen wollte.

Dumas wusste viel zu viel über das, was er selbst als »Handel mit warmer Luft« bezeichnete. Denn es war so: Frankreich unterstützte gelegentlich Rebellengruppen aus politischen Gründen. Manchmal schickte man Waffen, manchmal nur Informationen, Ausbildung oder technische Unterstützung, in jedem Fall aber immer Geld. Dieses Geld konnte man nicht per Knopfdruck auf das Konto eines Warlords übertragen. Man konnte es auch nicht in Koffern nach Afrika schleppen. Und genau deswegen wurde manchmal mit warmer Luft gehandelt.

Es wurden Entführungen französischer Staatsbürger vorgetäuscht, bei denen es sich um Angestellte von Geheimdiensten oder Botschaften handelte, die sich eine Woche lang in ein Hotel einquartierten. Dann wurde das Lösegeld an eine angeblich verantwortliche Rebellengruppe gepumpt – bingo, alles sauber.

Damit es noch sauberer aussah, hatte man den nicht eingeweihten Guy Dumas Geldtransfers organisieren und abwickeln lassen, bei denen er wiederum selbst abkassierte. Dabei war Dumas irgendwann aufgefallen, dass es gar keine Geiseln gab, sondern dass alles nur ein Fake war, um aus politischen Gründen Rebellengruppen zu finanzieren.

Zweitens gefiel den Mittelsmännern von Dumas absolut nicht, dass das lukrative Geschäftsmodell des Versicherungsbetruges, an dem sie beteiligt waren, ein Ende finden sollte.

Diese Mittelsmänner: Dumas hätte seinerzeit, als er mit allem begonnen hatte, zwar lieber auf eigene Rechnung gearbeitet, doch es zeigte sich, dass das auf Dauer nicht funktionieren würde. Er brauchte Partner. Da war einerseits Vincent Trouchet. Trouchet leitete die Auslandsabteilung der Versicherung AGF, wo er für Entführungsfälle und Schadensersatz zuständig war. Er und Dumas hielten regen Kontakt miteinander, und irgendwann war Trouchet aufgefallen, dass es gelegentlich zu gewissen Unregelmäßigkeiten kam, die er sich nicht erklären konnte – schließlich aber begriff, was Dumas tat. Glücklicherweise war der Mann korrupt, und Dumas hatte ihm eine gewisse Beteiligung angeboten, für die Trouchet bereitwillig schwieg und die Bilanzen sauber dastehen ließ.

Trouchet hatte außerdem Verbindungen zu einem Pärchen, das für Ärzte ohne Grenzen in Afrika aktiv war und Dumas vorgeschlagen hatte, einen Kontakt herzustellen – denn es war sehr umständlich für Dumas gewesen, die Diamanten nach Frankreich zu bringen. Er hatte es zweimal selbst tun müssen und dafür eine Art Immunitätsticket genutzt, weil er gelegentlich im Auftrag der Regierung aktiv war, was ihm gewissermaßen einen Diplomatenstatus zusicherte, und dabei Blut und Wasser geschwitzt.

Bei dem Pärchen handelte es sich um Thierry Roubert und Sandrine Langlois. Sie brauchten so dringend Geld wie Vincent Trouchet – für was auch immer. Über Ärzte ohne Grenzen und weil Roubert Apotheker war, hatte er weitaus günstigere Mittel und Wege, die Diamanten nach Frankreich zu transferieren. Es wurden ständig Medikamente hin- und hergeschickt, die der Zoll eher nachlässig kontrollierte, weswegen sich die Möglichkeit bot, dass Roubert die Edelsteine in Arzneimittelflaschen oder andere Verpackungen füllte.

Die Diamanten wiederum wurden in einem Bankschließfach aufbewahrt. Ein Teil war zu Testzwecken bereits versilbert worden. Vincent Trouchet hatte Kontakte zu einem Kriminellen namens Remy Papinet und der wiederum zu dem Hehler und Edelsteinspezialisten Julien Gimbert. Jeder hatte sich einen Teil des Gewinns abgeschnitten, und am Ende blieben für Dumas nur noch etwas weniger als fünfzig Prozent übrig – aber das war trotzdem genug, um sich einen angenehmen Ruhestand zu sichern.

Als er dann allerdings ankündigte, sich aus Afrika zurückziehen zu wollen, und Roubert gebeten hatte, eine letzte größere Charge von Diamanten nach Frankreich zu bringen, geschah Folgendes: Bei seinem finalen Job, Verhandlungen über die Befreiung von Geiseln zu führen, die wieder einmal von der Rebellengruppe um Moussa Kanga entführt worden waren, wurde Dumas selbst als Geisel genommen. Kanga warf ihm vor, ihn beim Einkassieren der Lösegelder übervorteilen zu wollen, wofür er absolut sichere Insiderinformationen hatte und Dumas mit Summen konfrontierte. Aber die waren allesamt falsch. Kanga hatte außerdem einiges Wissen, das er nicht haben konnte.

Dumas hatte sich in Gefangenschaft den Kopf zerbrochen und war zu dem Schluss gekommen, dass Trouchet und Roubert dahinterstecken mussten und Remy Papinet, der den Erlös der Diamanten in seinen Spielhallen gewaschen hatte. Ihnen gefiel nicht, dass mit Dumas' Ausscheiden der Geldhahn zugedreht werden würde. Also wollten sie ein letztes Mal abkassieren und sich Dumas' Diamanten unter den Nagel reißen. Sie schienen außerdem über Kontakte zur Regierung oder zu einem der Geheimdienste zu verfügen. Andernfalls hätten sie wohl keinen Draht zu Kanga bekommen – was Dumas wiederum zu dem Schluss führte, dass es auch im Interesse der Regierung zu liegen schien, ihn aus dem Verkehr zu ziehen. Der Grund: Er wusste zu viel über die

Finanzierung von Rebellen- und Terrorgruppen mittels fingierter Lösegeldzahlungen.

Zu wissen, dass er aufs Kreuz gelegt worden war, hatte Dumas fast zur Raserei getrieben. Das Gefühl der Wut hatte sich mit dem der Verzweiflung abgewechselt – denn ihm war klargeworden, dass er aus seinem Gefängnis nicht mehr herauskommen und im Dschungel sterben würde. Denn unter der Voraussetzung, dass seine Annahmen richtig waren, würde wohl niemand auftauchen und für ihn ein Lösegeld zahlen. Zudem war er selbst derjenige, der bislang alles geregelt hatte. Man würde zwar sicherlich irgendeinen Weg finden, die übrigen Geiseln zu befreien. Aber ihn selbst …

Schließlich war das Camp angegriffen worden. Beim Einsatz der Spezialeinheit waren die Geiseln befreit worden – und spätestens in dem Moment, als einer der Soldaten auf Dumas gezielt hatte, um ihn zu erschießen, war ihm klargeworden: Seine Theorie traf zu – man wollte ihn über die Klinge springen lassen. Doch der Soldat hatte den Befehl verweigert. »Wir sind keine Auftragskiller«, hatte er gesagt. »Ein Querschläger hat Guy Dumas getroffen und tödlich verletzt.« Man hatte Dumas bewusstlos geschlagen und ein Beweisfoto von seinem blutüberströmten Gesicht gemacht.

Der größte Teil der afrikanischen Soldaten im Camp war bei dem Einsatz ums Leben gekommen. Und wie Dumas später erfuhr, war außerdem Moussa Kanga gefangen genommen worden. Vermutlich war er Frankreich lebendig nützlicher als tot. Vielleicht, weil man einen Erfolg verbuchen und einen Schauprozess veranstalten konnte. Oder man wollte erst noch einige Informationen aus ihm herauskitzeln, bevor man ihn verschwinden ließ, weil er ebenfalls zu viel über die fingierten Entführungen und die Finanzierung von Untergrundgruppen wusste – seine eigene hatte ja dazugehört.

Dem afrikanischen Soldaten, der Dumas schließlich töten wollte, hatte er Geld versprochen. Dabei hatte Dumas darauf gesetzt, dass hoffentlich noch ein Teil seiner Diamanten in einem Versteck verblieben war, von dem nur er wusste. Dumas hatte dem Soldaten und den wenigen anderen Überlebenden außerdem erklärt, dass er und Moussa Kanga verraten worden seien – und er wisse, von wem. Er hatte ihnen erläutert, dass er in der Lage sei, die Hintergründe aufzuklären und damit vielleicht eine Freilassung von Moussa Kanga zu bewirken, und falls nicht, zumindest die Wahrheit ans Licht bringen und Moussa Kanga damit zu einem Helden zu machen.

Dass Kanga in die eigene Tasche gewirtschaftet hatte, hatte er den Soldaten nicht geschildert. Dafür aber hatte er einem von Kangas überlebenden Offizieren verdeutlicht, dass dieser ja nun die Führung der Befreiungsarmee und damit auch die zwei von Kangas in Tarnfarben lackierten Rolls-Royce übernehmen könne, was dem Mann gefallen hatte. Außerdem hatte er dem Offizier verdeutlicht, dass ein Held wie Kanga im Knast viel Ruhm für die Befreiungsarmee bringen könne. Und mit etwas Glück sei unter Umständen noch ein Batzen Schweigegeld von der französischen Regierung drin, wenn diese erfuhr, dass doch ein paar der Rebellen überlebt hatten und unter Umständen gefährlich werden könnten.

Das hatte den Soldaten und vor allem dem Offizier gut gefallen – zumal die fünf Überlebenden der Befreiungsarmee eine zivile Patrouille zu dem Versteck in Dumas' Zweitwohnung geschickt hatten, die mit einem Beutel Diamanten zurückkehrte.

Also hatte Dumas überlebt.

Und bittere Rache geschworen an denen, die ihn verraten hatten und töten lassen wollten. In Yamoussoukro, der Hauptstadt der Côte d'Ivoire, hatte Dumas mit Hilfe der Rebellen einen falschen Pass und eine neue Identität kaufen können. Als er in einem nicht klimatisierten Hotel am Hafen übernachtete, hatte er das erste Mal seit Wochen wieder Zugriff auf das Internet, wenngleich eine sehr schlechte Verbindung. Er hatte nach sich selbst gesucht – und Google hatte ihm verraten, dass Guy Dumas tot war.

Zahlreiche Medien berichteten übereinstimmend darüber, dass der französische Staatsbürger Guy Dumas bei der Geiselbefreiung an der Côte d'Ivoire von Rebellen erschossen worden war, während alle anderen gerettet werden konnten. In dieser Nacht hatte Dumas kein Auge zugetan. Sein Blut hatte gekocht.

Am anderen Tag war er auf einem Frachtschiff, das Kakao nach Marseille brachte, ausgereist. Auf der Passage war sein Plan gereift, seine Rache – und er würde sich all das wieder holen, was die Hunde ihm nehmen wollten: sein Geld und sein Leben.

In Marseille war er für einige Tage abgetaucht, um sich zurechtzufinden und in den Cités vom verbleibenden Geld ein Auto und eine Waffe zu kaufen. Schließlich hatte er die Stadt verlassen, war aber zu seinem Erschrecken auf einer Landstraße von einem Motorradpolizisten angehalten worden. Der Polizist hatte Dumas wegen defekter Rückleuchten kontrolliert und war skeptisch geworden, weil er nicht ausschloss, dass das Auto gestohlen war. Bevor der Polizist das mit dem Wagen sowie Dumas' gefälschte Papiere überprüfen konnte, hatte Dumas die Nerven verloren, die Pistole aus dem Handschuhfach genommen und den Polizisten erschossen.

Seine eigene Tat hatte ihn zutiefst schockiert. In dem Moment hatte er begriffen, dass er nicht mehr er selbst war. Er war zu einem Mörder mutiert – und schließlich hatte er ja nichts anderes geplant: Rache zu nehmen.

Also hatte Dumas die Leiche des Polizisten versteckt, das Auto ebenfalls. Er hatte die Uniform des Mannes an sich genommen, seine Waffe und das Motorrad – eine bessere Tarnung konnte er sich kaum vorstellen, wenngleich ihm mit jeder Sekunde, die er die Uniform eines Toten trug, deutlicher wurde, wie sehr er verroht war.

Selbst das kreidete er den Verrätern an: *Sie* hatten ihn dazu getrieben. *Sie* waren für alles verantwortlich. *Sie* würden dafür teuer bezahlen.

Dumas wusste, dass es zunächst wichtig war, sich ein umfassendes Bild von der Situation zu machen und viel über seine Gegner zu erfahren. Genau das tat er und hatte bereits die Zeit in Yamoussoukro, auf dem Schiff und in Marseille dafür genutzt.

Er hatte herausgefunden, wo Remy Papinet wohnte, hatte das Haus beobachtet und seine attraktive Frau oder Lebensgefährtin ausgemacht. Papinet war deutlich älter und wenig attraktiv, weswegen Dumas annahm, dass seine Frau ein wunder Punkt sein würde. Abgesehen davon war er der Auffassung, dass eine falsche Fährte die Polizei durcheinanderbringen würde, was ihm ein wenig mehr Zeit verschaffte. Also hatte er sich an Nicole Papinets Fersen geheftet und sie beim Shopping in der Stadt mit einer Digitalkamera aus einem Gebrauchtwarengeschäft fotografiert. Das Bild hatte er in einem Drogeriemarkt direkt von der Speicherkarte ausgedruckt.

Als Nächstes hatte er sich um Thierry Roubert und Sandrine Langlois gekümmert. Er hatte die beiden in Afrika einige Male getroffen und wusste, wo sie arbeiteten, weswegen er sich im Umfeld des Krankenhauses umgesehen hatte. Er war ihnen gefolgt, hatte die Wohnungen ausfindig gemacht und auf einen günstigen Zeitpunkt gewartet – der schließlich kam, als sie sich ein heruntergekommenes Gebäude ansahen und danach wieder ins Auto stiegen.

Die Straße war verlassen gewesen. Und Dumas hatte die Gunst der Stunde genutzt, das Paar angehalten – und es hatte wirklich nicht lang gedauert, bis die beiden begriffen, wer er war und was er wollte. Sie hatten ausgespuckt, was sie mit den Diamanten getan hatten, dass die meisten noch da und erst ein Teil versilbert worden war. Dass sie in einem Schließfach aufbewahrt wurden, auf das auch Trouchet Zugriff hatte. Sie hatten um ihr Leben gefleht und sich herausgeredet. Für einen Moment war Dumas sogar versucht gewesen nachzugeben. Aber dann hatte der andere, der neue, erbarmungslose Dumas wieder die Kontrolle übernommen.

Er hatte die Leichen schließlich beseitigt. Er hatte eine Folie aus der Satteltasche des Motorrads genommen, die er zuvor in einem Baumarkt gekauft hatte, die Toten in den Kofferraum gewuchtet und den Wagen in einem Feldweg am nicht allzu weit entfernten Col de Murs versteck. Schließlich hatte er die Toten ans Steuer gesetzt und eines der Fotos, das er von Nicole Papinet geschossen hatte, bei ihnen platziert.

Dann war Vincent Trouchet an der Reihe gewesen. Er hatte ihn und seine Gattin auf ähnliche Art und Weise abgefangen, erschossen und beseitigt. Um die Frau tat es ihm leid, denn sie hatte mit dem Verrat nichts zu tun. Aber sie war eine Augenzeugin. Der riskante Moment war gewesen, mit Trouchet in die Bank zu gehen, die natürlich mit Kameras überwacht wurde. Es würde Bilder von ihm geben, weswegen er sich so gut wie möglich maskiert hatte. Trouchet alleine zum Schließfach gehen zu lassen – das war keine Option. Er hätte nur einen Teil der Diamanten herausnehmen können oder einen der Angestellten um Hilfe bitten. Auch bei ihm hatte er ein Foto von Nicole Papinet platziert – ebenfalls deswegen, um die Polizei auf eine falsche Fährte zu bringen und außerdem Remy Papinet zu verunsichern. Denn wer unsicher war, beging Fehler.

29

Der Mann öffnete die Augen wieder, blickte nach draußen, suchte den Sperling. Aber er sah ihn immer noch nicht. Dafür sah er den Beutel mit den Diamanten, als er zur Seite schaute und sich schließlich umdrehte. Er nahm an, dass die Edelsteine rund eine halbe Million Euro wert sein dürften – abzüglich aller Kosten für den Hehler und angesichts der Schwarzmarktpreise, denn der offizielle Wert würde sicherlich das Dreifache betragen. Zum Glück hatten die Verräter von dieser Charge noch die Finger gelassen – vermutlich, weil sie etwas Zeit vergehen lassen wollten.

Vielleicht musste Julien Gimbert erst einen Weg finden, eine solch große Menge zu versilbern und Papinet ebenfalls einen, so viel Geld auf einmal zu waschen. Die bisherigen Chargen waren deutlich geringer gewesen, meist im Bereich um die fünfzigtausend Euro. Insgesamt würde Dumas ausreichend Geld haben, um sich einen angenehmen Lebensabend zu gestalten – vielleicht in Rio de Janeiro.

Doch dazu brauchte er Julien Gimbert, der zudem noch auf einem Teil von Dumas' Geld saß. Nicht viel angesichts des Wertes der Diamanten, die vor Dumas lagen. Doch andererseits …

Dumas dachte nach. Eben hatte er eigentlich bereits

beschlossen, auf das restliche Geld zu verzichten und Gimbert Gimbert sein zu lassen. Er hatte geplant, auch Rache an Papinet zu nehmen beziehungsweise ihn hart zu treffen und seine Frau zu entführen. Doch inzwischen war Dumas Opfer seines eigenen Ablenkungsmanövers geworden, denn wenn die Polizei Gimbert jetzt schon auf der Karte hatte, dann würde sie vielleicht auch bald auf Papinet kommen und …

Nein, er sollte besser die Zelte abbrechen, seine Sachen packen und mit den Diamanten verschwinden.

Er …

… dachte an den Gewehrlauf in seinem Gesicht. Er erinnerte sich an sein eigenes Flehen, seine Schreie um Gnade in der Nacht. Was hätten die Männer von Kanga wirklich mit ihm getan? Er wusste, was sie mit ihren Opfern anstellten. Grauenvolle Dinge, von denen es noch zu den harmloseren gehörte, sie mit Draht zu fesseln, ihnen einen Autoreifen an den Hals zu hängen, mit Benzin zu füllen und anzuzünden. Unter anderen Umständen wäre genau das mit Dumas geschehen.

Er ballte die Faust, mahlte mit den Zähnen.

»Nein«, flüsterte er.

Nein, er musste seinen Weg bis zum Ende gehen und erfahren, wer der Strippenzieher im Hintergrund war, denn ganz alleine wären Trouchet, Roubert und Papinet nicht in der Lage gewesen, Dumas' Entführung zu veranlassen.

Da war noch jemand anders im Spiel.

Dumas würde keinen Frieden finden, bis er dessen Namen erfahren und denjenigen zur Rechenschaft gezogen hatte. Außerdem war absolut nicht einzusehen, dass

Gimbert oder Papinet noch Geld von ihm hatten. Es war sein Geld. Es gehörte niemand anderem.

Doch er müsste schnell sein. Er durfte nicht zögern und abwarten. Guy Dumas hatte keine Zeit zu verlieren. Deswegen schloss er das Fenster und nahm seine Sachen. Vielleicht würde er dem Sperling zum Abschied noch ein paar Krumen auf die Fensterbank streuen, wenn er zurückkehrte, um endgültig zu verschwinden. Vielleicht aber auch nicht, dachte Guy Dumas, und suchte nach der Pistole.

30

»Was?«

Albin blickte auf. Er stand vor der Haustür und rauchte. Veronique war gerade aus dem Laden zurückgekommen und zog sich im Hausflur mit einem Stöhnen die Schuhe aus, in denen sie den ganzen Tag über im Geschäft gestanden hatte. Sie hatte ihn beiläufig mit einem Kuss begrüßt, deutlich mit der Hand vor ihrem Gesicht gewedelt, um den Zigarettenrauch zu verscheuchen, und gesagt, dass sie völlig kaputt und durchgegart sei – das Standklimagerät im Blumenladen hatte den Geist aufgegeben.

»Ich habe gefragt, ob du bitte gleich noch etwas einkaufen kannst, wenn du nach einem neuen Klimagerät schaust?«

»Ich schaue? Klima was?«

Veronique stemmte die Hände in die Hüften. »Mein lieber Gatte, hatte ich nicht gerade eben gesagt, dass das Gerät kaputt ist?«

»Hast du.«

»Und beinhaltet das nicht automatisch, dass du dich um ein neues kümmern wirst?«

Albin öffnete den Mund, um etwas zu erwidern. Zum Beispiel, dass es nicht zwangsläufig hieß, dass er sofort loslief, sobald Madame Leclerc sagte, ein Gerät sei defekt. Abgesehen davon konnte man zunächst mal prüfen, ob es sich reparieren ließe, und außerdem war es ja schon relativ spät und die Supermärkte hatten höchstens noch vier Stunden geöffnet. In der gleichen Sekunde wurde ihm klar, dass vier Stunden eine Menge Zeit zum Einkaufen und Widerspruch sowieso zwecklos war. Madame Leclerc erwartete selbstverständlich von ihm, dass er sich als fürsorglicher Ehemann umgehend darum kümmerte, dass seine Frau anderntags nicht erneut gebacken werden würde.

Also sagte er einfach: »Einkaufen. Klimagerät. Natürlich.«

»Wo bist du nur mit deinen Gedanken?«

»Hier und da«, erwiderte Albin und rauchte.

»Mhm«, mache Veronique. »Hast du schon etwas gegessen?«

»Etwas vom kalten Hackbraten.«

»Davon nehme ich mir auch etwas, gehe dann kalt duschen und werde mich danach keinen Zentimeter mehr bewegen. Meine Beine fühlen sich an wie die eines Elefanten.«

Albin legte den Kopf schief, machte eine abschätzende Geste. »Sehen aber nicht so aus. Vielmehr sind sie äußerst appetitlich.«

»Pff«, machte Veronique und ging hinein.

»Was soll ich mitbringen?«

»Ich schreibe dir einen Zettel. Einige Dinge für den Besuch, wenn Manons Freund kommt.«

Albin hustete und nickte.

Manons Freund. Daran konnte er sich einfach noch nicht gewöhnen, würde es über kurz oder lang aber wohl müssen.

Zehn Minuten später saß er im Wagen, sah auf die Uhr und überlegte, dass noch eine Menge Zeit übrig war, bis der große Auchan bei Avignon schließen würde. In dem Fachmarktzentrum gab es auch Elektroartikel und jede Menge Klimageräte und Ventilatoren, und der Einkaufszettel war nicht sehr lang. In zwanzig Minuten hätte er alles erledigt, und es blieb ein Spielraum von locker drei Stunden. Deswegen fuhr er zunächst nicht in Richtung Avignon, sondern stattdessen nach L'Isle-sur-la-Sorgue.

Albin klappte den Sichtschutz des SUV herunter und griff nach der Sonnenbrille. Die Sonne stand sehr tief. Sie würde jeden Moment untergehen und dabei den Himmel für einige Augenblicke in ein flammendes Inferno verwandeln.

Die Sonnenbrille befand sich in einem Etui in der Mittelkonsole, wo Albin auch das Handy abgelegt hatte. Er nahm wahr, dass Nachrichten eingegangen waren, und fuhr kurz rechts ran, weil er grundsätzlich keine Mitteilungen beim Autofahren las. Es lenkte ab, war verboten – und außerdem musste er sich das Telefon stets ziemlich nah vor die Augen halten, um etwas erkennen zu können. Früher oder später sollte er sich eine Gleitsichtbrille zulegen. Eher früher.

Albin hielt am Rand der Straße nach L'Isle und öffnete die Nachrichten. Sie stammten von Arnault Langlois, der ihm kommentarlos drei Bilder seiner getöteten Nichte Sandrine weitergeleitet hatte, worum Albin ihn gebeten hatte. Zwei waren Fotos vor einem Krankenhaus, die aus Afrika stammen mussten, wofür die Landschaft sprach und die Hautfarbe einiger Personen, die ebenfalls mit auf dem Bild waren. Bei einem handelte es sich um das Foto, das Albin bei Langlois im Regal gesehen hatte. Er musste es abfotografiert haben. Darauf waren Thierry und Sandrine mit einigen weiteren Mitarbeitern von Ärzte ohne Grenzen zu sehen. Albin hielt sich das Gerät etwas näher vors Gesicht, wenngleich das neue Handy ein viel größeres Display hatte und deutlich schärfer und brillanter war als sein altes. Mit einer Wischbewegung vergrößerte er die Gesichter, sah sich jedes einzeln an – und blieb an einem hängen, das einen Mann im reiferen Alter zeigte, der eine Hand auf Thierrys Schulter gelegt hatte. Er trug eine Sonnenbrille, weswegen das Gesicht nicht vollständig zu erkennen war. Albin blendete das Foto nach hinten, öffnete dann den Screenshot eines passbildartigen Fotos aus einem Medienbericht über die Geiselbefreiung in Afrika, das den zum Opfer gefallenen Guy Dumas zeigte. Er wechselte wieder zurück zu dem anderen Foto aus Afrika und war sich nun ziemlich sicher, dass es sich bei Mann mit der Sonnenbrille um Guy Dumas handelte.

Als Nächstes öffnete Albin das Bild, das er in der Gesichtsveränderungs-App bearbeitet hatte. Er verglich es mit dem Foto aus Afrika. Soweit er es beurteilen konnte, war die Gesichtsform zumindest ähnlich, was auch für die grundsätzliche Anmutung galt. Der Typ Sonnenbrille hingegen war identisch – ein klassisches Ray-Ban-Modell. Manche Vorlieben, überlegte Albin, legte man nicht ab, und in diesem Fall könnte die Vorliebe für diesen Typ Sonnenbrille womöglich verräterisch sein.

Albin legte das Handy zur Seite, setzte die eigene Sonnenbrille auf und fuhr wieder los. Wenn man annahm, dass Guy Dumas vielleicht gar nicht tot war, dann könnten einige Dinge durchaus mehr Sinn ergeben, überlegte er. Andererseits war Dumas' Tod durch die Medien gegangen. Es hatte dazu offizielle Erklärungen gegeben. Der Mann war mausetot. Warum sollte die Regierung den Tod eines Staatsbürgers verkünden, wenn der noch lebte?

Allerdings, überlegte Albin, hatte er in keinem Medienbericht einen Sarg gesehen, und es war nirgends von einer Beisetzung die Rede gewesen. Möglicherweise hatte die Spezialeinheit die Leiche in Afrika gelassen – was wiederum untypisch wäre. Man würde doch jeden Franzosen nach Hause bringen wollen, auch wenn er nicht mehr lebte. Es sei denn, die Soldaten hatten nicht die Möglichkeit dazu gehabt, die Leiche zu bergen, weil die Situation es unmöglich machte.

Wenig später stoppte Albin an einer Ampelkreuzung und nahm die Brille ab. Die Sonne war hinter den Dächern verschwunden. Der Himmel färbte sich orangerot. Schließlich fuhr er wieder an, durchquerte L'Isle und erreichte außerhalb des Ortes das Haus von Julien Gimbert, der gerade mit einem zweiten Mann, den Albin nicht genau erkennen konnte, in einen blauen BMW einstieg. Gimbert trug Sportkleidung, der andere nicht, dafür aber eine kleine Sporttasche. Vielleicht wollte der Juwelier mit einem Freund oder Verwandten aktiv werden, Jogging oder Tennis. Intuitiv fuhr Albin einfach geradeaus weiter und nach wenigen hundert Metern rechts heran, wo er den Motor laufen ließ und in den Rückspiegel blickte. Gimberts Wagen kam aus der Auffahrt, bog ab und fuhr an Albins SUV vorbei in Richtung Avignon.

Albin versuchte, sich Gimberts Kennzeichen zu merken. Dazu hätte er es allerdings lesen können müssen.

Seine Augen wurden immer schlechter. So ging das nicht weiter.

Er wartete ab, bis Gimberts BMW hinter einer langgezogenen Kurve verschwunden war. Schließlich gab er wieder Gas und folgte dem Wagen. Wenn die beiden Männer tatsächlich zum Sport wollten, hätte Albin sicherlich eine gute Gelegenheit, mit Gimbert zu reden.

31

Cat und Theroux gingen über den Kai an der Rhône, passierten ein großes Ausflugsschiff, das dort vertäut war und gerade von zahlreichen Passagieren betreten wurde, die eine abendliche Flussfahrt antreten wollten – vermutlich mit Diner und Tanz. Die Sonne war gerade untergegangen und färbte den Himmel über Avignon rot sowie den Fluss tiefblau.

Sie steuerten auf ein einfaches Restaurant am Flussufer zu, in dem gerade der Mann Platz genommen hatte, dem sie bereits vom Touristenparkplatz nahe der Stadtmauer aus gefolgt waren. Er war in die in Plastikfolie eingeschweißte Speisekarte vertieft, als Cat und Theroux seinen Tisch erreichten und sich ungefragt einfach zu ihm setzten.

Gabriel Martinet blickte auf, machte große Augen und fragte: »Cat?«

»Nein, Batgirl«, erwiderte Castel, »mein Zwilling, eine 3D-Animation. Natürlich ich, wer denn sonst?«

Martinet stammelte. »Ich … Also, ich … «

»Du hättest hier nicht mit mir gerechnet?« Cat rang sich ein Schmunzeln ab und blickte sich um. »Meinen Kollegen Capitaine Alain Theroux kennst du ja. Und ich muss schon sagen: Du hast einen wirklich schlechten Geschmack, was Restaurants angeht, Gabriel. Das hier ist ein reichlich unterdurchschnittlicher Touristenladen mit ziemlich überdurchschnittlichen Preisen, würde ich annehmen.«

»Ich hatte Hunger«, erwiderte Martinet, »und mir gefällt die Aussicht auf den Fluss.« Er legte die Speisekarte zur Seite und orderte ein Bier und einen Nizzasalat. Cat und Theroux bestellten nichts. »Seid ihr mir gefolgt?«, fragte Martinet.

»Sind wir«, bestätigte Cat.

Sie zog ihr Handy, öffnete eines der Fotos, das sie von der professionellen Kamera auf ihr Telefon überspielt hatte, und schob das Smartphone zu Martinet. Das Bild zeigte ihn im Gespräch mit Remy Papinet.

Martinet lehnte sich im Stuhl zurück und blickte auf die Rhône. »Ich habe dem Idioten gesagt, dass er aufpassen soll, dass ihm niemand folgt. Ich hätte damit rechnen müssen.«

»Selbst schuld, hm? Anfängerfehler?«, fragte Cat und nahm das Telefon wieder an sich.

Martinet seufzte und fuhr sich mit der Hand übers Gesicht. »Eher zu viel Arbeit und in der Folge unachtsam gewesen.«

Theroux fragte: »Möchten Sie auch die Audioaufnahme hören?«

Martinet lachte auf. »Cat. Was will deine Aushilfe von mir? Mich nerven?«

»Aushilfe?«, fragte Theroux und lehnte sich etwas vor. Cat fiel ihm ins Wort, bevor er ausrasten und dem stets überheblichen Gabriel Martinet das Nasenbein neu richten würde.

»Nein«, sagte sie, »wir wollen dich nicht nerven,

aber dich darauf aufmerksam machen, dass wir Papinet überwacht haben – und wen trifft er da auf einmal? Ich dachte, ich traue meinen Augen nicht.«

Martinet schwieg sich aus.

»Eure Unterhaltung haben wir mit Hilfe eines Richtmikrophons mitangehört und aufgezeichnet. Also.« Cat blickte Martinet bedeutungsvoll an. »Gabriel – was läuft da?«

Martinet betrachtete seine Fingernägel. Dachte nach. Schien abzuwägen, was er sagen könnte und was nicht – und wie er überhaupt reagieren sollte.

»Die Audioaufnahme«, sagte er schließlich, »und die Bilder musst du mir geben, Cat. Die existieren überhaupt nicht, okay?«

Theroux erwiderte: »Einen Scheiß werden wir tun, Martinet. Vielmehr werden wir die Bilder und die Audioaufnahme benutzen, um Ihnen den Hintern bis zu Ihrer gelackten Haarfrisur aufzureißen, wenn Sie uns nicht erklären, was hier abläuft.«

Martinet grinste Theroux an. »Oh. Der Schoßhund kann bellen.«

»Gabriel«, sagte Cat, »lass das, okay? Wir haben einen Vierfachmord und eine möglicherweise geplante Entführung. Für Spielchen habe ich keine Zeit. Wir scheuchen Papinet auf, weil wir denken, er könnte etwas mit den Morden zu tun haben. Dann trifft er ausgerechnet den DGSI und unterhält sich mit dir über die Entführung, über die vier Ermordeten sowie darüber, dass ihr gemeinsame Sache gemacht habt. Es fallen Worte wie Geldwäsche. Er will eine Erklärung von dir, aber du drohst ihm. Und jetzt will *ich* eine Erklärung und drohe *dir*, und zwar mindestens mit einem internen Ermittlungsverfahren. In erster Linie appelliere ich aber an deinen gesunden Menschenverstand und daran, dass ich dir ebenfalls geholfen habe, okay? Nicht, dass du mir etwas schulden würdest – tatsächlich habe ich gehofft, dass ich dich in den nächsten Jahren nicht wieder zu Gesicht bekommen würde. Ich versuche, einen Vierfachmord aufzuklären, und wie es aussieht, gehört auch der Polizistenmord in Marseille zu diesem Fall. Also reden wir von fünf Toten und einer potenziellen Entführung. Mir ist nicht nach Ausreden und Herumeiern.«

Martinet blieb stumm. Er rutschte etwas zurück, als ihm das Bier und der Salat serviert wurden. Er griff nach der grünen Flasche, ließ das dazu gereichte Glas außer Acht und leerte die Hälfte in einem Zug.

»Seid ihr verkabelt?«, fragte Martinet.

Cat und Theroux verneinten.

»Eure Handys nehmen nichts auf?«

Cat schüttelte mit dem Kopf.

Martinet sah hinaus auf den Fluss. Dann erklärte er: »Es ist folgendermaßen. Manche afrikanische Warlords haben Informationen zu islamistischen Terrorzellen und Trainigscamps beziehungsweise sind in die Finanzierung verwickelt. Mit Blutdiamanten. Die Terrorgruppen wiederum haben Schläfer und Schläferzellen in Frankreich, weswegen der DGSI ins Spiel kommt und als Inlandsgeheimdienst ein reges Interesse an Insiderinformationen hat, wofür wiederum die betreffenden Warlords bezahlt werden wollen. Dieser Handel wird höchst inoffiziell abgewickelt – denn Regierungskreise in afrikanischen Ländern könnten es sonst als Finanzierung von oppositionellen Rebellengruppen verstehen und damit als empfindlichen Eingriff in ihre Innenpolitik durch Frankreich.«

»Und da kommt Papinet ins Spiel?«, fragte Theroux.

»Es ist besser«, erwiderte Martinet, »wenn Leute Geld waschen, die sowieso schon Geld waschen, als dass es die Regierung tut.«

»Pff«, machte Theroux und warf sich im Stuhl zurück.

»Rede weiter«, sagte Cat zu Martinet.

»Jemand«, schilderte Papinet, »organisiert die Transaktionen vor Ort, denn manche Empfänger mögen es nicht, wenn Kryptowährungen auf Offshorekonten gezahlt werden. Damit können sie nichts anfangen. Also lässt man das am besten jemanden regeln, der ohnehin schon Dinge regelt, damit es nicht weiter auffällt. Allerdings stellte sich leider heraus, dass dieser Jemand korrupt ist und auf eigene Rechnung arbeitet. Er hat außerdem Helfershelfer, die sich wiederum ihren Teil abschneiden. Irgendwann hat die französische Regierung kein Interesse mehr an Afrika. Vielleicht sind auch einige Dinge bei befreundeten Regierungen unangenehm aufgestoßen – trotz aller Vorsicht. Also zieht man sich zurück und räumt auf und muss dabei drauf achten, dass Personen, die viel wissen und korrupt sind, mit ihrem Wissen nicht handeln wollen. Es geschieht eine Geiselnahme in Afrika, und wie es der Zufall will, ist auch der korrupte Regler als Geisel genommen worden, weil er den Hals nicht vollbekam. Also setzt man eine Spezialeinheit ein, um alle herauszuholen – die unschuldigen Geiseln, den bösen Warlord, den korrupten Regler –, damit man sich mit allen darüber unterhalten kann, was sie wissen und was nicht. Denn der korrupte Regler könnte zum Beispiel gegenüber den Geiseln gefährliche Dinge ausgeplaudert haben. Allerdings stirbt der Regler bei der Befreiungsaktion, vermutlich getötet vom bösen Warlord. Dann, plötzlich Wochen später, sterben andere Menschen – und es sind offensichtlich ausgerechnet die Personen, mit denen der korrupte Regler zuvor Geschäfte gemacht hat. Doch der Mann ist tot, wie kann das sein?«

Martinet zog sein Handy aus der Tasche. Er öffnete eine Datei und zeigte sie Cat und Theroux. Auf dem Foto sah man einen blutüberströmten Mann mit einer Kopfwunde. Er sah ziemlich tot aus.

»Das ist dieser Regler? Guy Dumas? Der Mann, der bei der Geiselbefreiung ums Leben kam?«

»Guy Dumas«, bestätigte Martinet und steckte das Handy wieder ein. »Allerdings haben wir seine Leiche nicht. Die Spezialeinheit musste sie dortlassen. Die Umstände haben es offenbar erfordert.«

»Was hat er mit den Ermordeten zu tun?«

Martinet zuckte mit den Schultern. »Genau weiß ich das nicht. Aber ich gehe davon aus, dass sie ebenfalls korrupt waren und mit ihm gemeinsame Sache beim Abkassieren von überhöhten Lösegeldforderungen gemacht haben. Sie haben sich die Differenz eingesteckt.«

»Und Papinet?«

»Hat das Geld gewaschen. So wie er es auch für andere gewaschen hat.«

»Und ihr habt von alledem gewusst und schützend die Hand darüber gehalten?«

Martinet erklärte lediglich: »Ich habe keine Ahnung, was es mit der angeblichen Entführung von Papinets

Frau auf sich hat. Wirklich nicht. Aber ich kann euch etwas anderes sicher sagen. Über die Police National in Marseille haben wir ein Fahndungsfoto aus Carpentras erhalten.«

Theroux erwiderte: »Das haben wir herausgeschickt, ja.«

Martinet fuhr fort: »Es lief wegen der Dringlichkeit im Zusammenhang mit dem Polizistenmord und den Morden an den vier anderen Personen umgehend durch unsere Bildverbesserungssoftware. Die Datenbank ist mit diversen anderen Datenbanken von Überwachungskameras vernetzt. Da hat etwas bei uns geklingelt. Ich habe vor gerade einer halben Stunde einen Anruf dazu erhalten.«

»In welcher Hinsicht geklingelt?«, fragte Cat.

»In der Hinsicht, dass das Fahndungsfoto nach der Bildverbesserung einige Übereinstimmungen mit Guy Dumas gezeigt hat sowie mit einer Person, die kürzlich in Marseille eingereist ist, allerdings unter einem anderen Namen.«

»Das heißt?«, fragte Theroux.

»Das heißt, dass Guy Dumas vielleicht nicht tot, sondern im Land ist. Und er räumt auf.«

32

»Bitte«, wimmerte Gimbert, »ich bin doch bloß ein Juwelier. Ich habe von alldem nichts gewusst. Ich habe keine Ahnung, wer dahintersteckt, um Himmels willen!«

Er saß am Steuer, und beim Fahren strömten ihm die Tränen über die Wangen.

Guy Dumas war nicht beeindruckt. In Afrika war es ihm hundertmal schlimmer gegangen. Er hielt die Pistole auf Gimbert gerichtet.

»Deswegen fahren wir zu Remy Papinet«, erklärte Dumas, »und werden ihn fragen.«

Auf dem Schoß hatte Dumas die kleine Sporttasche, in der sich die mit Leder bezogene Kassette befand, die Gimbert aus dem Tresor geholt hatte. Sie war mit einer Handvoll erbsengroßer Diamanten gefüllt. Dumas hatte eben bei dem Juwelier geklingelt, ganz profan, und darauf gesetzt, dass er alleine zu Hause war, denn es stand nur ein Auto draußen. Die Garage war geöffnet und leer. Gimbert hatte an der Gegensprechanlage gefragt, wer da sei. Dumas hatte sich mit UPS gemeldet und gesagt, er habe ein Paket für Madame Gimbert. Daraufhin war ihm geöffnet worden, und er hatte Gimbert sofort die Pistole an die Stirn gehalten – worauf der umgehend begriff, dass er es doch nicht mit UPS zu tun hatte.

Gimbert hatte Dumas nie zuvor gesehen. Also hatte

Dumas Gimbert kurz erläutert, wer er war und was er wollte.

Schließlich waren sie in Gimberts Arbeitszimmer zum Tresor gegangen. Er hatte alles Mögliche daraus hervorholen wollen, Uhren und Schmuck, und hatte es Dumas angeboten, damit er ihn am Leben ließ. Aber Dumas war nur an seinen eigenen Diamanten interessiert.

Es waren mindestens noch einmal so viel Steine wie die im Samtbeutel, den er mit Vincent Trouchet aus dem Banksafe geholt hatte und der nun mit in der Kassette steckte. Hätte er darauf verzichten sollen? Absolut nicht. Außerdem hatte Dumas das Geld für diejenigen Diamanten gefordert, die Gimbert bereits verkauft hatte. Gimbert schwor Stein und Bein, dass er das Geld nicht hätte, sondern Remy Papinet es zur Geldwäsche verwalte.

»Dann besuchen wir ihn doch mal«, hatte Dumas zu Gimbert gesagt und ihn einen Zettel für seine Frau schreiben lassen, auf dem stand, dass er noch mal schnell ins Geschäft müsse wegen eines Rohrbruchs. Sie würde ihn lesen, wenn sie von ihrem Abendessen mit Freundinnen zurückkäme. Sie würde sich zwar fragen, warum ihr Mann nicht angerufen oder eine WhatsApp geschickt hatte, aber … egal.

Schließlich war Dumas mit Gimbert aufgebrochen, der ihm im Augenblick lebend wichtiger war als tot. Er sollte bei Papinet als Türöffner fungieren und sein Gesicht in die Kameras halten, während Dumas quasi aus dem Off auf Gimbert zielen würde, damit er keine Dummheiten machte.

Dumas warf einen erneuten Blick in den Rückspiegel. Er hatte ihn so eingestellt, dass er gut durch die Heckscheibe sehen konnte. Nach wie vor befand sich der silberne SUV hinter ihnen.

»Da vorne rechts abbiegen«, sagte Dumas zu Gimbert.

»Aber der Weg nach Avignon führt doch …«

»Fahren Sie einen Umweg. Der BMW hat ein Navigationssystem. Wir finden schon hin.«

Gimbert schwieg, bog nach rechts ab und fuhr nun auf einer schmaleren Landstraße. Dumas blickte in den Rückspiegel. Der SUV bog ebenfalls ab.

Dumas warf einen Blick auf das Display des Navis. In einem halben Kilometer konnte man noch einmal abbiegen. Wenn der SUV dann ebenfalls abbog, war die Wahrscheinlichkeit, dass er den BMW verfolgte, sehr hoch – und Dumas würde sich etwas überlegen müssen. Es mochte ein Zivilfahrzeug der Polizei sein. Vielleicht war es der Geheimdienst …

»Die nächste Straße nach links abbiegen«, sagte Dumas.

»Aber dort …«

»Nach links, habe ich gesagt.«

Gimbert wimmerte, setzte aber den Blinker. »Bitte, tun Sie mir nichts. Ich gebe Ihnen alles, was Sie haben wollen.«

Offensichtlich fürchtete der Juwelier, Dumas würde ihn deswegen auf abseitige Wege lotsen, um ihn zu erschießen.

»Ich werde Ihnen nichts tun«, sagte Dumas. »Ich habe fast alles, was ich haben will.« Das Erste war gelogen. Denn natürlich würde er Gimbert aus dem Weg räumen, sobald er mit Papinet abgerechnet hatte und aus ihm herausgeprügelt hatte, wer der für alles verantwortliche Strippenzieher im Hintergrund war. Gimbert wusste jetzt, wer Dumas war, wie er aussah, er könnte der Polizei Dinge erzählen. Und schließlich war Gimbert Teil des Getriebes, das sich gegen Dumas in Bewegung gesetzt hatte – zwar nur ein Rädchen, aber ohne dieses Rädchen hätte nichts funktioniert.

Schließlich bog Gimbert ab. Dumas blickte in den Rückspiegel. In einigem Abstand folgte der SUV. Der Fahrer war ebenfalls abgebogen.

Mist, dachte Dumas. Damit war es eindeutig. »Da vorn«, sagte er zu Gimbert, »an dem Feldweg, fahren sie dort rechts ran.«

»Bitte tun Sie mir nichts, ich bitte Sie …«

»Wir werden verfolgt.«

»Was?«

»Halten Sie die Klappe und fahren Sie rechts ran.«

Genau das tat Gimbert dann.

33

Nachdem Gimbert angehalten hatte, stoppte Albin den SUV. Er war zuvor einige Male abgebogen. Albin war ihm gefolgt – und offenbar schien Gimbert begriffen zu haben, dass ihm jemand folgte.

Albin hatte sich keine sonderliche Mühe gegeben, unauffällig zu agieren. Wozu, er hatte ja bloß mit dem Juwelier sprechen wollen. Und wie es aussah, gab es nun die Chance dazu.

Albin schnappte sich sein Handy. Gimbert blieb im Auto sitzen. Der Mann auf dem Beifahrersitz nicht. Er öffnete die Tür und stieg aus.

Albin tat dasselbe. Er ging einen Schritt auf den BMW zu, dessen Motor noch lief, und verstand, dass er einen Fehler gemacht hatte. Der Beifahrer hielt eine Pistole in der Hand. Er ging ebenfalls einen Schritt auf Albin zu, nahm die Waffe hoch und zielte damit auf ihn.

Es war nicht das erste Mal, dass Albin in den Lauf einer Waffe blickte. Man gewöhnte sich nie daran. Man entwickelte allenfalls Routinen für einen solchen Moment. Im Optimalfall fühlte es sich an, als werde eine Taste gedrückt, die ein bestimmtes Programm abruft. Jemand lügt? Knopf A. Jemand zieht ein Messer? Knopf B. Eine Person wird bedroht? Knopf C. Und Knopf D für das Programm »Jemand zielt auf dich«.

Es besagte: Zunächst Ruhe bewahren, das heißt noch lange nicht, dass die Person auch schießt. Denn oft wurde Menschen, die eine Waffe gegen jemanden zogen, erst in diesem Moment bewusst, dass sie gerade ein höheres Level erreicht hatten. Wer einen anderen mit einer Pistole bedrohte, legitimierte das Gegenüber dazu, dasselbe zu tun. Zog man also eine Waffe, musste man damit rechnen, zu sterben oder schwer verletzt zu werden. Außerdem katapultierte man sich von einer auf die nächste Sekunde in den Knast.

Abgesehen davon führten viele Personen eine Waffe nur deswegen mit sich, um sich selbst zu beruhigen und gegebenenfalls jemanden zu bedrohen, um die eigenen Interessen schneller durchzusetzen. Die wenigsten Straftäter wollten ihre Pistole wirklich einsetzen und jemanden erschießen – es sei denn, sie legten es gezielt darauf an. Von daher standen die Chancen in der Regel nicht schlecht, dass die Sache gut ausging, wenn man in einen Lauf blickte.

Anders verhielt es sich, falls die Person, die die Waffe hielt, zuvor schon auf jemanden geschossen hatte. Dann sank die Hemmung, den Abzug zu drücken, gewaltig. Das galt erst recht, wenn der Bewaffnete mehrfach unter Beweis gestellt hatte, dass er kaltblütig agierte und für ihn ein Menschenleben nicht zählte. Zudem wäre dieser Person rundherum klar, dass sie wegen der vorherigen Taten sowieso lebenslang einfahren würde, wenn man sie schnappte. Da war es dann am Ende gleichgültig, ob vier, fünf oder sechs Menschen auf ihr Konto gingen.

Einer mehr oder weniger – na und?

Insgesamt gesehen wurden Albin drei Dinge innerhalb eines Wimpernschlages klar.

Erstens: Bei seinem Gegenüber handelte es sich höchstwahrscheinlich um Guy Dumas, der in Afrika nicht ums Leben gekommen war. Zweitens: Dumas hatte Gimbert entführt, Albin als Verfolger bemerkt und beschlossen, etwas dagegen zu unternehmen. Drittens: Die Situation würde nicht gut ausgehen, zumal Albin keine Waffe trug.

Seine Speiseröhre brannte. Sein Unterleib ebenfalls. Seine Hände fühlten sich eiskalt und taub an. Alles, was er tun konnte, war, Zeit zu gewinnen. Wofür auch immer – sei es nur, um zwei Minuten länger zu leben.

»Wer sind Sie?«, fragte der Mann.

Albin hob die Hände leicht an. In einer hielt er das Smartphone. »Mein Name ist Albin Leclerc. Ich bin polizeilicher Berater und wollte mit Monsieur Gimbert sprechen.«

»Worüber?«

»Über Diamanten. Und über einen Mann namens Guy Dumas. Das Gespräch dürfte sich erübrigen, denn ich denke, der steht nun vor mir.«

Der Mann zuckte mit den Achseln. »Wie kommen Sie darauf?«

»Es sind Fahndungsfotos von Ihnen im Umlauf. Sie wurden in der Bank gefilmt, die Sie mit Vincent Trouchet aufgesucht haben. Sie waren maskiert. Aber es gibt Bildverbesserungsprogramme.« Der Teil stimmte. Der folgende nicht. »Ich habe Sie erkannt, als ich eben vor Gimberts Haus anhalten wollte. Also habe ich die Verfolgung aufgenommen und meine Kollegen verständigt. Sie sollten jeden Augenblick hier eintreffen.«

»Niemand wird genau wissen, wo Sie sich befinden, Leclerc. Reden Sie keinen Unsinn.«

»Das GPS am Handy gibt meinen Kollegen meinen Standort durch. Außerdem das Navi in meinem Auto«, log Albin weiter. »Es macht also nicht viel Sinn, mich zu erschießen. Es wird nicht verhindern, dass man Ihnen in wenigen Augenblicken Handschellen anlegt. Das Spiel ist aus, Dumas.«

34

Dieser Polizist, dachte Dumas. Leclerc. Der Kerl, den er schon bei Gimbert gesehen und an der Ampel beinahe angerempelt hatte. Er zielte weiterhin auf den Mann und hätte gerne gewusst, wie genau die Polizei auf ihn, Guy Dumas, gekommen war. Doch im Moment gab es viel wichtigere Dinge zu klären.

Dumas' Plan war, Leclerc aus dem Weg zu räumen. Aber es mochte stimmen, dass dieser bereits seine Kollegen verständigt hatte und sie hierher unterwegs waren. Es könnte zutreffen, dass ein Phantombild im Umlauf war – Dumas hatte ja selbst gewusst, dass er Risiken einging und schnell handeln musste. Denn nicht nur die Polizei wäre an ihm interessiert. Fraglos waren längst auch Regierungsstellen involviert, und diese hätten noch einmal ganz andere Möglichkeiten als die Polizei.

In jedem Fall musste er fort von hier und verhindern, dass Leclerc ihm weiterhin folgte. Er könnte ihn fesseln – oder ihm einfach das Handy wegnehmen, ihm eine Kniescheibe zerschießen, damit er nicht mehr Auto fahren konnte oder …

Ein Motor jaulte auf. Reifen quietschten. Kies spritzte auf. Dumas wirbelte um die eigene Achse. Der BMW raste mit Vollgas davon. Gimbert hatte die Gunst des Augenblicks genutzt und versuchte, sich abzusetzen, zu fliehen.

»Gimbert!«, brüllte Dumas und nahm die Pistole in beide Hände. Er durfte den Juwelier auf keinen Fall entkommen lassen, denn sonst wäre Dumas hier festgenagelt und hätte keinerlei Fluchtmöglichkeit mehr. Er konnte sich schlecht das Auto des Polizisten schnappen.

Also schoss er auf den BMW. Zielte auf die Heckscheibe. Drückte einmal, zweimal, dreimal ab. Das Glas wurde blind. Er feuerte ein viertes Mal – und der BMW bockte und ruckte. Dann ging der Motor aus.

Der Wagen blieb mitten auf der schmalen Straße stehen. Dumas musste Gimbert getroffen haben, worauf der am Steuer zusammengesackt war und seine Füße von den Pedalen gerutscht waren. Dumas konnte erkennen, dass die Frontscheibe von innen mit Blut bespritzt war.

Er gab sich einen Moment. Dann drehte er sich wieder um, um sich den Polizisten vorzunehmen.

Doch der war fort.

35

Albin war hinter seinem Auto in Deckung gegangen. Er hielt den Atem an. Der Wagen würde ihm nur bedingt Schutz bieten. Dumas könnte einfach herumlaufen oder sich bücken und unter dem Auto hindurch auf Albin schießen. Dennoch war es besser als nichts.

Albin rutschte etwas voran, positionierte sich für zusätzliche Deckung an einem der Hinterreifen.

»Leclerc!«, hörte er die Stimme von Dumas. »Es hat nicht viel Sinn, sich hinter dem Auto zu verstecken! Das wissen Sie, oder?«

Albin atmete hektisch, starrte auf das Handy in seiner Hand.

»Es hat nicht viel Sinn«, rief er zurück, »was Sie tun, Dumas! Das Spiel ist aus. Jetzt haben Sie auf Gimbert geschossen und sich selbst den Fluchtweg abgeschnitten! Ich hatte Sie für cleverer gehalten!«

Albin versuchte, unter dem Auto hindurchzusehen, um Dumas zu verorten. Doch er sah nichts. Er hätte sich dazu schon flach auf den Boden legen müssen. Andererseits bedeutete das immerhin, dass Gimbert nicht allzu dicht an Albins SUV stand.

Für einige Momente hörte er nur seinen eigenen Atem. Keine Schritte. Rein gar nichts.

Dann erklang Dumas' Stimme. »Sie haben keine Ahnung, was diese Leute mir angetan haben! Die wollten mich verrecken lassen, um an mein Geld zu gelangen und um zu verhindern, dass ich über so manches schmutzige Geschäft rede! Wenn Sie wüssten, Leclerc. Aber ich fürchte, Sie wissen gar nichts!«

»Ich weiß nur eines«, erwiderte Albin, »nämlich, dass Ihr Weg hier zu Ende ist. Werfen Sie die Waffe fort und geben Sie auf, Dumas! Es wird Ihnen angerechnet werden, wenn Sie sich stellen!« Albin wischte mit zitternden Fingern auf dem Handy herum. Wie, zum Teufel, lautete noch sein Entsperrcode? Tausendmal eingegeben – und nun? Er vertippte sich. Das Handy blockierte.

»Die haben mich weggeworfen!«, rief Dumas. »Sie wollten mich entsorgen und abkassieren! Mein Vermögen!«

»Das gibt Ihnen längst nicht das Recht«, rief er zurück, »Menschen zu töten!«

»Und ob, verdammt!«

»Das Vermögen, von dem Sie reden, haben Sie doch selbst illegal erworben! Wir reden über Blutdiamanten!«

Albin hörte Dumas kurz auflachen. »Immerhin haben Sie das kapiert. Aber über die Hintergründe wissen Sie rein gar nichts.«

»Ich weiß mehr, als Sie annehmen! Und Sie sollten die Chance nutzen, um bei der Polizei reinen Tisch zu machen und alles über die schmutzigen Geschäfte zu erzählen, von denen Sie sprechen! Die Kollegen werden sowieso gleich hier sein!«

»Um Ihre Leiche einzusammeln, Mann!«

Albin zuckte zusammen. Gab wieder den Entsperrcode ein. Das Gerät blockierte erneut. Verdammt!

»Dumas, seien Sie nicht dumm! Sie wollen keinen Polizisten umbringen! Wozu?«

»Einer mehr oder weniger«, sagte Dumas, »macht jetzt auch nichts mehr.«

Mist, dachte Albin, genau das hatte er befürchtet. Er gab den Code ein weiteres Mal ein, während Dumas schwieg und nachzudenken schien. Endlich hatte Albin die richtige Zahlenkombination eingegeben, bevor sich das Gerät wegen zu vielen Fehlversuchen selbständig gesperrt hätte.

Dann hörte er Geräusche. Schritte auf Asphalt. Verflucht, dachte er. Dumas hatte sich in Bewegung gesetzt.

36

Dumas ging über die Straße auf das Auto zu. Die Pistole hielt er mit beiden Händen fest, den Lauf nach vorne gerichtet. Bereit, auf das zu zielen, was sich ihm in den Weg stellen würde. Seine Hände schwitzten. Sein Puls raste. Seine Gedanken fuhren Karussell.

Er hatte zwei Optionen. Bleiben und sich um Leclerc kümmern – oder sich umdrehen und sofort verschwinden.

Er blieb stehen, dachte nach. Mit welchem Auto? Es wäre nicht klug, den SUV des Polizisten zu nehmen. Andererseits würde nach dem Wagen von Gimbert ebenso gefahndet werden.

In Verhandlungsführungen hatte er gelernt, dass es vier grundlegende Taktiken gab. Man konnte Druck aufbauen und mit Konsequenzen drohen. Ein anderes Mittel war, an eine Partnerschaft zu appellieren, weil man gemeinsam ein Ziel verfolgte. Es gab die Möglichkeit des Ausweichens, wenn man sich selbst mehr Luft verschaffen wollte, weil man sich in einer schlechten Ausgangsposition befand. Nachgeben war die Variante vier – entweder, wenn man sein Ziel erreicht hatte, oder verstand, dass standhaft bleiben Schaden anrichten würde. Es gab viele weitere Optionen, und Dumas hatte gelernt, dass ein Mix aus unterschiedlichen Taktiken den meisten Erfolg brachte. Außerdem war es gut, stets in eine chancenreiche Kerbe zu hauen, sobald man eine entdeckte.

Aktuell standen die Chancen hoch, dass bald die Polizei eintreffen würde. Das Risiko war wahrscheinlicher, als dass Leclerc die Polizei erst noch verständigen müsste. Weiter wäre es riskanter, mit dem Auto eines Polizisten entkommen zu wollen als mit Gimberts. Aber am Ende hielt sich das Risiko wohl die Waage.

Das Auto von Leclerc kannte Dumas nicht. In dem von Gimbert hatte er schon gesessen. Die Umgebung wäre zumindest einen Deut vertrauter. Außerdem befanden sich seine Diamanten im BMW. Er müsste sowieso dorthin. Von daher …

Also entschied er sich für das geringere Risiko – die Flucht.

Er öffnete die Tür des BMW, beugte sich über Gimberts blutüberströmte Leiche und zerrte sie aus dem Wagen. Er setzte sich ans Steuer und stellte fest, dass nicht sehr viel Blut gegen die Windschutzscheibe und auf die Armaturen gespritzt war. Die Heckscheibe war weitgehend blind und zersplittert. Drei faustgroße Löcher waren in das Glas eingestanzt.

Egal, dachte Guy Dumas, nichts wie weg hier und die Chance nutzen zu verschwinden. Er ließ den Motor an und fuhr mit Vollgas davon.

37

Albin hatte gerade Cats Nummer herausgesucht, als der BMW mit quietschenden Reifen davonfuhr. Albin kam aus der Deckung hervor und sah nur noch, wie der Wagen hinter einer Kurve verschwand. Und wieder hatte er sich das Kennzeichen nicht gemerkt – egal. Er lief zu der Person, die leblos auf der Fahrbahn lag. Ohne Zweifel handelte es sich um Gimbert. Er lag auf dem Rücken. Seine Augen waren gebrochen und matt. Eine Kugel musste seinen Hinterkopf im unteren Bereich erwischt und das Genick zertrümmert haben. Sie war an der Wange wieder ausgetreten und hatte dabei ziemlichen Schaden angerichtet. Dennoch machte sich Albin die Mühe und fühlte nach Gimberts Puls.

Wie erwartet – nichts.

Albin musste sich entscheiden: bei der Leiche bleiben oder Dumas folgen. Für einen Moment war er hin und her gerissen. Dann packte er Gimberts Körper, zog ihn von der Straße und lief zurück zu seinem SUV. In der Bewegung drückte er die Wahltaste, öffnete die Fahrertür und stieg wieder ein. Zum Glück war Dumas nicht so geistesgegenwärtig gewesen, den Autoschlüssel einzukassieren, um zu verhindern, dass Albin ihm folgen würde, was wohl an der Aufregung gelegen hat. Dumas war kein abgebrühter Profi. Zu Albins Vorteil.

Er beschloss, noch nicht bei Castel anzurufen, sondern wählte den Polizeinotruf. Er ließ den Motor an, gab Gas und erklärte der Stimme am Telefon, wer er war, dass jemand erschossen worden war, um wen es sich handelte und wo die Leiche zu finden wäre. Außerdem solle die Polizei sofort nach einem blauen BMW mit zerschossener Heckscheibe fahnden. Das Nummernschild habe er nicht.

Jede Rückfrage stoppte Albin, indem er das Gespräch einfach unterbrach und bei voller Fahrt die Nummer von Castel wählte.

Nach kurzem Klingeln nahm sie das Gespräch an.

»Castel«, keuchte Albin. »Kommen Sie in die Hufe! Ich verfolge Guy Dumas. Er hat soeben den Juwelier Julien Gimbert erschossen und flieht in dessen blauem BMW, ein neues Modell. Ich habe eine Fahndung herausgeben lassen und den Notruf über den Ablageort der Leiche verständigt.«

»Albin – was, ich … Sie haben: Was?«

»Stehen Sie nicht auf der Leitung, Capitaine. Guy Dumas ist der Mann, der die vier Personen erschossen hat und nun auch den Juwelier Julien Gimbert. Alarmieren Sie alles, was Beine hat.«

Castel schien einen Moment lang nachzudenken und die Informationen zu verarbeiten. »Albin«, sagte sie dann. »Sie müssen sich zurückhalten. Der Mann ist gefährlich.«

»Das kann man wohl sagen. Er hat mich mit seiner Waffe bedroht. Aber es ging noch mal gut aus.«

»Albin! Verdammt nochmal!«

»Für Schimpf, Schelte und Diskussionen haben wir keine Zeit. Wo sind Sie?«

»In Avignon mit Theroux. Wir führen gerade ein Gespräch mit Gabriel Martinet vom DGSI.«

»Ha«, machte Albin, »der fehlte noch auf der Agenda. Hat Dumas für die Burschen gearbeitet?«

»Unter anderem.«

»Hatte ich befürchtet. Also los! Dumas war mit Gimbert unterwegs, er hatte ihn in seiner Wohnung aufgesucht. Er hatte eine Sporttasche dabei. Dann stiegen sie in Gimberts BMW und fuhren los. Schlagen Sie mich, aber mein Bauchgefühl sagt mir, dass die beiden zu Remy Papinet fahren wollten.«

»Ich würde Sie tatsächlich gerne schlagen.«

»Später. Wird Papinet noch überwacht?«

»Aktuell nicht. Aber ich schicke sofort eine Streife dorthin und lasse ihn warnen.«

»Gut. Ich nehme an, dass Dumas in Richtung Avignon fahren wird. Er könnte zur Autobahn wollen und von dort aus weiter, um abzutauchen. Alle Wege dorthin müssen sofort für ihn blockiert werden.«

»Und Sie«, sagte Castel, »sollten sich raushalten, Albin!«

»Zu spät«, erwiderte Albin und beendete das Gespräch.

Jetzt konnte er den BMW wieder sehen. Er steuerte in Richtung der D901, die nach Avignon führen würde. Von dort aus könnte er die Autobahnen A7 und die A9 erreichen – falls er nicht vorher einen Abstecher zu Remy Papinet machen würde, um mit ihm abzurechnen. Oder mit Papinets Frau, um den Mann besonders hart zu treffen. War es darum gegangen?

Waren zu diesem Zweck Fotos von Nicole Papinet

entstanden? Warum waren sie dann bei den Leichen von Thierry Roubert, Sandrine Langlois sowie Vincent und Marianne Trouchet gefunden worden?

Albin konnte sich noch keinen Reim darauf machen. Früher oder später würde es sich klären, und im Augenblick war es wichtiger, Dumas zu fassen.

Albin umfasste das Steuer mit klammen Händen und blieb dran.

»Scheiße«, zischte Cat.

Sie presste die Lippen zu einer schmalen Linie zusammen. Ihr linkes Augenlid zuckte.

»Was ist los?«, fragte Theroux.

Cat stand auf, schnappte sich ihre Tasche und steckte das Handy in das Außenfach. Sie gab Theroux eine Zusammenfassung, blickte dabei aber die ganze Zeit über Gabriel Martinet an, der immer blasser wurde.

»Ja«, sagte Cat, »da staunst du, was, Gabriel?«

»Ist ... ist Leclerc sich sicher, dass ... «

Cat beugte sich zu Martinet. »Jetzt sieh mal zu, wie du deine Suppe auslöffelst, Gabriel. Es ist ein weiterer Mord geschehen – und wer weiß, was Dumas noch plant und ob er sich aufhalten lässt. Das habt ihr euch selbst eingebrockt.«

Martinet schluckte. Sein Adamsapfel hüpfte auf und ab. Theroux stand nun ebenfalls auf und nahm seine Sachen.

»Wird sicher interessant«, sagte Theroux, »was Dumas zu erzählen hat.«

Cat nickte, drehte sich dann wortlos um und ging im Eilschritt los. Theroux folgte ihr. Sie sah sich einmal kurz über die Schulter um. Martinet tippte wie ein Verrückter in sein Telefon.

»Jetzt wird er durchdrehen«, murmelte Theroux, der einen Schritt zulegen musste, um mit Cat mitzuhalten.

Cat nickte. »Ich hoffe nur, dass wir Dumas stoppen können, bevor der DGSI es tun wird.«

»Dann hätten wir besser die Klappe halten sollen?«

Cat zuckte mit den Schultern und zog das Handy wieder aus der Tasche. »Du kannst davon ausgehen, dass die es eh schon wissen. Wenn Albin eine Fahndung veranlasst hat, geht das am Geheimdienst nicht vorbei – vor allem nicht, wenn sie bereits glauben, dass sie Dumas identifiziert haben.«

Theroux nickte und gab gleichzeitig ein genervtes Geräusch von sich. »Albin – ich könnte ihn manchmal gegen die Wand klatschen. An anderen Tagen bin ich wiederum heilfroh, dass wir ihn haben.«

»Lass ihn das bloß nicht wissen«, erwiderte Cat und suchte die Nummer der Polizei in Avignon heraus, während sie und Theroux zum Parkplatz hasteten.

»Nie im Leben«, erwiderte Theroux.

Schließlich klingelte Cats Telefon erneut. Wieder war es Albin.

Albin sah den BMW unmittelbar vor sich. Er glaubte nicht, dass Dumas seinen SUV im Rückspiegel durch die zerschossene Heckscheibe identifizieren könnte. Es war inzwischen zu dunkel dazu. Im Seitenspiegel würde Dumas nichts als die Abblendlichter erkennen. Aber eigentlich war es sowieso gleichgültig. Sollte Dumas doch wissen, dass er ihm auf den Fersen war.

Albin hatte sein Telefon in der Mittelkonsole abgelegt und erneut Castels Nummer gewählt, um eine Standleitung mit ihr zu halten und Updates über Dumas' Route zu geben, solange es möglich war.

Castel ging dran.

»Wo sind Sie?«, fragte Albin.

»Im Auto. Wir haben ja gerade erst telefoniert. Was ist denn?«

»Haben Sie eine Streife zu Papinet geschickt?«

»Ja. Gerade vor einer Sekunde.«

»Bauen Sie eine Standleitung mit den Kollegen auf. Geben Sie laufend meinen Standort durch. Sie sind jetzt mein Navigationssystem. Ich folge Dumas weiterhin in Richtung Avignon. Wir passieren gerade den Kreisverkehr auf der Route de Morières am Auchan. Er fährt nicht dorthin, sondern weiter in Richtung Centre Ville. Ich bleibe dran.«

»Okay. Ich stelle Sie auf Lautsprecher, Albin. Ich fahre. Theroux hört mit und gibt Ihren Standort durch.«

»Was hattet ihr mit diesem Martinet zu schaffen?«, fragte er und hörte Theroux im Hintergrund reden.

»Wir hatten Papinet überwacht«, erklärte Castel, »da wir annahmen, er könnte etwas mit den Morden zu tun haben – als Racheakt und zur Verhinderung der geplanten Entführung seiner Frau.«

»Ich weiß.«

»Wir haben ihn aufgeschreckt und verfolgt, als er jemanden treffen wollte. Er traf sich mit Martinet. Wir haben ihre Unterhaltung über ein Richtmikro mitangehört und Martinet eben damit konfrontiert.«

»Was sagt er?«

»Er sagt, dass sie Dumas auf Grundlage eines Phantombildes identifiziert haben.«

Albin lachte auf. »Das habe ich auch geschafft – mit einer gewöhnlichen Gratis-App.«

»Woher hatten Sie denn das Bild?«

»Hat mir ein Vögelchen geschickt. Ist nicht weiter wichtig.«

»Martinet hat außerdem angedeutet, dass der DSGI mit Dumas zusammengearbeitet hat.«

»Sie erwähnten es.«

»Es ging angeblich um Terrorabwehr im Inland. Involvierte afrikanische Warlords sind für Informationen bezahlt worden. Dazu hat sich der DGSI auch der Dienste von Dumas bedient. Sie haben außerdem Gelder waschen lassen, und zwar von Papinet.«

»Dumas«, ergänzte Albin, »hat aber zum Teil auf eigene Rechnung gehandelt und Gelder abkassiert. Er hat

Diamanten hin- und hergeschickt, wobei Trouchet und Roubert ihm halfen. In Frankreich hat der Juwelier Gimbert die Diamanten in Geld verwandelt, das wiederum von Papinet gewaschen wurde – so muss es gelaufen sein, Castel. Ein übles Netzwerk.«

»Ja, kann man wohl sagen. Und dann wollten sich Trouchet, Roubert, Papinet und Gimbert alles Geld und die restlichen Diamanten von Dumas unter den Nagel reißen.«

Albin nickte. Er bog ab, als Dumas abbog, und stieg aufs Gaspedal, um innerorts einen Transporter zu überholen, der sich zwischen Albins SUV und den blauen BMW gesetzt hatte. Der Fahrer hupte und blendete auf, als Albin sehr knapp vor ihm wieder einscherte, denn er musste einem ebenfalls aufblendenden und hupenden Fahrzeug auf der Gegenspur ausweichen.

»Doch dann«, sagte er, »kam Dumas, der Totgeglaubte, zurück aus Afrika, rächte sich und wollte sein Geld zurück. Haben Sie schon mal über Dumas' Tod nachgedacht, Castel?«

»Inwiefern?«

»Bei einem Spezialeinsatz werden alle Geiseln befreit und ein Warlord gefangen genommen – nur der Mann, der mit seinem Wissen den Geheimdienst belasten und gefährden könnte und dem Komplott beim Abkassieren im Wege stünde, dieser Mann wird leider angeblich bei dem Einsatz getötet und offiziell für tot erklärt.«

»Sie meinen, das war Absicht? Er sollte ermordet werden?«

»Wer weiß«, erwiderte Albin. »Jedenfalls halte ich das für einen großen Zufall. Aber Dumas hat überlebt. Irgendjemand muss geschlampt haben. Und die Tatsache, dass Dumas nicht sofort zur Botschaft gelaufen ist und gesagt hat: ›Hallo, hier bin ich, habe alles überlebt‹, das spricht doch Bände. Stattdessen besorgt er sich einen falschen Pass, reist inkognito ein, ermordet einen Polizisten, um sich zu tarnen, und räumt auf. Das alles spricht doch eher dafür, dass Dumas getötet werden sollte, dem aber entkam.«

»Ja, das klingt schlüssig, Albin.«

»Ich habe den Warlord Moussa Kanga besucht.«

»Sie haben – was?«

»Hatte ich noch nicht erzählt. Kanga scheint einen Deal zu haben, weswegen er nicht auspacken wollte. Er hat einen Namen genannt – mit wem er beim DGSI für gewöhnlich redet. Der Name war Gabriel Martinet.«

»Verdammt«, fluchte Castel. »Und warum erfahre ich das erst jetzt?«

»Es war vorher nicht relevant. Jetzt schon.«

»Albin, entscheiden Sie jetzt, was für mich relevant ist und was nicht? Wie kommen Sie dazu, mir Informationen vorzuenthalten und … das wie Herrschaftswissen für sich zu behalten? Sie sind überheblich, Sie sind arrogant, Sie sind unerträglich, Sie …«

»Castel!«, rief Albin, folgte Dumas durch einen weiteren Kreisverkehr in Richtung Zentrum, »reißen Sie sich zusammen. Erstens sind mir meine Charakterzüge wohlbekannt. Zweitens muss ich mir das Vorenthalten von Informationen nicht von einer Person vorhalten lassen, die mich wochenlang darüber belogen und betrogen hat, dass mein Hund ihre Hündin geschwängert hat!«

Castel keuchte. »Das ist – meine Güte, das ist doch etwas völlig anderes!«

»Das Bild von Papinets Frau.«

»Was?«

»Das Foto von Papinets Frau! Ich verstehe nach wie vor nicht, was es zu bedeuten hat.«

»Albin – ich kann Ihnen nicht folgen. Sie sind sprunghaft.«

»Ich denke schnell, ich fahre schnell«, antwortete Albin. Das tat er wirklich. Der Tacho zeigte achtzig Stundenkilometer innerorts an. »Vielleicht«, sagte er dann, »hat Dumas die Bilder gemacht. Vielleicht plante er tatsächlich, Nicole Papinet etwas anzutun, weil er leichter an sie als an Remy Papinet herankommen würde. Er hat sie beobachtet, Bilder gemacht. Und dann entschieden, dass er eine Fährte legen könnte, um die Polizei auf eine Spur zu führen und Zeit zu schinden.«

»Möglich«, sagte Castel.

»Wir sind nun auf der Route de Lyon. Wo, zum Teufel, sind die Streifenwagen, Castel? Der Mann ist bewaffnet und fährt in Richtung Stadtmitte!«

40

Der Streifenwagen kam Dumas entgegen. Im Außenspiegel sah er, wie plötzlich das Blaulicht anging und der Fahrer versuchte, mitten auf der Straße einen U-Turn hinzulegen.

»Verdammt!« Dumas schlug mit der Faust aufs Lenkrad und riss es scharf nach rechts, um in eine Seitenstraße einzubiegen. Er gab Vollgas und nahm sofort die nächste Straße nach links. Im Fahren stellte er das Abblendlicht aus, blickte in den Rückspiegel und sah durch eines der Löcher in der Heckscheibe, dass der Streifenwagen auf der Straße hinter ihm mit Sirene und blitzendem Licht vorbeirauschte. Glück gehabt.

Doch dann scherte ein anderer Wagen mit hohem Tempo in die Straße ein, die Dumas gewählt hatte. War das ein SUV? War das der verfluchte Leclerc? Dumas hätte ihn umlegen oder zumindest daran denken sollen, den Autoschlüssel abzuziehen – ein sträflicher Fehler. Er hatte es in der Aufregung vergessen.

Das schien sich nun zu rächen.

Dumas suchte eine Möglichkeit, um erneut abzubiegen und den Verfolger abzuschütteln. Und wo ein Streifenwagen war, würde sicherlich bald der nächste folgen. Rechts tat sich eine schmale Straße auf – Dumas bog ab. Die Fliehkraft drückte ihn in den Sicherheitsgurt und gegen die Innenverkleidung der Tür. Links und rechts waren Fahrzeuge geparkt. Die Straße war so schmal, dass zwei Autos niemals nebeneinander passen würden.

Eine Person tauchte zwischen den parkenden Fahrzeugen auf und lief über die Fahrbahn. Dumas hatte sie mit ausgeschaltetem Licht nicht früh genug erkannt. Sie ihn offensichtlich auch nicht. Im nächsten Moment trat er auf die Bremse. Der BMW kam mit einem heftigen Ruck zum Stehen.

Eine ältere Dame starrte Dumas an, schimpfte und drohte ihm mit der geballten Faust. Hinter ihm fuhr der andere Wagen dicht auf. Er hatte ebenfalls scharf gebremst und war beinahe auf den BMW aufgefahren. Ja, dachte Dumas beim erneuten Blick in den Rückspiegel. Das war ein SUV. Silbern. Leclerc.

Die Frau setzte sich wieder in Bewegung und gab die Straße frei. Dumas stieg aufs Gaspedal und raste los. Wenige Sekunden später sah er, dass ihm ein Wagen mit Blaulicht entgegenkam.

Ein weiteres Mal riss er das Steuer herum, fuhr in eine noch engere Gasse – und landete vor einem Poller, der die Zufahrt zu einem kleinen Platz blockierte.

Hier war der Weg zu Ende.

Kein Weg voran, kein Weg mehr zurück.

Verflucht, dachte Dumas.

Er schnappte sich die Tasche mit der Kassette und dem Beutel voller Diamanten vom Beifahrersitz, griff nach der Pistole und stieg eilig aus. Er hatte keine Ahnung, wo er sich befand. Er hörte die Sirenen – inzwischen waren es mehrere. Er hörte auch den Motor des SUV hinter sich.

Dumas lief los, hastete über den Platz. Die Sirenen wurden lauter. Eine Autotür öffnete sich.

»Dumas!«, rief eine Stimme.

Das musste Leclerc sein. Dumas kümmerte sich nicht darum. Er lief einfach weiter, bog in eine Gasse ein, dann in die nächste, rempelte im Laufen einige Jugendliche an, die ihm hinterherfluchten. Er hastete über eine Straße, klemmte die Pistole zwischen die Sporttasche und seinen Körper, hielt sie eng an sich gepresst, damit niemand sie sah. Zumindest so lange nicht, bis er sie benutzen müsste.

Hektisch blickte er sich über die Schulter hinweg um. Leclerc sah er nicht. Auch keinen weiteren Polizeiwagen.

Er lief, bis er in eine Art Sackgasse geriet, in der schwerer Trubel herrschte. Jede Menge junge Menschen standen vor dem Eingang eines Clubs und warteten auf Einlass. Hier ging es nicht weiter, verflucht. Dumas drehte sich wieder um, lief zurück – und erkannte Leclerc, der sich seinen Weg voran bahnte und sich an einigen Personen vorbeidrängte, die offenbar auch den Haupteingang des Clubs zum Ziel hatten.

Instinktiv bewegte sich Dumas nach rechts in einen schmalen Gang. Er hastete zwischen Müllcontainern entlang, stolperte beinahe über einige schwarze Säcke – und sah schließlich eine offen stehende Tür. Geradeaus schien es nicht weiterzugehen. Dort war eine Mauer. Ein Lkw parkte davor. Die Ladeklappe war herabgelassen. Darauf befand sich eine Palette mit Getränken.

Dumas überlegte nicht lang. Er lief zu der Tür. Drei Stufen führten zum Eingang hinauf.

Einen Moment später befand er sich in den Einge-

weiden des *Paradis Perdu*, dem »Verlorenen Paradies«,
dessen Türen sich vor einer Stunde geöffnet hatten und
das bereits mit vielen Gästen gefüllt war, während eine
weitere Menge hineindrängte, um die Nacht zu feiern
und sie zum Tage werden zu lassen.

41

Das *Paradis Perdu* war einer der angesagtesten Clubs in Avignon – eine Großraumdiskothek mit verschiedenen Zonen. Sie lag nicht ganz im Zentrum, aber dennoch zentral, und war in einer früheren Fabrik eingerichtet worden. Es gab einen gastronomischen Bereich, in dem man Kleinigkeiten, Pizza oder Salate, essen konnte – zum Teil unter freiem Himmel im Innenhof. Die Betreiber hätten dort gerne eine Open-Air-Tanzfläche eingerichtet sowie eine Pool-Area, aber mit den Anträgen waren sie nicht durchgekommen, denn dazu wiederum lag das *Paradis* doch zu zentral in der Stadt, und der Schall hätte sich überallhin ausgebreitet.

Deswegen fand die Musik in den gut gedämmten Innenbereichen statt, wobei die zentrale Tanzfläche einige hundert Menschen auf einmal fassen konnte. Sie war zweckmäßig gestaltet und mit einer aufwendigen Licht- und Musikanlage ausgestattet. Der Boden der aktuell erst zur Hälfte gefüllten Halle war mit spiegelnden Metallblechen ausgelegt. Die Decken waren sehr hoch. Darunter lagen die alten Stahlträger offen. An beiden Seiten gab es lange Theken sowie darüber Emporen, zu denen Treppen hinaufführten. Oben befanden sich weitere Bars und außerdem Lounges, die man sich für einen Abend buchen konnte.

Das DJ-Pult lag erhöht auf einem Podest und war mit Gittern geschützt. Einerseits sollte das cool wirken und die DJs gewissermaßen wie wilde Tiere im Käfig präsentieren. Außerdem war es ein Schutz vor umherfliegenden Bechern und Flaschen. Denn damit warfen einzelne Gäste – in Rage oder unter Drogen oder beides – immer wieder mal, worauf sie in der Regel von einem der zehn ständig anwesenden Mitarbeiter einer Securityfirma, mit denen man sich nicht anlegen wollte, aus dem Verkehr gezogen wurden. Die meisten davon hatten eine Militär- oder Polizeiausbildung genossen und wirkten bereits optisch einschüchternd. Sie konnten nicht alles verhindern – Kunststück bei einer Crew von nur zehn Personen, wenn sich an den wirklich guten Abenden rund tausend Menschen im *Paradis* aufhielten. Derlei Sicherheitsmaßnahmen wurden von den Agenturen namhafter DJs ohnehin verlangt – und solche gastierten immer wieder im *Paradis*.

Heute Abend zum Beispiel war Ji Oh zu Gast, die aus Korea stammte und einen wirklich guten Namen in Sachen Deephouse und Techno hatte. Sie würde gegen Mitternacht auflegen. Aktuell heizte der House DJ »Ali Baba« den Leuten mit donnernden Bässen und schnellen Beats ein.

Vor wenigen Wochen war eine nagelneue Videoüberwachung eingerichtet worden, die keine Zone des *Paradis* aussparte. Mehrere Kameras befanden sich im Eingangsbereich, dessen Lobby gerade randvoll mit Menschen war, die sich zum Teil ausgelassen begrüßten. Einige strebten in den Gastrobereich, der in der Gestaltung an New-Wave-Bars der achtziger Jahre erinnerte.

Es gab viel Glas, viel Lila, Edelstahl, Chrom, weißes Leder und bunte Neonleuchten. Der andere Teil strebte in das Foyer vor der Main-Area, das ähnlich gestaltet worden war, allerdings mit einem farblichen Akzent auf dunklem Blau. Die Farbe war mit Bedacht gewählt: Blau beruhigte, und wer sich vom Tanzen etwas erholen wollte, konnte es hier tun. Im Foyer gab es ebenfalls einen Barbereich. An den Wänden hingen großformatige Schwarz-Weiß-Fotografien von Topfotografen der Achtziger wie Bruce Weber, Helmut Newton oder Peter Lindbergh. Sie zeigten Topmodels, die seinerzeit oft an den Stränden der Camargue oder der Riviera entstanden waren und vor allem eines unterstreichen sollten: die hedonistische Retro-Ausstrahlung des *Paradis Perdu*, auf die die Inhaber seit der Sanierung nach einem Brand vor drei Jahren großen Wert legten.

Und das hatten sie nicht schlecht hinbekommen, dachte Albin.

Er war Dumas gefolgt, der in einen der Hintereingänge des Clubs eingedrungen sein musste. In der Sackgasse, die er eben gewählt hatte, gab es keine andere Möglichkeit zu verschwinden. Dort parkte ein Lkw, dessen Fahrer gerade eine späte Lieferung für das *Paradis* ablud. Eine Tür stand offen. Dumas war dort hinein verschwunden, Albin hatte keinen Zweifel. Dennoch hatte er zur Sicherheit den Lkw umrundet, ins Fahrerhaus und auf die Ladefläche geschaut. Schließlich war er die drei Treppenstufen zum Lieferanteneingang hinaufgestiegen.

»Sind Sie sicher?«, hatte er Castels Stimme am Telefon gehört.

»Ja«, war Albins Antwort gewesen, als er einen breiten

Flur, der links und rechts voller Getränkekisten stand, betrat. Einige Angestellte liefen hin und her, luden silberne Bierfässer auf Sackkarren und kümmerten sich nicht um Albin. Sie hatten alle Hände voll zu tun. »Castel, ihr müsst den gesamten Block abriegeln.«

»Wir geben alles sofort durch. Albin! Sie müssen an Ort und Stelle bleiben und werden den Club nicht betreten. Dumas ist bewaffnet und gefährlich.«

»Bewaffnet und gefährlich inmitten eines voll besetzten Clubs«, hatte Albin erwidert, sich seinen Weg vorwärts gebahnt und schließlich das Foyer des *Paradis* erreicht, in dem er nun stand und versuchte, sich zu orientieren. Menschen über Menschen. Alle ausgelassen, fröhlich, jung.

»Albin!«, hörte er Castels Stimme am Telefon.

»Zu spät«, sagte er atemlos. »Ich bin schon im Club. Mobilisiert alles, was Beine hat.«

Albin drückte das Gespräch weg und steckte das Handy ein. Er sah sich weiter um und überlegte, ob Dumas in den Gastrobereich gelangt war. Dann wäre er nach rechts gegangen. Vielleicht versteckte er sich auf einer der Toiletten oder war durch den Haupteingang wieder raus. Albin stellte sich den Club aus der Vogelperspektive vor. Nein, dachte er, der Gastrobereich und der Haupteingang lagen in der Richtung, aus der Dumas eben gekommen war. Er würde nicht genau dahin flüchten. Also nach links und zur Tanzfläche – in der Hoffnung, dass er dort einen Ausgang fand.

Na dann, dachte Albin.

42

»*Scheißescheißescheiße*«, zischte Castel.

Theroux joggte neben ihr her, telefonierte. Sie hatten direkt hinter Albins SUV und dem BMW mit der zerschossenen Heckscheibe geparkt. Der Wagen gehörte Julien Gimbert, der dem Vernehmen nach inzwischen von einer Streife der Gendarmerie tot aufgefunden wurde – an genau der Stelle, die Albin beschrieben hatte.

Ein Fahrzeug der Polizei aus Avignon hielt ebenfalls hinter Albins SUV – die Kollegen sicherten den BMW. Und während Castel und Theroux in Richtung des *Paradis Perdu* liefen, schlossen sich ihnen zwei Streifenpolizisten an, die zu Fuß in der Innenstadt unterwegs gewesen und alarmiert worden waren. Der eine telefonierte wie Castel. Der andere gab etwas per Funk durch, um sicherzustellen, dass die Geschäftsleitung des *Paradis*, das nun in Sichtweite gelangt war, über eine bewaffnete Person in ihrem Club informiert wurde.

Cat und Theroux drängten sich zwischen den Wartenden hindurch, bis sie die Türsteher erreichten, die den Kassenbereich überwachten. Zwei massive Kerle in engen T-Shirts, Knopf im Ohr. Cat und Theroux zeigten ihre Ausweise vor. Die beiden Streifenpolizisten standen neben ihnen.

Der größere Türsteher schien einen Moment lang in

sich hineinzuhören und redete dann leise in seine Faust. Er trug dort offenbar ein Mikrophon. Dann nickte er Cat zu.

»Bin informiert«, sagte er. Also hatten die schlechten Nachrichten das *Paradis* bereits erreicht.

»Lassen Sie niemanden mehr herein«, sagte sie zu dem Mann.

»Das wird Stress geben.«

»Es gibt noch sehr viel größeren Stress, wenn Sie es nicht tun«, erwiderte Cat. »Wie viele Ein- und Ausgänge hat der Club?«

»Sieben. Außer dem Haupteingang und den beiden Besuchereingängen noch einer für die Belieferung, einer für das Personal und zwei Notausgänge«, sagte der Mann und erklärte, wo die waren. Einer an der linken Seite, einer an der rechten, einer in Nähe des Haupteingangs und zwei nach hinten raus.

Cat bedeutete den beiden Streifenpolizisten, dass sie hier am Eingang bleiben und sicherstellen sollten, dass es keine Unruhe gab. Außerdem sollten alle neu eintreffenden Polizisten zu den geschilderten Eingängen gehen.

Sie fragte den Türsteher: »Wie viele Sicherheitskräfte haben Sie im Club?«

»Wir sind zehn.«

»So lange, bis mehr Polizei eintrifft, sollten Ihre Kollegen die Ein- und Ausgänge im Blick haben und Ihnen Bescheid geben, falls ihnen etwas auffällt, okay? Und Sie geben es an meine beiden Kollegen weiter.«

»Klar.«

»Niemand greift ein, verstanden? Der Gesuchte ist bewaffnet und gefährlich. Nur beobachten.«

»Okay.«

»Ihre Kollegen sollen außerdem die Videoüberwachung im Blick haben und Sie verständigen, falls ihnen etwas auffällt.«

Der Türsteher nickte.

Theroux fragte: »Wie viele Personen sind aktuell im Club?«

Der andere Türsteher machte eine abschätzende Geste. »Etwa fünfhundert.«

»*Fuck*. Bekommen wir die raus?«

Theroux blickte Castel an. Castel blickte Theroux an.

»Wir könnten«, sagte der Türsteher, »einen Feueralarm auslösen. Dann müssten wir alle Türen öffnen und hätten nichts mehr im Blick. Wir könnten die Ausgänge nicht mehr überwachen.«

Cat biss sich auf die Unterlippe. Überlegte. Wenn die Menschen nach draußen strömen würden, könnte Dumas mit der Menge entkommen.

Sie deutete auf den kleineren Türsteher. »Mit der Funkeinrichtung können wir in Kontakt bleiben?«

»Ja«, sagte der Größere.

»Geben Sie mir eine. Sobald ich es Ihnen sage, lösen Sie einen Feueralarm aus und evakuieren.«

Die Männer nickten. Der Kleinere nahm seinen Knopf im Ohr raus und gab ihn Cat mitsamt einem winzigen Mikro, das man in der Hand halten konnte.

»Perfekt«, sagte Cat. Wenngleich sie es etwas eklig fand, einen Kopfhörer zu nutzen, der gerade noch in einem fremden Ohr gesteckt hatte, setzte sie den Knopf ein und drängte sich dann mit Theroux durch die Kassenzone.

43

Albin schlug ein Gewitter aus grellen Blitzen und Bässen entgegen, die ihm gegen den Brustkorb drückten und scheinbar sein Herz aus dem Takt bringen wollten. Er brauchte einen Moment, um sich an die Lichtverhältnisse und die Lautstärke zu gewöhnen. Die Tanzfläche war voller junger Menschen, die hüpften, sich bewegten, die Arme in die Luft warfen. Das Stroboskop zerhackte die Bewegungen. Kurz darauf wurde alles wieder in wechselnde bunte Lichter getaucht. Der DJ feuerte die Menge an. Noch war der Club erst zur Hälfte gefüllt. Kaum vorzustellen, was hier in einer oder zwei Stunden los wäre.

Musik ohne Gitarren – das war nichts für Albin. Immerhin hatte der aktuell laufende Song eine gewisse Melodie. Er sollte die Gäste sicherlich auf das vorbereiten, was später kam, wenn es härter zur Sache ginge.

Falls es überhaupt so weit käme.

Albin konnte nichts sehen außer tanzenden Menschen und solchen, die an der Bar herumstanden und Getränke bestellten. Er brauchte einen besseren Überblick, sah links und rechts Treppen, die auf eine Empore führten. Das war vielversprechend.

Er bahnte sich den Weg quer über die Tanzfläche, lächelte entschuldigend, wenn er jemanden anrempelte, wurde diverse Male von jungen Frauen und Männern angeschubst. Sie schienen sich darüber zu amüsieren, dass jemand in Albins Alter hier unterwegs war – vielleicht, um seine Enkeltochter zu suchen, oder weil er sich sagte: Zum Teufel mit dem Alter, ich will heute feiern und im Jungbrunnen baden. Natürlich war weder das eine noch das andere der Fall.

Dann erreichte er endlich die Treppe, deren Stufen zum großen Teil von wippenden Menschen mit Getränken in der Hand frequentiert waren, die von hier aus die Tanzfläche überblickten.

Wenige Sekunden später stand er auf der Empore, die aus Metallgittern gebaut war. In regelmäßigen Abständen waren Glasplatten in den Boden eingelassen, so dass man drei Meter tief nach unten blicken konnte oder von unten nach oben. Nicht so klasse, wenn junge Frauen kurze Röcke trugen – aber darum kümmerte sich Albin jetzt nicht. Er suchte sich einen Platz zwischen einigen Loungesesseln an der Balustrade aus Edelstahlstreben und ließ den Blick über die Tanzfläche schweifen.

Zwischen der Bar links und dem DJ-Pult sah er eine Tür, über der ein »Notausgang«-Signet leuchtete. Zwei Securitymitarbeiter standen dort. Albin sah, dass sich rechts neben dem Pult dasselbe Bild zeigte: bewachter Notausgang. Eher nicht vorstellbar, dass Dumas diesen Ausweg gewählt haben würde. Blieb die Frage, welchen er dann anstrebte und wo es weitere Ausgänge gab. Albin überlegte, Castel anzurufen. Aber das hätte bei dieser Lautstärke keinen Sinn.

Also fragen.

Einige der Lounges waren bereits besetzt. Dort wurden Getränke serviert. Albin blickte darüber hinweg zur Bar. Auf der anderen Seite des Tresens führte eine Tür nach hinten. Dort befanden sich vermutlich Lager- und Personalräume. Er sah außerdem zwei Türen, die zu den Toiletten führten. Er blickte zurück zur Bar. An der Außenseite stand ein Barkeeper und bereitete gerade einen Drink zu. Er merkte auf, als sich ein Mann durch die Menge drängte und auf ihn zusteuerte, um hinter den Tresen zu gelangen, was der Barkeeper verhindern wollte.

Der Mann hielt eine Sporttasche in den Händen und griff nun hinein.

»Dumas«, keuchte Albin.

Und setzte sich in Bewegung.

44

»Sie können hier nicht durch«, herrschte der Barmann Dumas an.

Dumas verstand ihn erst nach dem dritten Mal, weil es so laut war. Aber er musste dort hindurch. Durch die Tür in die hinteren Räume – und dann weitersehen. Die unteren Ausgänge, die er gesucht und gefunden hatte, waren von Mitarbeitern einer Securityfirma abgesichert. Da war kein Durchkommen – höchstens mit Waffengewalt. Das war Dumas zu riskant gewesen. Doch jetzt hatte er die Nase voll.

»Ich muss durch die Tür, es ist ein Notfall«, erklärte Dumas.

»Das geht nicht – ich rufe jetzt jemanden von der Security«, sagte der Barmann.

Nein, dachte Dumas, nein, das wirst du nicht tun. Er fasste in die Sporttasche und zog die Pistole hervor – nur, um sie dem jungen Mann zu zeigen und zu verdeutlichen, dass Dumas es ernst meinte. Sein Gegenüber verstand es sofort, wich zurück und nahm die Hände leicht hoch.

»He, Mann«, sagte er, »sind Sie verrückt, mein Gott, ich …«

»Wie«, blaffte Dumas, »komme ich hinter die Bar?«

Denn dummerweise hatte er keine Ahnung, wie man

hinter den Tresen gelangte. Da war nirgends ein Durchgang, und er konnte ja schlecht über die Bar hinwegspringen. Andererseits blieb ihm vielleicht keine andere Wahl.

Der Angestellte sagte. »Gar nicht. Sie müssen über den Tresen …«

»Dumas!«

Dumas blickte nach rechts, in den Raum hinein. Er sah, dass jemand auf ihn zukam.

Leclerc.

Im Gehen griff Leclerc zur Seite, zog aus einem Kübel, der auf einem der Loungetische stand, eine Champagnerflasche und hielt sie wie eine Keule vor sich. Er kümmerte sich nicht um die jungen Leute, die aufsprangen und schimpften.

»Dumas!«, rief er erneut.

»Mist«, zischte Dumas, »jetzt reicht's mir.«

Er zog die Pistole komplett aus der Tasche und richtete sie auf den herannahenden Leclerc.

Es dauerte nur einen kleinen Augenblick, bis die Menschen vor und hinter der Bar und in den Lounges begriffen, was Dumas in der Hand hielt.

Chaos brach aus.

45

Unter anderen Umständen hätte der Club Castel
gefallen. Sie war schon lange nicht mehr feiern gewesen – zu lange nicht. Sie hätte den Altersdurchschnitt
gehoben. Nicht zu sehr, aber etwas.

Sie und Theroux drängten über die Tanzfläche und
sahen sich um. Ein Ding der Unmöglichkeit, hier jemanden ausfindig zu machen. Anrufen brauchte sie Albin sowieso nicht. Der würde nie im Leben das Telefonklingeln
hören, geschweige denn sie verstehen können.

Dennoch müsste sie es versuchen. Vielleicht an einem
etwas ruhigerem Ort. Gab es hier drinnen Toiletten? Sie
stupste Theroux an, der sich ebenfalls überall umsah,
und deutete in Richtung einer der Theken. Dort musste
es ja zumindest ein wenig leiser sein, damit man die Be-
stellungen verstehen konnte. Vielleicht würde das für ein
Gespräch ausreichen.

Sie zwängte sich durch die Tanzenden und fühlte sich
wie eine Billardkugel, die von allen Seiten angestoßen
wurde. Meine Güte, wenn man sich vorstellte, dass der
Laden noch gar nicht gefüllt war …

Schließlich erreichten sie den Rand der Tanzfläche und
eine der langen Bars. Castel suchte in ihrer Umhängetasche nach dem Handy, vernahm dann aber eine Stimme
über den Knopf in ihrem Ohr.

»Es gibt ein Problem an der Top-Level-Bar«, hörte sie eine Stimme. Es war die des Türstehers. Dann eine weitere, die sie nicht einordnen konnte. »Die Videoüberwachung zeigt eine Auseinandersetzung mit einem Gast. Älterer Mann. Er hat eine Tasche. Wie kam der mit der Tasche rein?«

»Weiß nicht«, erwiderte der Türsteher. »Kam nicht bei uns rein. Mit einer Tasche kommt man nicht durch.«

»Er hat …« Die andere Stimme stammelte. »Er hat, mein Gott, ist das eine Waffe? Zoom mal ran.«

Top-Level-Bar, dachte Castel. Sie blickte nach oben. Sie sah Bleche, dazwischen Glasböden. Fast genau über ihr stand jemand.

Castel deutete hoch. Theroux blickte auf.

»Ist das …«, fragte er.

»Das ist er«, antwortete Castel.

Nämlich Albin von unten.

Sofort setzten sich Castel und Theroux in Bewegung, bogen wieder auf die Tanzfläche ab, um zur Treppe zu gelangen, die auf die Empore führte.

46

Man kommt nicht mit einem Messer zu einer Schießerei, lautete ein geflügeltes Wort. Und wie verhielt es
sich, wenn man einen noch verkorkten Moët mitbrachte?
Fraglos war man dann ebenfalls ein Dummkopf. Es sei
denn, man hatte keine andere Wahl und dachte sich: Besser das als gar nichts. So wie Albin, der die grüne Flasche
wie eine Keule hielt und sich auf die Bar zubewegte.

Dort stand Dumas an der Seite, die Balustrade der
Empore im Rücken. Er hielt die offene Sporttasche an
die Brust gepresst. Mit der anderen Hand hielt er seine
Pistole und richtete sie auf einen der Angestellten hinter der Bar. Dann erkannte er Albin. Er schwenkte die
Waffe auf den Ex-Commissaire, der nun ein zweites Mal
innerhalb einer Stunde in den Lauf von Dumas' Pistole
blickte.

Albin hörte vereinzeltes Aufschreien. Die Menschen
hinter der Bar gingen in Deckung, flohen durch eine Tür
auf der Rückseite. Wer vor dem Tresen stand, bewegte
sich in die entgegengesetzte Richtung – geduckt. Albin
hörte auch ein Stöhnen hinter sich. Die jungen Leute,
die ihn wegen der Champagnerflasche angehen wollten,
kapierten offenbar ebenfalls, was hier los war, und wichen zurück.

Gut so, dachte Albin.

»Raus!«, rief er. »Raus! Raus! Raus! Er hat eine Waffe! Eine Waffe! Alle weg von hier! Ducken! Lauft! Lauft!«

Genau das taten die Menschen.

Nur nicht Dumas. Der fuchtelte weiter mit der Pistole herum, während er mit dem Rücken am Geländer stand und Albin wie ein Fels in der Brandung zwischen den fliehenden Personen stand, um für Dumas ein denkbar schlechtes Ziel abzugeben. Es sei denn, der Mann wollte wahllos auf die Gäste schießen. Doch dafür war er nicht der Typ, glaubte Albin. Er hatte nur auf solche geschossen, die ihm etwas angetan hatten – abgesehen von dem Motorradpolizisten in Marseille und der Frau von Vincent Trouchet.

»Leclerc!«, brüllte Dumas.

Albin wurde immer wieder angerempelt, bewegte sich aber keinen Zentimeter. Bis zur Bar und zu Dumas waren es vielleicht acht Meter. Jetzt sah er, dass Dumas auf den Tresen der Bar kletterte. Albin nutzte den Moment und bewegte sich etwas weiter voran. Doch schon im nächsten Augenblick stand Dumas zwischen Flaschen und Gläsern auf der Bar, schwenkte die Pistole herum und nahm Albin ins Visier.

»Leclerc! Hauen Sie ab, Mann!« Dumas blickte sich um. Er sah zur Tür hinter der Bar. Das war also sein Plan. Er blickte wieder zu Albin, der erneut stehen blieb. Nun gab es nur noch ihn und Dumas.

»Geben Sie auf!«, rief Albin.

Dumas tat nichts dergleichen. Stattdessen hielt er die Pistole nach oben und feuerte zwei Schüsse in die Decke. Eine Drohgebärde – die vermutlich endgültig eine Panik auslösen würde. Aber es war ein weiterer Moment der

Unachtsamkeit. Ein Moment, in dem Albin alles auf eine Karte setzen musste.

Wie beim Spiel gegen Mazan und das Team von Crouchaut. Albin wusste, dass er vermutlich nicht gewinnen könnte. Aber er war an der Reihe und könnte wenigstens einen Akzent setzen.

Was er dann tat: Er holte mit der Champagnerflasche aus und warf sie wie eine Stahlkugel in Richtung von Dumas.

Der Moët traf Dumas am Kopf, der zurückschnellte. Zwei weitere Schüsse lösten sich. Die Kugeln bohrten sich in die Decke.

Dumas verlor die Kontrolle über seine Tasche. Sie flog ihm im hohen Bogen aus der Hand. Sie öffnete sich mit einem Ruck. Die Kassette schoss heraus, in der sich der Beutel mit den Diamanten befand. Sie traf gegen einen Pfeiler, sprang auf.

Ein Regen aus funkelnden Edelsteinen ging auf die Tanzfläche hinab.

47

Die Flasche erwischte Dumas mitten im Gesicht. Er taumelte, fiel beinahe hin, ruckte. Einige Momente lang hatte er Sterne vor den Augen, versuchte, wieder klar zu sehen – und begriff, dass er nicht nur Sterne sah.

Er sah einen Diamantenregen.

Seine Diamanten!

Die geöffnete Sporttasche war ihm aus der Hand geglitten. Die Kassette mit den Edelsteinen war herausgeschleudert worden. Sie waren gegen einen Pfeiler geschlagen, hatte sich geöffnet.

Dumas brüllte wie ein Stier, wollte sich irgendwo festhalten, denn ihm war schwindelig. Er knickte ein, schlug mit den Knien auf der Oberfläche des Tresens auf. Blut schoss ihm ins Gesicht.

Er versuchte, nach den Diamanten zu fassen. Einige lagen auf der Bar. Andere auf Tischen verstreut, auf dem Boden. Die meisten hatten sich über die Balustrade ergossen und mussten auf die Tanzfläche gefallen sein.

Seine Diamanten!

Sein Leben!

Alles fort!

Nur wegen Leclerc.

Leclerc.

Jetzt bist du fällig, dachte Dumas.

48

Castel und Theroux hatten fast die Treppe erreicht, als es einige Male laut knallte. Es war trotz der Lautstärke der Musik zu hören. Castel kannte das Geräusch.

Schüsse.

Sie fasste sich an die Hüfte und zog ihre Dienstwaffe, die sie unter dem Saum des T-Shirts trug. Theroux tat dasselbe. Es blieb nicht unbemerkt. Menschen wichen vor ihnen zurück – während auf der Tanzfläche plötzlich ein Chaos ausbrach.

Castel trat auf die erste Treppenstufe und sah, wie Glitter von der Empore herabregnete. Kristalle.

Die Tanzenden blickten nach oben, riefen »Oh« und »Ah« und stürzten sich auf das Glas.

Oder … waren das Diamanten?

Die von Dumas?

Castel sah wieder nach vorn.

Und erblickte zahllose Menschen, die schreiend die Treppe hinabeilten und ihr und Theroux wie ein Tsunami entgegenkamen.

Instinktiv hielt sich Castel am Geländer fest. In der nächsten Sekunde drängten sich unzählige Körper gegen sie. Beinahe wäre ihr die Pistole aus der Hand gefallen.

Sie hakte sich mit dem Ellenbogen an die Laufleiste des Geländers und rief in das Mikro, das sie in der Hand hielt: »Evakuieren! Jetzt! Feueralarm! Es sind Schüsse gefallen! Alle Menschen raus! Notausgänge öffnen!«

Sie ruckte hin und her, wurde immer wieder von anderen Körpern angerempelt. Auch Theroux hielt sich mit Mühe und Not am Geländer fest. Castel sah seinen entsetzten Gesichtsausdruck.

Schließlich war die Treppe wieder frei. Castel lief los, hastete nach oben. Theroux folgte ihr. Nun konnte sie sehen, dass sich das Verhalten der Menschen auf der Tanzfläche schlagartig veränderte. Sie schienen nun begriffen zu haben, dass etwas sehr Gefährliches geschah und andere Menschen flohen.

Was sie nun ebenfalls taten.

Einige stürzten, stolperten über diejenigen, die auf dem Boden krochen, um die Steine einzusammeln. Mit einem Mal brach außerdem die Musik ab. Nun war das Rufen und Kreischen zu hören. Die Menschen waren in Panik.

Schließlich erreichten Castel und Theroux die Empore.

Am anderen Ende war eine Bar.

Ein Mann hockte auf dem Tresen. Vor ihm stand jemand.

Albin.

49

Albin machte einen großen Schritt voran, streckte die Hände aus und griff nach Dumas. Er bekam seinen rechten Unterarm zu fassen, bog ihn mit einem Ruck nach oben.

Ein weiterer Schuss löste sich aus der Waffe. Dann noch einer. Albins Ohren wurden taub.

Er handelte wie in Trance. Als ob ein Programm ablief. Er zog mit aller Gewalt an dem Arm und riss Dumas von der Theke. Er fiel herab, traf auf einen der Barhocker, ging mit ihm zu Boden.

Der Ruck ließ Albin taumeln. Er geriet mit dem Fuß unter den Oberkörper von Dumas, strauchelte, stolperte, hielt sich an einem Bistrotisch fest und fing sich schließlich wieder.

Doch nun hatte er Dumas nicht mehr unter Kontrolle. Er wirbelte herum, sah auf den Mann am Boden, der sich gerade wieder aufrappelte, sich auf den Rücken rollte, aufsetzte und an den Tresen lehnte. Er wischte sich das Blut von einer Platzwunde an der Stirn aus dem Gesicht und suchte nach Albin, der sich nach einer Deckung umsah, aber keine fand. Dann nahm Dumas die Waffe wieder hoch und zielte auf Albin.

»Stopp!« Aus den Augenwinkeln nahm Albin wahr, dass zwei Personen in seiner Nähe aufgetaucht waren.

Castel und Theroux. Beide hatten ihre Pistolen im An-schlag und richteten sie auf Dumas – der nach wie vor auf Albin zielte.

»Runter mit der Waffe!«, rief Theroux.

Castel atmete schwer, blickte zu Albin – um sich zu versichern, dass mit ihm alles okay war. Den Umständen entsprechend war es das. Er war nicht verletzt – bis auf das nahezu taube Ohr, weil direkt neben ihm die Schüsse gefallen waren.

»Runter mit der Waffe!«, rief Theroux erneut.

Dumas machte keine Anstalten zu folgen.

»Meine«, brüllte er stattdessen, »Diamanten!«

»Es ist vorbei«, erwiderte Castel. »Geben Sie auf, Du-mas. Hier geht es nicht mehr weiter.«

»Es ist Ihre Schuld, Leclerc!«, blaffte Dumas.

Aber Albin schüttelte mit dem Kopf. »Nein«, sagte er, »nein, alles ist Ihre eigene Schuld, Dumas. Sie haben den Hals nicht voll genug bekommen. Sie hätten viel frü-her aufhören sollen, dann wären Sie vielleicht mit einer Handvoll Diamanten davongekommen und würden froh und zufrieden in einer Lodge in Kenia sitzen.«

»Ich jage Ihnen eine verdammte Kugel in den Kopf!«

»Dann«, erwiderte Castel, »werden mein Kollege und ich auf Sie schießen.«

»Ich bin sowieso schon tot!«

»Sind Sie nicht«, sagte Albin. »Legen Sie die Waffe weg. Wir versorgen Ihre Kopfwunde. Und dann unter-halten Sie sich in aller Ruhe mit meinen Kollegen. Dann sehen wir, was wir für Sie tun können.«

»Genau«, erwiderte Castel. »Sie wissen eine Menge Dinge, Dumas. Zu viel für manchen.«

»Die wollten mich umbringen! In Afrika! Unsere eigenen Leute! Die wollten mich aus dem Verkehr ziehen! Alle Menschen, denen ich vertraut habe, haben mich aufs Kreuz gelegt! Wer steckt dahinter?! Wer hat an den Strippen gezogen, hm?!« Dumas brüllte. Speicheltropfen stoben von seinen Lippen.

Albins Gehör kam langsam zurück. Erst jetzt bemerkte er, dass die Musik nicht mehr lief, dafür hörte er Menschen rufen und schreien. Im Club war eine Panik ausgebrochen. Er hoffte, dass dabei niemand zu Schaden kam. Aber nun musste er erst einmal zusehen, dass er selbst unbeschadet aus der Situation herauskam. Jeder zielte auf jeden, mit Ausnahme des unbewaffneten Albins. Niemand konnte gewinnen.

Faktisch gab es nur eine einzige Möglichkeit, die Lage zu verändern: Dumas musste aufgeben. Anders wäre diese Konfrontation nicht zu lösen.

»Die haben Sie alle aufs Kreuz gelegt«, sagte Albin. »Wir wissen das. Ich habe mit Moussa Kanga gesprochen. Er hat mir alles erzählt. Der Geheimdienst hat ihn ebenfalls abgezockt.«

Dumas blinzelte. Das mit Kanga schien ihn zu überraschen. Er schwieg, wischte sich mit der freien Hand erneut Blut aus dem Gesicht.

»Wir waren bei Papinet«, sagte Castel. »Wir wissen, dass er mit dem Geheimdienst gemeinsame Sache macht. Man wollte seine Frau entführen.«

»Papinet, das Schwein«, zischte Dumas. »*Ich* wollte seine Frau entführen. Aber dann habe ich es mir anders überlegt. Habe Sie auf eine falsche Fährte geführt, hm?«

»*Sie* waren das mit den Fotos?«, fragte Theroux.

»Ich war das«, erwiderte Dumas.

Albin sagte: »Wir wissen eine Menge. Für das meiste haben wir keine Belege. Sie könnten das ändern und reinen Tisch machen, alles aufklären.«

»Einen Scheiß mache ich!«, blaffte Dumas. »Alles, absolut alles, was ich mir aufgebaut habe, ist im Arsch. Alles nur wegen Ihnen, Leclerc! Wenn der Geheimdienst mich bekommt, legen die mich um! Die stecken hinter allem, oder? Sie wissen es, ja? Geben Sie mir einen Namen!«

»Deswegen«, sagte Castel mit ruhiger Stimme, »sollten Sie mit uns kooperieren. Wir nehmen Sie in Schutzhaft. Dann unterhalten wir uns. Ich rede mit dem Staatsanwalt über ein Zeugenschutzprogramm. Quid pro quo, Dumas. Sie helfen uns, wir helfen Ihnen. Noch ist nicht alles vorbei, und wenn wir Sie schützen sollen, dann müssen Sie auch etwas für uns tun – zum Beispiel, dass Sie Ihre Waffe zur Seite legen.«

Albin wusste, dass Castel zumindest zum Teil bluffte. Dumas hatte mehrere Menschen getötet, darunter einen Polizisten. Auf keinen Fall würde er ungeschoren davonkommen, sondern den Rest seines Lebens im Knast verbringen – selbst dann, wenn es gut für ihn lief. Sicherlich war das Dumas ebenfalls klar. Dennoch musste man ihm eine Option zeigen, an die er vorher vielleicht noch gar nicht gedacht hatte, um ihn zu verunsichern und zum Aufgeben zu bewegen.

»Ich glaube Ihnen kein Wort«, keuchte Dumas.

»Wir wollen etwas von Ihnen«, sagte Theroux. »Das verbessert Ihre Verhandlungsposition ziemlich, muss ich sagen. Und Sie wollen einen Namen? Ich gebe Ihnen einen Namen – aber erst legen Sie die Waffe nieder.«

Cleverer Bursche, dachte Albin. Appellierte an Dumas' Funktion als Verhandler und Vermittler und führte ihn auf diese Art und Weise auf sicheres Terrain.

Dumas schien nachzudenken. »Sie irren sich«, sagte er dann. »Meine Verhandlungsposition ist denkbar schlecht. Aber mit einem haben Sie recht: Hier geht es nicht mehr weiter. Hier ist Schluss.«

Dann nahm er die Pistole runter.

Aber nur, um sich die Öffnung des Laufes unter das Kinn zu pressen.

50

Aus, dachte Dumas.

Aus und vorbei.

Hier endete sein Weg. Da hätte er sich auch gleich in Afrika erschießen lassen können. Warum hatten sie ihn überhaupt verschont? Nein, das war dummes Zeug. Er hatte fast alle zur Rechenschaft gezogen, die ihn verkauft und verraten hatten. Papinet, den hatte er nicht bekommen. Aber wie es schien, hatte die Polizei ihn auf der Agenda. Dumas hatte auch nicht herausgefunden, wer der Strippenzieher im Hintergrund war. Doch die Polizei schien zu begreifen, dass es Zusammenhänge gab – zumal Leclerc den Namen Moussa Kanga erwähnt und offenbar auch mit ihm gesprochen hatte. Es blieb zu hoffen, dass die Polizei wenigstens einiges klären könnte. Mit etwas Glück würden sie die zuständigen Personen vor Gericht bringen oder aus dem Verkehr ziehen – was auch immer. Vielleicht kamen sie jedoch ungeschoren davon. Papinet ebenfalls. Aber daran konnte Dumas nun nichts mehr ändern. Seine Kraft war dahin.

Er hatte von einem unbeschwerten Lebensabend geträumt. Die Taschen voller Geld. Er hätte sich alles ermöglicht, was ihm verwehrt geblieben war, worauf er immer hingearbeitet hatte. Er hätte sich eine junge Frau genommen und vielleicht noch ein paar Kinder gezeugt.

Damit würde es nun nichts mehr werden. Er hatte alles auf eine Karte gesetzt – und verloren.

Aus und vorbei, dachte er erneut. Hier endet es.

Er spürte den Druck der Pistole unter dem Kinn. Hörte, wie Stimmen auf ihn einredeten, nahm sie aber gar nicht mehr wirklich wahr. Er war in sich selbst versunken.

Eine Kugel sollte mindestens noch im Lauf sein, dachte er. Das würde ausreichen.

Dabei hatte er das Leben doch immer geliebt. Aber was sollte man machen, wenn das Leben einen nicht zurückliebte?

Man hatte immer drei Optionen, dachte er: *Love it, change it or leave it.* Komm mit den Umständen klar, ändere die Ursachen oder dich selbst – oder zieh weiter. Und für ihn kam nur noch Option drei in Betracht, oder?

Leave it.

Er wollte nicht den Rest seines Lebens im Gefängnis verbringen. Auf keinen Fall.

Eher würde er die Reißleine ziehen.

Dumas neigte die Pistole ein wenig, damit er sichergehen konnte, dass die Kugel nicht nur sein Gesicht von unten durchbohrte, sondern den gesamten Schädel.

Er spürte den Widerstand am Abzug.

Au revoir, dachte er. Das war es.

51

»Nein!«, rief Albin und wollte sich auf Dumas stürzen.

Zu spät.

Ein Schuss krachte.

Dumas' Kopf schlug zurück und gegen die Theke. Irgendetwas fiel von oben herab. Die Hand sackte Dumas schlaff in den Schoß. Der Schlitten der Pistole war komplett nach hinten geschlagen, was bedeutete, dass gerade die letzte Kugel abgefeuert worden war. Er hatte seine Entscheidung getroffen, keine Frage: Im letzten Moment hatte er die Waffe von sich gestreckt und an die Decke geschossen. Jetzt atmete er tief durch, warf die Pistole von sich. Theroux setzte sich sofort in Bewegung, um sie einzusammeln.

»Nein«, sagte Dumas in sich zusammengesunken. »Nein, ich kann nicht. Und ich will nicht. Es sind noch Rechnungen offen.« Er blickte auf. Das Blut floss ihm über das Gesicht. »Wer?«, fragte er. »Wer steckte dahinter?«

»Ich bin überzeugt«, sagte Cat, »dass Sie den Betreffenden bald kennenlernen werden.«

»Was wollen Sie wissen?«, fragte Dumas matt. »Ich sage Ihnen alles. Nutzen Sie meine Informationen, um diese Leute fertigzumachen. Papinet – und alle, die dahinterstecken. Sie haben keine Ahnung, was die getan haben. Nicht die geringste Ahnung haben Sie.«

»Wir werden genug Zeit haben«, erwiderte Castel, »um uns zu unterhalten. Über alles.«

Sie und Albin traten einige Schritte zur Seite, denn es rückte eine ganze Horde von Polizisten an – allen voran ein Stoßtrupp mit schweren Schutzwesten. Albin verfolgte, wie Dumas festgenommen wurde und Handschellen angelegt bekam. Einige Kollegen in Zivil aus Avignon waren ebenfalls dort und nahmen sofort Castel und Theroux in Beschlag.

Albin atmete einige Male tief durch, fuhr sich mit beiden Händen durchs Gesicht und zog aus einem Sektkübel eine weitere Flasche Moët hervor. Er entkorkte sie und gönnte sich einen großen Schluck direkt aus der Pulle. Er blickte Dumas hinterher, den man gerade abführte. Die Polizisten wurden an der Treppe allerdings von jemandem aufgehalten, der einen Ausweis vorzeigte und sie in ein Gespräch verwickelte. Albin wusste, wer der Mann war.

Er drehte sich zur Seite, stupste Castel an, die gleichzeitig telefonierte und mit einem Kollegen aus Avignon redete, und deutete mit der Champagnerflasche in der Hand in Richtung Treppe.

Er wollte gerade etwas sagen, aber da war Castel schon unterwegs, gestikulierte und schritt ein – dem Anschein nach war Gabriel Martinet vom DGSI aufgekreuzt, um den Gefangenen für sich zu beanspruchen.

Albin kannte den Burschen. Zwar nur deswegen, weil Martinet in der Vergangenheit einige Male mit Castel zu tun gehabt hatte und ihr am Zeug flicken wollte. Aber er wusste, aus welchem Holz der Kerl geschnitzt war. Zumal sich Castel und Theroux den Burschen vorhin erst vorgeknöpft hatten, denn seine Behörde schien in den Fall Dumas verstrickt zu sein. Und damit lag auf der Hand, was Martinet hier wollte: den Schaden begrenzen und verhindern, dass Dumas auspackte und Dinge ans Licht kamen, die Martinet lieber im Dunkel belassen würde. Er war der Mann, nach dem Dumas gesucht hatte: der Strippenzieher.

Albin verfolgte, wie Cat, Martinet und der Einsatzleiter aus Avignon heftig miteinander diskutierten.

Albin nahm noch einen Schluck. Theroux kam zu ihm herüber, blickte ihn schief an, sah zu Castel, dann wieder zu Albin.

Theroux sagte: »Hör mal, was machst du da?«

»Mir einen Schluck Moët gönnen – wonach sieht es denn sonst aus?«

»Du kannst doch nicht einfach aus einer fremden Flasche trinken.«

»Die war verkorkt, nagelneu. Was sollte denn da drin sein – K. o.-Tropfen?«

»Darum geht es nicht, Albin. Du hast die doch gar nicht bezahlt.«

»Schadensersatz«, antwortete Albin und zuckte mit den Schultern. »Die eine Flasche wird den Laden nicht pleitegehen lassen.«

Theroux erwiderte: »Sie gehört ja nicht mehr dem Geschäft. Sie stand auf einem der Loungetische, was heißt, dass ein Gast die bezahlt hat. Und du trinkst die einfach aus. Weißt du, was eine solche Flasche hier kostet? Mit Sicherheit mehr als hundert Euro.«

»Von mir aus auch zweihundert.«

»Das ist Mundraub, Albin. Außerdem musst du noch fahren, richtig? Du kannst doch nicht Alkohol trinken und dann noch fahren!«

Albin wollte gerade erwidern, dass Theroux nicht mehr alle Tassen im Schrank hatte. Eben war in der Disco das Chaos ausgebrochen. Es hatte eine Schießerei gegeben. Ein Mehrfachmörder war gefasst, Albin gerade noch einmal mit dem Leben davongekommen und Castel in Debatten mit dem Geheimdienst – und Theroux fiel nichts Besseres ein, als sich über ein paar Schluck fremden Champagners zu beschweren. So war er nun einmal. Nach Albins Meinung ein hervorragender Polizist, der in der Behörde immer noch maßlos unterschätzt wurde, weswegen Albin ihn nach Kräften protegierte. Aber manchmal klickten die Relais in seinem Oberstübchen nicht richtig, und man mochte meinen, entweder Theroux oder man selbst befand sich plötzlich im falschen Film.

Aber Albin sparte sich seine Bemerkung. Denn ihm fiel siedend heiß ein, dass Veronique ihn eigentlich zum Einkaufen geschickt hatte. Das konnte er jetzt wohl vergessen.

Albin seufzte, setzte den Moët wieder an, trank einen großen Schluck und hielt die Flasche dann Theroux hin: »Auch 'n Schlückchen? Hast du dir verdient.«

52

Cat trank einen großen Schluck Wasser und leerte die kleine Flasche dabei fast in einem Zug. Draußen war es glühend heiß, aber hier im Büro von Staatsanwalt Luc Bonnieux, der ihr gegenüber am Schreibtisch saß, Ear-Pods trug und auf den Laptop starrte, lief die Klimaanlage. Immerhin.

Das Palais de Justice in Carpentras lag am Place Charles de Gaulle. Es war ein gewaltiger Bau mit einer großen Pforte, der Mitte des 17. Jahrhunderts im italienischen Stil auf den Mauern eines mittelalterlichen Gebäudes unmittelbar neben der gotischen Kathedrale Saint-Siffrein entstanden war. Seinerzeit war Carpentras noch Bischofssitz und der Bauherr des damaligen Palais Épiscopal namens Alessandro Bichi Nuntius der italienischen Kirche in Frankreich. Kein Wunder also, dass der alte Bischofspalast noch heute im Inneren deutlich prächtiger war als viele andere Justizgebäude. Nachdem 1801 das Bistum aufgelöst und in das Erzbistum Avignon überführt worden war, wurde der Palais Épiscopal zum Tribunal judiciaire de Carpentras umfunktioniert.

Die von vielen Touristen besuchte Kathedrale war der Grund dafür, dass auf dem Platz vor dem Justizpalast stets Betrieb herrschte. Dort gab es mehrere kleine Cafés und Wasserspiele. Und schon in früheren Jahrhunderten hatte es immer Trubel gegeben. Kinder und Jugendliche spielten hier oft Ball, was die Nonnen und Klosterschüler nicht nur beim Beten störte. Sie mussten sich auch obszöne Worte von den Spielenden anhören und sie teilweise sogar halbnackt ansehen. In der Folge wurde das Ballspielen bei Geldstrafe verboten.

Bonnieuxs Büro war nüchtern eingerichtet. Hinter ihm hingen gerahmte Urkunden an der Wand und ein Foto von seiner Ernennung im festlich hergerichteten Gerichtssaal mit alten Holzbänken und Tischen, Intarsien an den Wänden und Malereien an den Simsen. Auf dem Schreibtisch stand ein gerahmtes Bild seiner Frau. Ein neues hatte sich dazugesellt: Es zeigte Bonnieux samt Gattin mit dem kleinen Mops namens »Henri«, den Bonnieux aus dem Wurf von Cats Möpsin Mila und Albins Mops Tyson adoptiert hatte.

Der Staatsanwalt trug heute eine schlichte graue Anzughose und dazu ein weißes Kurzarmhemd nebst einer hellblauen Krawatte. Er stoppte den Audiostream, zog die EarPods aus den Ohren, legte sie schweigend in die dazugehörende Box und nahm die randlose Brille ab, um sie zu putzen. Zwischen seinen Augen hatte sich eine Falte gebildet. Er blinzelte einige Male, wie um die Bilder von der Netzhaut zu verscheuchen. Dann setzte er die Brille wieder auf, faltete die fein manikürten Hände und sah Cat unverwandt an.

»Und jetzt?«, fragte er.

Cat blähte die Backen und zuckte schwach mit den Schultern. »Ich würde sagen«, erwiderte sie, »dass das Ihre Entscheidung ist, Monsieur le Procureur de la République.«

Bonnieux atmete tief ein und aus, ohne den Blick von Cat abzuwenden. »Ich bin zunächst sehr zufrieden mit unserem Ermittlungserfolg«, sagte er dann. »Es zeigt wieder einmal unsere Schlagkraft im Kampf gegen das Verbrechen, und wir konnten unsere Kollegen in Avignon maßgeblich unterstützen und sogar einen Fall der Kollegen in Marseille klären. Es missfällt mir allerdings, dass schon wieder der Name Leclerc auftaucht. Immer und immer wieder mischt sich dieser Kretin, dieser Pensionär ein und …«

»… und immer wieder unterstützt er uns maßgeblich. Das können Sie nicht ignorieren, oder?«

Bonnieux lehnte sich etwas nach vorn. »Wie stehen wir denn da, Capitaine? Wie eine Behörde, die ohne einen alten Mann nicht klarkommt? Auch, wenn es nicht öffentlich wird, aber intern weiß doch nun wirklich jeder Bescheid.«

»Wäre unsere Personalausstattung besser«, sagte Cat, »dann sähe die Sache vielleicht anders aus.«

»In Sachen Personal sollte es bald Entscheidungen geben.«

»Davon reden Sie schon seit Jahren.«

»Die Mühlen der Bürokratie mahlen langsam, wie Sie wissen. Ich habe mich immer wieder dafür eingesetzt, dass unsere Budgets verbessert werden, und das wird auch so kommen. Aber Leclerc …« Bonnieux machte eine abschätzende Geste. »Seien wir doch ehrlich. Selbst bei doppelter Personalstärke würde er sich immer wieder einmischen. Seine unkonventionellen Methoden waren bereits zu seiner aktiven Dienstzeit unerträglich, und es wird eher schlimmer als besser damit.«

»Dann seien wir aber so ehrlich und erkennen an, dass auch der laufende Fall ohne Albins Einschreiten womöglich ganz anders ausgegangen wäre …«

»… ja …«

»… und Sie selbst haben offiziell unterschrieben, dass er als polizeilicher Berater arbeiten darf …«

»… damit es keine juristischen Probleme wegen seiner Einmischungen als Zivilperson gibt. Das hat ausschließlich Gründe der Schadensbegrenzung. Ich kann ihn schlecht mit einstweiligen Anordnungen überziehen und ihm verbieten …« Bonnieux blickte kurz aus dem Fenster. »Ich meine: Ich könnte schon. So ist das nicht. Natürlich könnte ich das.«

»Aber er würde sich nicht daran halten. Und es würde sehr schlecht aussehen, wenn man jemanden wie Albin Leclerc mit Strafen belegt, weil er Ermittlungsarbeit leistet.«

»Aber genau das soll er ja nicht! Ist Ihnen klar, was dieser Mann tut? Der schreckt vor nichts zurück! Neulich lauerte er mir und dem Bürgermeister vor dessen Büro auf und folgte uns sogar auf die Toilette! Ist das zu fassen?«

Cat unterdrückte ein Grinsen und schwieg einen Moment. Sie leerte die Flasche. Zuckte mit den Achseln. »Ich weiß auch nicht«, erwiderte sie. »Vielleicht sollten Sie und Montfavet als Chef de Police sowie die Madame la Présidente du Tribunal ein intensives Gespräch mit ihm führen.«

»Die Madame Gerichtspräsidentin weiß am besten so wenig wie möglich über Leclercs Einmischungen.«

»Soweit ich informiert bin, konnten die beiden früher

ganz gut miteinander. Sie kennt doch Albin und weiß am ehesten, wie man mit ihm sprechen muss. Ich selbst komme da nicht weiter, tut mir leid. Und wenn ich ehrlich bin: Albins Einmischungen missfallen mir ebenfalls. Theroux und ich und jeder andere Kollege weisen ihn stets darauf hin. Auf der anderen Seite ist er sehr hilfreich. Das lässt sich nicht unter den Tisch kehren. Seine hervorragenden Verbindungen, sein außerordentlicher Spürsinn, die jahrzehntelange Routine ...«

Bonnieux machte eine abschneidende Geste. Die Eloge auf Albin schien er nicht hören zu wollen. »Wir werden sehen«, sagte Bonnieux. »Jedenfalls geht das nicht so weiter.«

»Sagen wir ihm jeden Tag.«

Bonnieux leckte sich über die Lippen, sammelte sich wieder. »Aber Leclerc soll nicht Gegenstand unserer Unterhaltung sein.« Der Staatsanwalt zog den Stick aus dem USB-Laufwerk und drehte ihn zwischen den Fingern hin und her. Er enthielt die Audiodatei von Martinets Gespräch mit Papinet und ein Protokoll der Unterredung zwischen Martinet, Cat und Theroux im Restaurant an der Rhône. Von dem Stick gab es eine Kopie, die Cat an Martinet gesendet hatte – verbunden mit einer handschriftlichen Notiz:

Gabriel. Wir beide sind nun ein für alle Mal miteinander fertig. Siehst du das auch so? C.

Eine klare Botschaft, wie sie hoffte.

Was nun wiederum Bonnieux mit den Informationen anstellen würde, lag nicht in ihrer Hand. Sie hatte es jedenfalls als ihre Pflicht empfunden, dem Staatsanwalt die Aufzeichnung zu übergeben, damit er über die Zusammenhänge informiert war und daraus seine Schlüsse ziehen konnte.

Offensichtlich fiel ihm das schwer, was Cat nicht ganz einordnen konnte. Normalerweise müsste es doch Wasser auf seine Mühlen sein?

Bonnieux lehnte sich im Stuhl zurück, wedelte mit dem Stick. »Sie haben zum Glück bei der Verhaftung durchsetzen können, dass der DGSI Guy Dumas nicht in die Finger bekommt. Gut gemacht, Castel. So oder so wird der Mann wegen mehrfachen Mordes vor Gericht kommen. Was aber diesen Stick angeht und die Verwicklungen des Geheimdienstes in die Affäre ... Ich weiß noch nicht.«

»Monsieur le Procureur«, sagte Cat, »der Geheimdienst hat Geschäfte mit Terroristen und Rebellen gemacht, dazu Geld mit der Hilfe von Kriminellen gewaschen und Geiselnahmen zum Zweck der Transaktion von Bestechungsgeldern fingiert.«

»Wovon wir nichts beweisen können. Es würde sich zu einer Staatsaffäre aufblähen. Es gäbe Untersuchungsausschüsse. Die Politik würde involviert werden. Das ist pures Dynamit, Castel. Wir wären als kleine Behörde völlig überfordert, wenn wir dieses Fass aufmachen würden. Und wir müssten damit rechnen, dass man uns unangespitzt in den Boden rammt.«

»Aber das wäre doch sicher für Ihre Karriere ...«

»Castel, meine Karriere habe ich gut selbst im Blick, und hier geht es um ganz etwas anderes, nämlich um Fragen der nationalen Sicherheit und um eine ungeheuerliche Einflussname von Regierungsstellen.«

»Sie wollen es also ignorieren?«

Bonnieux blickte Cat an. »Der DSGI weiß, was wir wissen, richtig?«

»Ja. Natürlich. Ich habe Martinet damit konfrontiert.«

»Was hat er erwidert?«

»Sinngemäß, dass das alles dummes Zeug, völlig inoffiziell und nicht verwertbar ist.«

»Hält er denn still?«

Cat nickte.

»Warum haben Sie ihn konfrontiert?«

»Weil … Also. Ich wollte …«

»Persönliche Gründe? Weil Sie wollen, dass er Sie in Ruhe lässt? Capitaine, Sie müssen sich nicht verstecken. Ich weiß, dass es da etwas zwischen Ihnen und dem DGSI gibt.«

Cat schluckte.

Bonnieux warf den Stick auf den Tisch, kaute auf der Unterlippe, faltete erneut seine Hände. »Ich denke, ich werde einige Gespräche mit einer übergeordneten Stelle und im Innenministerium über diesen Stick führen. Am besten bei meiner nächsten Unterredung über die Budgets für das kommende Jahr. Und dann sehen wir weiter.«

Cat nickte. »Verstehe«, sagte sie. Bonnieux hatte also vor, den Stick einerseits zum eigenen Vorteil zu nutzen und andererseits die Entscheidung über weitere Ermittlungen nach oben zu spielen, aber dennoch involviert zu bleiben. Außerdem hielt er damit den Dienstweg ein, denn die Staatsanwaltschaft in Carpentras konnte sicherlich nicht zuständig für interne Ermittlungsverfahren gegen den Inlandsgeheimdienst sein.

»Ich muss mich jetzt entschuldigen, Castel«, sagte

Bonnieux schließlich und blickte auf die Uhr. Er lächelte. »Übrigens sind meine Frau und ich ganz vernarrt in unseren Henri. Ich soll die besten Grüße übermitteln, sozusagen ein Dankeschön an Sie – wuff!« Jetzt lachte Bonnieux.

Cat stand auf und lächelte schief. Hatte er gerade wirklich »Wuff!« gemacht? Gott.

Im selben Moment meldete sich ihr Telefon. Ein Anruf von Jean. Sie verabschiedete sich von Bonnieux und verließ das Büro. Im Gehen nahm sie das Gespräch an.

»Cat«, hörte sie Jeans Stimme und ging die Treppe hinab. »Hundertfünfzig Quadratmeter Altbau zu einem phantastischen Preis. Ganz in der Nähe von Carpentras und nahe an der Autobahn. Ich wäre sehr schnell in Aix, und außerdem wäre die Wohnung groß genug, um mir ein Büro einzurichten, falls ich freiberuflich arbeiten würde.«

Cats Herz machte einen Sprung.

»Ja?« Sie grinste breit. »Ernsthaft?«

»Mich hat eben der Makler angerufen. Wir können es jetzt gleich ansehen. Hast du Zeit?«

»Und ob!«, rief sie ins Telefon und ging noch schneller.

»Dann nichts wie los«, sagte Jean lachend. »Ich habe ein wirklich gutes Gefühl.« Er nannte Cat die Adresse. Dann beendeten sie das Gespräch.

Ein gutes Gefühl, dachte Cat, nachdem sie das Gebäude verlassen hatte und auf dem Place Charles de Gaulle stand.

Ja, das hatte sie nun ebenfalls. Sie blickte in den blauen Himmel und setzte ihre Sonnenbrille auf. Kinder plantschten in den Wasserspielen und spritzten sich gegenseitig nass. Cat bekam etwas ab, lief zu den Becken und klatschte ebenfalls mit der Hand hinein, um zurückzuspritzen, worauf die Kinder lachten und ihr dieses Mal eine ordentliche Ladung verpassten.

Cat grinste, schüttelte sich. Ihr T-Shirt war durchnässt, ihre Sonnenbrille mit Wassertropfen besprenkelt.

Egal, dachte sie und lief los, um so schnell wie möglich zum Auto zu kommen.

Ein wirklich gutes Gefühl. Ja. Was für ein wunderbarer Tag.

53

Meine Güte, dachte Albin, was für ein wunderbares Essen. Und was für ein wunderbarer Tag. Es war einer der Tage, an denen rundherum alles in Ordnung zu sein schien. Diese konnte man im Jahr an zwei Händen abzählen, vielleicht auch nur an einer – Tage, an denen es keine Sorgen gab, keinen Streit, keine finsteren Gedanken, Tage, an denen alle gesund und gut gelaunt waren und das Wetter entsprechend.

Veronique hatte sich für den Abend ins Zeug gelegt. Sie hatte Albin natürlich den Kopf gewaschen, nachdem er nicht mehr dazu gekommen war, alle ihm aufgetragenen Einkäufe für das Menü zu besorgen und sich um das Klimagerät zu kümmern, weil Guy Dumas ihm dazwischengekommen war.

Der saß nun unter besonderer Aufsicht in Untersuchungshaft, und Albin war äußerst gespannt, wie sich die Sache weiterentwickeln würde. Natürlich war er ein Mehrfachmörder, aber: Dumas hatte fraglos auch eine Menge interessanter Dinge zu erzählen und würde mit seinem Wissen handeln wollen, um ein möglichst geringes Strafmaß für sich herauszuholen. Ähnlich wie dieser Warlord Moussa Kanga, den Albin in Marseille besucht hatte. Andererseits gab es bei den schweren Taten, die auf Dumas' Konto ging, nicht viel Verhandlungsspielraum.

Lebenslange Haft war ihm sicher – und gewiss würde er davon einen Teil unter erhöhten Sicherheitsbedingungen verbringen. Gar nicht mal wegen zu befürchtender Racheakte vonseiten Remy Papinet, der ebenfalls in Untersuchungshaft saß. Die Polizei hatte seine Villa durchsucht, seine Unternehmen auf den Kopf gestellt und ihn wie Dumas unter besonderer Aufsicht eingebunkert, weil er ebenfalls über wertvolles Wissen verfügte. Vielmehr wollte die Polizei in beiden Fällen verhindern, dass ein Knastkiller mit einer angespitzten Zahnbürste ausgedehnten Vernehmungen zuvorkommen könnte, dem der Geheimdienst für einen blutigen Job Hafterleichterung versprochen hatte …

Albin nahm die Flasche Rosé aus dem Kühler und goss allen nach – Veronique, Manon, ihrem Gast namens Christian Papillon und am Ende sich selbst. Clara war eben ins Bett gegangen und hörte noch eine CD zum Einschlafen. Draußen war es inzwischen dunkel. Die Lampe über dem Esstisch war eingeschaltet, und Albin musterte den Mann noch einmal, der Anfang vierzig war und damit etwas älter als Manon. Er wirkte sportlich, war Architekt, trug ein hellblaues Poloshirt und hatte hellwache grüne Augen, kurzgeschnittenes Haar und die gebräunte Haut eines Mannes, der viel an der Luft war. Ein attraktiver Kerl, das musste man zugeben, und kein Dummkopf. Was er sagte, hatte Hand und Fuß. Sympathisch war er ebenfalls und hatte Veronique sogar Blumen mitgebracht, die jetzt auf dem Tisch standen. Natürlich hätte man sagen können, dass es so etwas wie Eulen nach Athen tragen war, wenn man der Inhaberin eines Blumengeschäftes Blumen mitbrachte. Veronique hatte die Geste dennoch zu schätzen gewusst, und Christian Papillon hatte gescherzt, dass er darüber überhaupt nicht nachgedacht habe und ansonsten die Blumen selbstverständlich bei Veronique persönlich gekauft hätte, statt der Konkurrenz das Geld in den Rachen zu werfen.

Als Vorspeise gab es ein Gemüsemosaik mit Basilikum, das wie ein Stück Rührkuchen geschnitten war. Man brauchte dazu Möhren, grüne Bohnen und Paprikaschoten, dann für die Farce Hähnchenbrust, eine Schalotte, Basilikum und Olivenöl, Eiweiß nebst Salz und Pfeffer sowie für die Sauce Crème fraîche und Spargel. Das Gemüse wurde vorbereitet, die Paprika geschält und alles in Streifen geschnitten, dann in Salzwasser blanchiert. Was für die Farce benötigt wurde, kam in den Mixer und wurde püriert sowie anschließend würzig abgeschmeckt. Dann nahm man eine rechteckige Form, schlug den Boden mit hitzebeständiger Folie aus und gab die Farce hinein, bettete das Gemüse darauf und gab mehr von der Farce darüber, dann wieder Gemüse, Farce – bis alles aufgebraucht war. Anschließend verschloss man die Form und stellte die Terrine in einem Wasserbad für eine halbe Stunde bei hundertachtzig Grad in den Ofen, ließ sie abkühlen und schnitt sie dann am nächsten Tag in Scheiben. Für die Sauce kochte man den Spargel weich, pürierte ihn und strich ihn durch ein Sieb, kochte dann alles mit Crème fraîche und Kalbsfond auf und servierte es zur Terrine.

Für mehrere Personen gab es zum Hauptgang nichts Besseres und Einfacheres als eine Daube, einen Schmortopf. Veronique hatte dafür einige Rezepte. Dieses Mal nahm sie zwei Kilo Fleisch von der Rinderbacke, zwei Flaschen Rotwein, Thymianblüten, Steinpilze, etwas Cognac, Pfeffer, Lorbeerblätter, Wacholderbeeren, Olivenöl, Schalotten und eine Knoblauchknolle. Letzteres wurde gehackt, in etwas Öl angedünstet, dann kamen die Gewürze hinzu, und mit einem Schuss Cognac wurde alles abgelöscht. Anschließend gab sie die Steinpilze mit Wasser in den Topf und zerkochte den Inhalt vierzig Minuten lang zu einem Sud. Im restlichen Öl wurde das in große Würfel geschnittene Fleisch angebraten, gesalzen und gepfeffert sowie mit Thymian bestreut. Man goss den Wein auf, den durchgefilterten Würzsud hinzu und ließ dann alles vier Stunden lang schmoren. Dazu wurden Griesschnitten serviert. Und zum Dessert gab es Crème brûlée mit Himbeeren und Minzblättchen dekoriert.

Genau diese Dessertteller standen nun geleert auf dem Tisch.

»Ein phantastisches Essen, vielen Dank«, sagte Christian Papillon – ein Name, an den sich Albin immer noch nicht gewöhnen konnte. Papillon, der Schmetterling. Albin hatte selbstverständlich nach dem Mann gegoogelt. Er hatte außerdem bei den Kollegen im Hôtel de Police eine inoffizielle Anfrage gestellt. Demnach war Christian Papillon einundvierzig Jahre alt, geboren in Caromb und wohnhaft in Carpentras, vor zwei Jahren geschieden, kinderlos, angestellter Architekt im Büro Tech-Bau21 und Planer diverser Mehrfamilienhäuser und Industriebauten. Aus Sicht des Gesetzes erschien er bislang rundherum unverdächtig.

»Herzlichen Dank«, sagte Veronique mit einem breiten Lächeln und nippte am Wein.

Was Albin ebenfalls tat. Er sagte: »Ist was anderes als Tiefkühlkost, hm?«

Papillon blickte fragend, nickte aber.

Manon erklärte: »Ich habe Papa erzählt, dass wir uns am Tiefkühlregal kennengelernt haben.«

Papillon grinste und nickte verstehend. »Ja, natürlich, um Klassen besser. Man kann das gar nicht miteinander vergleichen. Als Single mit wenig Zeit – da wirft man sich halt manchmal bloß ein Tiefkühlgericht in den Backofen oder macht sich etwas in der Mikrowelle warm.«

»Sie müssen sich gar nicht entschuldigen«, sagte Veronique. »Albin hat sich zu seiner aktiven Zeit ausschließlich von derlei Produkten ernährt. Das hat sich nun verändert. Und sie sollten auch auf gutes Essen achten, Christian. Essen Sie denn manchmal wenigstens einen Salat oder Obst?«

»Ich gebe mir Mühe, unbedingt. Wandern ist meine Leidenschaft, und jeden Tag gibt es einen Apfel – mindestens«, erwiderte Papillon.

»Apropos Bewegung«, sagte Albin, leerte sein Glas und stand auf. »Ich muss mich für eine halbe Stunde entschuldigen. Die Abendrunde mit Tyson.«

Und rauchen wollte er auch eine – nach dem Essen war das dringend nötig. Er hatte ohnehin fast drei Stunden ohne Zigarette ausgehalten und befand sich nun im roten Bereich, was die Nikotinversorgung seines Körpers anging.

»Ich werde mich ebenfalls gleich entschuldigen müssen«, sagte Papillon. »Ich habe morgen sehr früh einen Termin auf einer Baustelle bei Orange.«

Albin stand auf, reichte Papillon die Hand. »Dann sagen wir schon einmal auf Wiedersehen. War schön, Sie kennenzulernen.«

Papillon stand auf, schüttelte Albins Hand mit festem Druck. »Ebenso. Herzlichen Dank für alles. Wir sehen uns bestimmt bald mal wieder.«

Albin nickte. Dann drehte er sich um und ging in den Flur, wo Tyson bereits wartete und fiepte. Er hatte sofort kapiert, dass es nun Zeit für seine Runde war. Im Flur schnappte sich Albin seine Sachen – Leine, Handy, Schlüssel und Zigaretten, während am Tisch die Unterhaltung fortgesetzt wurde und Papillon erklärte, was das für eine Baustelle bei Orange war, die er zu betreuen hatte.

Albin hörte nur noch mit einem halben Ohr zu, ließ Tyson vor die Tür und schloss sie dann. Er steckte sich eine Gitanes an und schlenderte mit dem Mops, der vorauslief, um die Ecke.

Die Luft war immer noch sehr warm, der Sternenhimmel völlig klar, und je länger Albin nach oben blickte, desto mehr Sterne konnte er sehen. Er hoffte, dass Manon ihren persönlichen Glücksstern in Christian Papillon gefunden hatte. Nicht, dass ihr Wohl davon abhing, einen anständigen Kerl zu finden. Sie kam auch gut ohne zurecht. Das hatte sie längst unter Beweis gestellt, und Albin hätte niemals daran gezweifelt. Aber natürlich kannte er das Singleleben und wusste, dass Familie Manon sehr wichtig war – denn sie war als Einzel- und zudem als Scheidungskind aufgewachsen und strebte für ihre eigene Tochter nicht danach, das zu wiederholen.

Dieser Christian, schien Tyson zu sagen, *macht doch einen guten Eindruck? Und du solltest nicht die ganze Zeit*

nach oben starren. Sonst läufst du noch vor eine Straßenla-
terne, und dann haben wir den Salat.

Albin blickte wieder vor sich und paffte. »Natürlich
macht der einen guten Eindruck«, erwiderte er in Gedanken. »Meinst du etwa, meine Tochter hätte einen
schlechten Geschmack, oder was?«

Sie hat mit Gilles schon mal ziemlich danebengelegen,
oder?

»Das ist wahr.«

Und wie sagst du so gern: Man schaut den Leuten im-
mer nur vor den Kopf.

»Auch das ist wahr. Deswegen ist es am besten, wenn
wir von anderen Menschen nicht zu viel erwarten, sondern es uns erst mal im Sessel bequem machen, uns alles in Ruhe ansehen, abwarten und mit einer gewissen
Grundskepsis die Dinge auf uns zukommen lassen. Dann
haut es uns nicht allzu sehr aus der Bahn, wenn wir feststellen, dass wir uns am Ende doch getäuscht haben.«

Klingt nach einer gesunden Einstellung, Chef. Aber
auch nach einem mangelnden Grundvertrauen.

»Wenn es erst einmal nachhaltig erschüttert worden
ist, wirst du vorsichtig. Vor allem in meinem Job. Man
sollte es nur niemanden spüren lassen. Und vertrau mir:
Jeder Mensch hat seine Geheimnisse. Manche sind deutlich dunkler als andere.«

Hm.

Albin schwieg eine Weile, während er mit Tyson um
den Block ging – nur die kleine Runde um diese Uhrzeit.

»Aber am Tiefkühlregal … Ich weiß nicht.«

Ist doch romantisch. Wie in einem Film.

Nun machte Albin: »Hm.«

Man kann es sich nicht aussuchen, Chef. Mir ist Mila auch völlig zufällig über den Weg gelaufen.

»Weil du ein Schürzenjäger bist.«

Haha! Ich? Niemals.

»Was hatte Manon noch erzählt? Einen anderen hatte sie beim Bäcker kennengelernt. Wieder andere im Internet. Ich weiß nicht. Diese Dating-Apps ...«

Warum denn nicht, meine Güte? Hättest du Veronique nicht um ein Rendezvous gebeten, dann hättest du vielleicht auch früher oder später so eine App benutzt.

»Nie im Leben. Ich wäre allein an der Registrierung gescheitert. Abgesehen davon: Wie es sich gehört, habe ich mich persönlich bei Veronique vorgestellt und sie offiziell um ein Rendezvous gebeten.«

Du bist halt alte Schule, Chef. Das läuft heute alles völlig anders.

»Im Internet kann sich doch jeder darstellen, wie er will. Da ist doch die Hälfte unecht. Jeder stellt sich so dar, wie er mag. Alle machen ihre Fotos hübsch, dass man sie überhaupt nicht wiedererkennt, wenn sie plötzlich vor einem stehen.«

Vielleicht hast du zu viele Vorurteile, Chef. Die Zeiten haben sich sehr verändert. Und unzählige Menschen finden jeden Tag auf ganz andere Art und Weise zueinander als zu deinen Zeiten.

»Ist nicht alles besser, bloß weil es moderner ist, Tyson.«

Manches aber schon.

Albin brummte und rauchte die Zigarette auf. Er löschte sie an einem Mülleimer und warf die Kippe hinein.

Schließlich bogen sie in Albins Straße ein und näherten sich seinem Haus von der anderen Seite.

Albin gab ein leises Schnalzen von sich, was Tyson bedeutete, stehen zu bleiben, was er dann auch tat. Albin ebenfalls. Denn in einiger Entfernung konnte er Manon und ihren Freund im Licht einer Straßenlaterne vor der Haustür stehen sehen. Sie verabschiedeten sich gerade direkt neben Christians Auto, einem BMW, bei dem es sich um einen Dienstwagen seiner Firma handelte, wie Christian beim Essen erzählt hatte, nachdem sich Albin nach der Qualität deutscher Autos erkundigt hatte. Albin und Tyson blieben im Dunkeln. Schäbig, dachte Albin, ich komme mir wie ein Voyeur vor.

Ich ebenfalls, erwiderte Tyson.

»Dann guck doch woanders hin.«

Und wohin?

»Weiß ich doch nicht«, erwiderte Albin, sah wieder in den Himmel, dann auf seine Schuhspitzen und zurück zum Haus, wo Manon die Arme um Christians Nacken legte und ihn küsste.

»Puh«, machte Albin, drehte sich um und blickte in die dunkle Straße hinein. Er gab sich einen Augenblick, bis er eine Autotür klappen hörte. Dann startete der Motor. Er drehte sich wieder um und sah die Rücklichter des BMW, die langsam kleiner wurden. Der Wagen stoppte an der Einmündung zur Hauptstraße. Dann bog er ab und verschwand hinter einer Kurve.

Manon blieb noch einen Moment vor der Tür stehen. Schließlich ging sie wieder hinein.

Albin atmete tief durch, inhalierte die Nachtluft. Schließlich setzte er sich mit Tyson in Bewegung.

Junge Liebe, schien Tyson zu sagen, *ist das nicht herr-lich?*

»Alte Liebe«, erwiderte Albin, »ist auch nicht schlecht.«

Das stimmt. Ich freue mich jedenfalls für Manon.

»Ich mich auch«, sagte Albin. »Hoffentlich geht es gut, und sie wird nicht wieder enttäuscht. Sonst knöpfe ich mir den Kerl vor.«

Und ich werde ihn in den Hintern beißen.

Albin grinste. »Guter Hund. Ich habe nichts anderes von dir erwartet«, murmelte er und suchte in der Hosentasche nach dem Hausschlüssel.

Pierre Lagrange
Verlorene Provence
Der zwölfte Fall für Albin Leclerc

Frühling in Südfrankreich: Während in Cannes die gla-
mourösen Filmfestspiele stattfinden, wird im Hinterland
der Provence ein Remake des französischen Thriller-Klas-
sikers »Die Mörderischen« gedreht – mit internationaler
Star-Besetzung. Als einer der Hauptdarsteller vor laufen-
der Kamera erschossen wird, mogelt sich der pensionierte
Commissaire Albin Leclerc mitsamt seinem Mops Tyson in
die Ermittlungen. Als es einen weiteren Mordanschlag gibt,
wird Albin und Tyson klar: Ein Killer ist am Set. Und er ist
noch nicht fertig.

320 Seiten, Klappenbroschur
978-3-651-02511-0

Weitere Informationen finden Sie auf
www.fischerverlage.de